Taigablume

Taigablume

Natascha,
das Mädchen aus der Taiga

von

Gisela Paprotny

Bibliografische Information der Deutschen Nationalbibliothek
Die Deutsche Nationalbibliothek verzeichnet diese Publikation in der Deutschen Nationalbibliografie; detaillierte bibliografische Daten sind im Internet über http://dnb.d-nb.de abrufbar.

© 2011 Gisela Paprotny
Satz, Umschlaggestaltung, Herstellung und Verlag:
Books on Demand GmbH, Norderstedt
ISBN 978-3-8423-9530-5

Inhalt

Moskau	7
Eine weite Reise	13
Ankunft im Elternhaus	20
Die Fahrt zurück nach Moskau	26
Ankunft in Berlin	28
Ein Abend in der Bar	33
Markus Rolfes	43
Der Heiratsantrag	67
Die Hochzeit	77
Der Abschied	85
Eine kleine Feier	87
Ein Besuch im Spielcasino	93
Die Reise nach Teneriffa	96
Zurück in Berlin	110
Ein Sonntag auf der Trabrennbahn	114
Das Kinderbuch	118
Der Besuch von Nina und Kolja	123
Der kleine Maik	131

Die Kinder der Nachbarin..146

Ein Urlaub auf Ischia...153

Koljas Hochzeit...159

Taigablume..162

Ein neues Pferd...173

Eine Reise in den Harz..176

Eine Reise in die Berge...193

Das Rennen..198

Moskau

Dichter Nebel lag über der Moskwa. Die Bäume standen nackt am Ufer des Flusses, und ihre kahlen Äste zeigten gleich mahnenden Zeigefingern in den Himmel. Ein paar bunte, vom Herbst gefärbte Blätter schwammen wie verloren auf dem Fluss dahin. Natascha Schukowa liebte diesen Fluss. Sie ging immer wieder gern an seinem Ufer spazieren. An manchen Tagen war sie dort glücklich, aber hin und wieder auch traurig. Denn im Berufsleben hatte sie alles erreicht, aber ihr Privatleben stellte sie nicht zufrieden. Natascha wünschte sich eine Familie und Kinder. Tief in Gedanken versunken ging sie weiter am Fluss entlang. Sie schaute auf das dahinfließende Wasser und dachte: »Das Wasser fließt davon und mit ihm meine Jugend.«

Auch an diesem Tag hatte der Fluss sie wieder magisch angezogen. Die frische Luft tat ihr gut und machte ihren Kopf frei.

Heute war der 26. September und ihr 26. Geburtstag.

Ein guter Grund für Natascha, an der frischen Luft spazieren zu gehen. Heute Abend würde sie gemeinsam mit ihren Arbeitskollegen bei einem Glas Krimsekt, oder ein paar Gläsern Wodka, ihren Geburtstag feiern.

Natascha überlegte: »Wie würde ihr Leben weiter gehen? Wie sah ihre Zukunft aus?

Würde die Zeit verrinnen ohne Liebe, ohne eigene Kinder?«

Tief in Gedanken versunken ging sie weiter am Fluss entlang. Plötzlich flogen, aus einem nahen Gebüsch ein paar Wildenten heraus. Wahrscheinlich hatte sie die Enten aufgescheucht. Natascha blieb stehen und schaute den davonfliegenden Enten hinterher.

Sie beneidete die Tiere. Sie waren frei und konnten fliegen, wohin ihnen der Sinn stand.

Sie stand in der Mitte des Weges und bemerkte den näher kommenden Radfahrer erst, als der Mann ein paar Mal seine Klingel betätigte.

Natascha blickte sich erstaunt um. Sie trat zur Seite, und gab dem Radfahrer den Weg frei. Nach dem Zwischenfall ging sie weiter und konzentrierte sich wieder auf ihren Spaziergang. Nach einer Weile schaute sie zurück. Sie war weiter gegangen, als sie es sich vorgenommen hatte. Sie blickte auf ihre Armbanduhr und erkannte, dass sie wieder einmal die Zeit vergessen hatte. Wenn sie nicht ihre Geburtstagsfeier versäumen wollte, musste sie sofort zurückgehen.

Als sie gegen 18 Uhr ihr Büro betrat, waren die Geburtstagsgäste bereits vollzählig vorhanden und empfingen das Geburtstagskind mit einem Blumenstrauß und einem Geburtstagsständchen. Anschließend stießen alle auf ihr Wohl an. Nach der herzlichen Begrüßung bat Natascha ihre Gäste, sich doch bitte am Büfett zu bedienen. Sie wollte nur wenig Alkohol trinken, denn sie musste nach der Feier mit dem Wagen nach Hause fahren.

Nach dem Essen wurde gelacht und gesungen. Ein Arbeitskollege sorgte für musikalische Unterhaltung. Er spielte bei jeder Geburtstagsfeier auf seinem Akkordeon russische Volkslieder.

Und bald herrschte eine ausgelassene Stimmung. Nur Natascha blieb still.

Je lustiger ihre Kollegen wurden, desto trauriger wurde sie. Eine Arbeitskollegin bemerkte ihr trauriges Gesicht. Sie holte zwei Gläser Wodka vom Büfett und ging damit zu dem Geburtstagskind. Sie wollte Natascha ein wenig aufheitern.

Als auch das nicht half, machte sie die Kollegen auf Nataschas Gemütszustand aufmerksam.

Daraufhin wurde sie von allen Seiten bedrängt. »Aber, wer wird denn auf seiner eigenen Geburtstagsfeier so traurig sein?«, riefen alle durcheinander. »Komm, Natascha, trink mit uns!«

Sie reichten ihr ein weiteres Glas Wodka und stießen auf ihr Wohl an.

Endlich kam auch Natascha ein wenig in Stimmung. Und sie war am Ende der Feier doch noch zufrieden mit dem Abend.

Als sich spät in der Nacht der letzte Gast verabschiedet hatte, war sie trotzdem erleichtert. Endlich war der Trubel vorbei. Aber nun musste sie doch mit Alkohol im Blut zu ihrer Wohnung fahren. Das war ihr gar nicht recht. Und ihr fiel ein Stein vom Herzen, als sie ihre Wohnung unversehrt erreicht hatte.

Am folgenden Tag hüllte dichter Nebel die Stadt in ein tiefes Grau. Natascha hatte ein paar Gläser Wodka zu viel getrunken und litt jetzt unter den Folgen des Alkohol. Sie fühlte sich schrecklich, alt und abgespannt. Sie ging ins Bad und schaute in den Spiegel.

Ihr Spiegelbild sagte ihr, dass sie so unmöglich ins Büro fahren konnte. Sie sah müde und übernächtigt aus. Natascha telefonierte kurz mit ihrer Sekretärin und teilte ihr mit, dass sie ein paar Tage ausspannen müsse.

Danach fühlte sie sich besser. Sie wollte baden und sich entspannen. Sie bereitete ein Bad zu und stieg in die Wanne. Das warme Wasser tat ihrem Körper gut. Natascha träumte vor sich hin und überlegte, ob sie ihren restlichen Urlaub beantragen und ans Schwarze Meer fliegen sollte.

Oder sollte sie lieber in ihre Heimat fahren? Sie hatte ihre Eltern und ihren geliebten Bruder Kolja schon viel zu lange nicht mehr gesehen.

Aber wenn sie in die Heimat fahren wollte, müsste sie schnell handeln. Viel Zeit blieb ihr nicht. Der Winter stand vor der Tür. Bevor das Land unter Schnee und Eis versinken würde, könnte sie mit ihrem Bruder Kolja noch durch den Wald und über die Wiesen streifen.

Plötzlich stand ihr Entschluss fest. Sie würde ihren Urlaub bei ihrer Familie verbringen. Sie stieg aus der Wanne und frottierte sich gründlich ab. Anschließend rieb sie ihren Körper mit einer wohlriechenden Lotion ein. Einen kurzen Augenblick blieb sie noch vor dem Spiegel stehen, betrachtete sich ausgiebig und fragte sich, wie sie wohl in zehn Jahren aussehen würde. Ob sie dann noch für einen Mann begehrenswert wäre.

Sie hatte sich in den vergangenen Jahren nur auf ihre Karriere konzentriert. Andere Frauen in ihrem Alter waren bereits verheiratet und hatten Kinder.

Und Natascha stellte sich die Frage, ob sie aus Karrieresucht das Wichtigste in ihrem Leben versäumt hatte. Tief in Gedanken versunken zog sie sich an.

Jetzt musste sie doch noch ins Büro fahren, um ihren Urlaub zu beantragen. Aber ihre Urlaubstage reichten für einen längeren Urlaub nicht aus. Und wenn es schneite, konnte sie unmöglich mit dem Auto nach Moskau zurückfahren. Sie müsste sich beurlauben lassen. Aber wenn sie den Winter in der Heimat verbringen wollte, musste sie noch Geld von der Bank holen.

Natascha zog ihren Mantel an und verließ ihr gut temperiertes Appartement. Auf der Straße blies ihr ein eiskalter Wind ins Gesicht. Er kündigte bereits den Winter an.

Natascha dachte an die Winter in ihrer Heimat. Der Wind hatte um ihr kleines Elternhaus geheult und Eis und Schnee hatten die Landschaft in eine weiße Zauberlandschaft verwandelt.

Das weite Land lag still da, als hätte der Schnee alles Leben unter sich begraben. Der Vater hatte Äpfel in die Backröhre gelegt und der köstliche Duft der gebackenen Äpfel hatte das kleine Wohnzimmer erfüllt.

Die Erinnerung an ihre glückliche Kindheit überzeugte sie vollends. Es war die richtige Entscheidung. Sie würde ihren Urlaub zu Hause bei ihrer Familie verbringen.

Ob ihr Vater, wenn er sie in seine starken Arme nahm, sie noch mit »mein Blümchen« begrüßen würde?

Aber sie war jetzt eine erwachsene Frau, da war Blümchen wohl nicht mehr der passende Name für sie.

Wie stolz waren ihre Eltern, als ihre Tochter nach dem Studium in die große Weltstadt Moskau gezogen war.

Seitdem waren ein paar Jahre vergangen. Sie hatte in Moskau Karriere gemacht, aber besucht hatte sie die Familie schon drei Jahre nicht mehr.

Doch im Augenblick forderte der dichte Straßenverkehr ihre ganze Aufmerksamkeit.

Als Natascha die Bank erreichte, regnete es in Strömen. Das hatte sie nicht voraussehen können. Und das Wetter trieb ihre Gemütsverfassung wieder einmal auf den Nullpunkt.

Einen Schirm hatte sie nicht dabei und musste nun ohne Schutz durch den Regen laufen.

Ihre Frisur war schnell ruiniert, und sie fühlte sich schrecklich.

Im Eingangsbereich der Bank schüttelte sie den Regen von Kopf und Mantel.

Dann ging sie zu dem für sie zuständigen Schalter. Wie immer standen ausgerechnet dort die meisten Bankkunden. Endlich stand sie vor dem Bankangestellten und hob zum Erstaunen des jungen Mannes ihr gesamtes Geld ab. Danach fuhr sie ins Büro. Sie warf noch einen kurzen Blick in den kleinen Spiegel ihres Wagens und fand, dass sie unmöglich aussah. Es war ihr schrecklich peinlich, mit so einer zerzausten Frisur ihr Büro zu betreten.

Als sie die Tür zum Büro öffnete, wurde sie selbstverständlich von allen Mitarbeitern angestarrt. Aber Natascha ignorierte die erstaunten Gesichter ihrer Vorgesetzten und Mitarbeiter.

Und sie entschuldigte sich, weil sie so plötzlich ihren Urlaub beantragte. Sie erklärte ihrem Vorgesetzten, dass sie dringend eine Auszeit benötige.

Nachdem sie sich verabschiedet hatte, verließ sie beinahe panisch das Bürogebäude.

In Gedanken war sie bereits im nächsten Kaufhaus. Und wieder musste sie durch den strömenden Regen laufen. Sie stieg in ihren Wagen und streifte, als sie aus der Parklücke fahren wollte, beinahe einen anderen Wagen. Das hätte ihr noch gefehlt. Und ihre Reise wäre buchstäblich ins Wasser gefallen.

Als Natascha im Kaufhaus eintraf, stockte ihr der Atem. Schuld daran war die ungewohnte Wärme im Eingangsbereich. Auch das grelle Licht der Neonbeleuchtung blendete sie. Jetzt kam der schwierigste Teil des Tages für sie. Sie musste Geschenke für die Familie kaufen. Trotz des reichhaltigen Angebotes war es schwer, das Passende zu finden.

Als Natascha endlich alle Kleidungsstücke und Geschenke beisammen hatte und auf ihre Armbanduhr schaute, erkannte sie, dass es bereits kurz vor Ladenschluss war. Als eine der letzten Kundinnen verließ sie das Kaufhaus.

Sie schaute auf ihre Einkaufstüten und dachte: »So, das wäre erledigt.«

Nur mit Mühe schaffte sie es, die Sachen zu ihrem Wagen zu tragen. Als sie endlich alles im Wagen verstaut hatte, schlug sie mit einem tiefen Seufzer den Kofferraumdeckel zu.

Natascha stellte den Wagen vor ihrem Haus ab und überlegte. Hoffentlich war ihr Koffer für ihre zahlreichen Kleidungsstücke groß genug. Die Wintersachen und die Geschenke für die Familie lagen bereits im Wagen. Aber ihre Befürchtungen waren umsonst gewesen, denn alles, was sie mitnehmen wollte, bekam sie in ihren Koffer. Gegen 23 Uhr fiel sie todmüde in ihr Bett.

Eine weite Reise

Am nächsten Morgen hörte sie, während sie frühstückte, den Wetterbericht an. Noch waren die Straßen frei von Schnee. Trotzdem wollte sie den Wagen mit Winterreifen ausstatten lassen und Schneeketten in den Kofferraum legen. Der nächste Tag zeigte sich wie der vorherige. Es regnete in Strömen. Sie stieg in ihren Wagen und fuhr zur nächsten Werkstatt, um den Wagen noch einmal überprüfen zu lassen. Nachdem auch das erledigt war, fuhr sie zurück zu ihrer Wohnung.

Dort sah sie sich noch einmal um. Hier hatte sie viele Jahre ihres jungen Lebens verbracht. Sie wurde traurig. Denn sie liebte ihre Wohnung.

Die Nachbarin versprach, die Wohnung zu warten. Und Natascha wusste, dass sie sich auf sie verlassen konnte.

Sie zog ihren Mantel an und stellte ihren Koffer vor die Tür. Er hätte nicht schwerer sein dürfen. Sie würde im Frühjahr zurückkommen und alles so vorfinden, wie sie es verlassen hatte.

Aber ihre Nachbarin, Olga Tschechowa, machte ihr den Abschied schwer. Sie stand mit Tränen in den Augen vor ihrer Tür und jammerte, dass Natascha ihr fehlen würde.

Dann überreichte sie ihr noch ein großzügiges Lunchpaket. Sie sollte während der langen Fahrt nicht verhungern. Nach einer innigen Umarmung und einem letzten Abschiedskuss verließ Natascha das Haus. Auch sie war von dem herzlichen Abschied der Nachbarin tief berührt, und nun weinte sie auch noch.

Der Tränenschleier versperrte ihr die Sicht. Das konnte sie im Augenblick gar nicht brauchen.

Sie nahm ihr Taschentuch und wischte sich die lästigen Tränen aus den Augen. Dann stieg sie in ihren Wagen und fuhr, ohne sich noch einmal umzuschauen, davon.

Auf der Straße herrschte reger Verkehr und sie musste sich voll darauf konzentrieren. Sie atmete ein paar Mal tief durch. Danach ging es ihr wieder besser. Und die Vorfreude auf das Wiedersehen mit ihrer Familie trieb ihre letzten trüben Gedanken davon.

Es dauerte geraume Zeit, bis sie Moskau durchfahren hatte. Der Autoverkehr war in den vergangenen Monaten auch immer stärker geworden.

Aber im Augenblick hatte sie ganz andere Sorgen. Sie wusste, dass vor ihr 3500 Kilometer Straße lagen. Und leichte Zweifel stiegen in ihr auf. Würde sie ihre Heimat unversehrt erreichen? Sie war noch nie so eine weite Strecke gefahren. Und was erschwerend hinzukam: Sie war allein. Im Notfall wäre sie völlig schutzlos. Aber sie sah keine Möglichkeit, ihren Wagen mehrere Monate irgendwo unterzustellen. Also nahm sie ihren ganzen Mut zusammen und fuhr los.

Endlich hatte sie es geschafft. Moskau lag hinter ihr, aber auch die endlos lange Straße vor ihr.

Und es sollten viele Stunden vergehen, ehe sie ihr Heimatdorf erreichte.

Hätte sie nicht so viel Gepäck gehabt, wäre sie mit dem Zug bequemer bis nach Taigastadt gefahren und hätte ihr Heimatdorf schneller erreicht.

An der nächsten Tankstelle kaufte sie vorsichtshalber noch zwei Kanister mit Benzin. Sie wusste nicht, wann sie die nächste Tankstelle erreichen würde.

Nach einer Fahrt von mehreren Stunden wurde es Zeit, eine kleine Pause einzulegen. Vor einem kleinen Gasthaus stellte sie ihren Wagen ab.

Sie verspürte Hunger und Durst. Auch eine heiße Tasse Kaffee würde ihr gewiss guttun.

Sie stieg aus dem Wagen und betrat das Gasthaus. Im Lokal saßen ein paar dunkle Gestalten und blickten sie neugierig an. Sofort bereute sie, das Gasthaus betreten zu haben, und wollte es wieder verlassen.

»Guten Tag, junge Frau.«

Ein sehr hübsches und freundliches junges Mädel stand vor ihr und lächelte ihr zu.

Natascha beruhigte sich, und nachdem sie sich vergewissert hatte, dass die Tische und der übrige Raum einen sauberen Eindruck machten, setzte sie sich an den nächsten Tisch und bestellte zuerst einmal einen Kaffee. Der Kaffee war stark und heiß und er stellte sie zufrieden. Nach dem Kaffee verlangte sie die Speisekarte. Aber das Mädel bedauerte und erklärte, dass das Gasthaus über keine Speisekarte verfüge.

Aber sie bot ihrem Gast ein Tagesgericht an.

Natascha überlegte, aber dann erklärte sie sich einverstanden und bestellte das ihr angebotene Essen.

Sie hatte noch eine weite Fahrt vor sich, und ein warmes Essen würde ihr gewiss guttun. Es dauerte nicht lange und das Mädel stellte ein wohlriechendes Gericht vor ihr auf den Tisch. Danach bat das Mädel Natascha höflich, ob sie ihr ein wenig Gesellschaft leisten dürfe. Eigentlich mochte Natascha keine fremde Person an ihrem Tisch, aber das Mädel machte einen sympathischen Eindruck, und nach der langen Fahrt tat ihr ein wenig Gesellschaft gewiss gut. Die Unterhaltung entwickelte sich sehr interessant. Besonders die große Stadt Moskau weckte das Interesse der jungen Frau.

Die beiden Frauen empfanden sehr schnell Sympathie füreinander, und als Natascha das kleine Lokal verließ, versprach sie dem Mädel, auf der Rückfahrt wieder hereinzuschauen.

Das junge Mädel schaute dem schönen Wagen aus der großen Stadt noch lange nach. Es hätte gern mit der Fahrerin getauscht. Aber das Mädel wäre lieber in die große Stadt Moskau gefahren.

Und vor Natascha lag die unendlich lange Straße. So fuhr sie Stunde um Stunde weiter, bis es langsam dunkel wurde.

Sie spürte, dass ihr Körper nach ein paar Stunden Schlaf verlangte. Aber es dauerte noch eine Weile, ehe sie das nächste Gasthaus erreicht hatte.

Sie betrat das kleine, unscheinbare Gasthaus, aber es war niemand im Empfangsraum.

Sie schaute sich erstaunt um. Gerade als sie nach dem Gastwirt rufen wollte, erschien ein älterer Herr. Sein Haar war zerzaust, er hatte wohl schon geschlafen.

Ein wenig mürrisch fragte er: »Wo kommen Sie denn zu so später Stunde noch her? Und was kann ich für Sie tun?«

Natascha fragte ihn höflich: »Haben Sie noch ein freies Zimmer für mich? Ich bin todmüde.«

Ohne ein Wort zu antworten griff der alte Mann in eine kleine Schublade hinter sich und kramte einen Schlüssel hervor. Er reichte ihr den Schlüssel und sagte:

»Wir haben immer ein Zimmer frei. Möchten Sie auch frühstücken?« Natascha stimmte zu. »Sie können ihr Auto hinter das Haus fahren. Ihr Zimmer finden Sie dort im Gang, rechts die dritte Tür. Gute Nacht.« Dann ging er wieder durch die kleine Tür, durch die er vorher gekommen war.

Natascha stellte ihren Wagen auf dem Parkplatz hinter dem Gasthaus ab. Sie dachte: »Ob der Wagen dort wohl sicher steht?« Dann ging sie zurück ins Gasthaus und betrat das nicht gerade komfortable Zimmer. Aber sie war so müde, dass sie darüber hinwegsah. Sie legte sich ins Bett und schlief bis in den frühen Morgen.

Ihr erster Blick fiel aus dem Fenster hinüber auf den Parkplatz. Als sie sah, dass ihr Wagen noch unversehrt dastand, war sie beruhigt. Der Wagen verfügte über eine gute Alarmanlage und ein Sicherheitsschloss, aber wer wusste schon, wer sich so alles in der Nacht auf den Parkplätzen an den Autos der Hotelgäste zu schaffen machte.

Sie zog sich an und ging in den kleinen Frühstücksraum. Das Frühstück war nicht gerade üppig, aber der Kaffee war gut. Mit sich und der Welt zufrieden, bezahlte sie die Rechnung und verließ das Gasthaus.

Ausgeruht und gut gelaunt fuhr sie weiter, ihrer Heimat entgegen. Unterwegs schaltete sie das Radio ein und hörte die neuesten Nachrichten an. Es gab nichts Neues, nur das Übliche. Sie drehte den Radioknopf weiter und suchte nach einem Musiksender. Sie liebte Opernmusik, aber auch die russischen Volkslieder wie »Endlos, endlos dehnen sich die Steppen« oder »Leise das Glöckchen erklingt«.

Nachdenklich und leise vor sich hin summend fuhr sie Stunde um Stunde weiter, bis sie wieder, erschöpft und müde von der Fahrt, das nächste Gasthaus aufsuchen musste. Sie übernachtete und fuhr am nächsten Morgen weiter, ihrem Ziel entgegen. Unterwegs überholte sie einen Lkw. Sie kam nur langsam an ihm vorbei und der Fahrer winkte und lächelte ihr zu. Von dem Augenblick an war sie nicht mehr allein auf der Straße. Der Lkw fuhr in geringem Abstand hinter ihr her. So allmählich wurde ihr die Verfolgung lästig. Leider war ein zügiges Fahren auf der schlechten Straße unmöglich. Sie konnte den Lkw nicht abschütteln. Und als sie an der Straße ein Rasthaus erblickte, fuhr sie schnurstracks darauf zu. Ihr fiel ein Stein vom Herzen. Was wollte der Mensch von ihr? Aber noch bevor sie das Gasthaus betrat, fuhr der Lkw ebenfalls vor dem Gasthaus vor. Sie fragte sich, ob ihre anfänglichen Bedenken jetzt in Erfüllung gingen.

Würde der Mensch sie weiter verfolgen? Natascha betrat das Restaurant und bestellte sich einen Kaffee. Kurz darauf kam der Fahrer des Lkw ebenfalls in den Gastraum und steuerte direkt auf sie zu. Fassungslos blickte Natascha den Mann an. Der zierte sich nicht lange und fragte, ob er sich für einen kurzen Augenblick zu ihr setzen dürfe. Natascha war empört und neugierig zugleich. Was wollte der Mensch von ihr?

»Entschuldigen Sie bitte, dass ich so dreist bin, mich Ihnen zu nähern. Aber ich habe gesehen, dass Sie vollkommen allein in der Gegend herumfahren. Darf ich Sie fragen, wohin Sie fahren wollen? Haben Sie gar keine Angst so allein?«

»Sicher ist es nicht gerade angenehm«, dachte Natascha. Aber was ging das den fremden Mann an?

»Ich sehe schon an Ihrem Gesicht, dass Sie mir misstrauen, aber ich habe weder die Absicht, Ihnen Schaden zuzufügen, noch mich Ihnen in irgendeiner Art und Weise zu nähern. Aber wenn Sie damit einverstanden sind, werde ich Sie so lange begleiten, wie unser Weg der gleiche ist. Sollte Ihnen irgendetwas zustoßen, wäre ich rechtzeitig zur Stelle. Außerdem kann ich zu jeder Zeit meine Kollegen oder die Polizei herbeirufen. Es liegt also in Ihrem Interesse, wenn Sie sich unter den Schutz der Fernfahrer begeben möchten.«

Natascha fiel ein Stein vom Herzen und sie sagte mit Freuden zu. Von dem Augenblick war der Lkw ihr Schatten. Sie fuhr immer so, dass sie ihn nicht aus den Augen verlor. Am Abend suchten sie gemeinsam ihre Schlafstätten auf, wobei der Fahrer ihr eine gute Hilfe war, denn der Mann kannte die besten Übernachtungsmöglichkeiten.

Bevor sich ihre Wege trennten, bedankte Natascha sich noch einmal recht herzlich bei dem Fahrer. Sie hatte ihn bereits in ihr Herz geschlossen. Und sie wünschte sehr, wenn sie wieder nach Moskau zurückführe, dass er oder einer seiner Kollegen ihr die gleichen Beschützerdienste leisten würde.

Die letzte kurze Fahrstrecke schaffte sie ohne Mühe. Und es wurde bereits höchste Zeit, dass sie ihr Heimatdorf erreichte, denn erster Raureif auf den Wiesen kündigte den Winter an.

Endlich erblickte Natascha in der Ferne die ersten kleinen Holzhäuser ihres Dorfes. Und als sie ihr Dorf erreichte, erkannte sie, dass auch hier bereits eine leichte Schneedecke in den Gärten lag. Aber die Dorfstraße war noch frei.

Sie betrachtete die kleinen Holzhäuser. So klein hatte sie sie nicht in Erinnerung gehabt. Und sie dachte: »Ob der Schnee sie vielleicht so niedergedrückt hat?«

Die Zäune standen schief und schrien nach ein wenig Farbe. Eine alte Frau kam Natascha auf der Straße entgegen und blieb mit offenem Mund stehen.

Die alte Frau kam ihr bekannt vor, aber wer war sie? Natascha drückte kurz auf die Hupe und grüßte freundlich. Darauf hin ließ die alte Frau ihren Eimer fallen und lief davon. Natascha hielt den Wagen an und wollte der alten Frau behilflich sein. Auch Nataschas Rufen, sie möge doch stehen bleiben, veranlasste die alte Frau nicht zur Umkehr. Kopfschüttelnd stieg Natascha in ihren Wagen und fuhr weiter bis zu ihrem Elternhaus.

Ankunft im Elternhaus

Bevor sie aus dem Wagen stieg, blieb sie noch einen Augenblick darin sitzen. Auch ihr Elternhaus erschien ihr so winzig. Aber dann stieg sie mit zitternden Knien aus dem Wagen. Ihr Gepäck ließ sie vorerst noch zurück.

Natascha näherte sich dem kleinen Gartentor und drückte die kleine Klinke herunter. Das Gartentor knarrte leise beim Öffnen. Dann stand sie vor der Haustür ihres Elternhauses und überlegte, ob sie anklopfen oder einfach die Tür öffnen solle. Aber ehe sie zu einem Entschluss kam, wurde die Tür von innen geöffnet und ihr Bruder Kolja stand vor ihr. Sie breitete ihre Arme aus und rief erfreut: »Kolja, mein lieber Bruder! Ich bin es, Natascha, deine Schwester!«

»Nein, das glaube ich nicht. Bist du es wirklich? Meine große, schöne Schwester Natascha?« Sie küssten und umarmten sich innig. »Komm herein und lass dich anschauen. Natascha, welch eine Freude. Väterchen, Mamachen, seht her, wer uns besucht. Unsere Natascha ist gekommen. Seht sie euch an, wie schön sie ist. Schwesterchen, dreh dich im Kreis herum, damit wir dich von allen Seiten betrachten können.«

Die Mutter blieb wie erstarrt auf ihrem Stuhl sitzen. Sie konnte nicht glauben, dass ihre schöne Tochter vor ihr stand. Der Vater dagegen sprang von seinem Stuhl und schloss seine Tochter in die Arme.

Er rief: »Mein schönes Mädchen! Mein Blümchen ist zu uns zurückgekehrt!« Dann küsste er seine Tochter.

Nun hatte auch die Mutter sich aus ihrem Stuhl erhoben und nahm ihre Nasti mit Freudentränen in den Augen in ihre Arme.

»Bin ich immer noch dein Blümchen?«, fragte Natascha ihren Vater.

»Du, bist mein Blümchen, und du wirst es auch für immer bleiben«, antwortete der Vater.

»Aber jetzt müsst ihr mir helfen, mein Gepäck ins Haus zu tragen«, forderte Natascha die Familie auf.

Der Vater, der Bruder und die Mutter konnten nicht glauben, was ihre Tochter so alles in ihrem Wagen verstaut hatte.

»Kind, was willst du nur mit den vielen Sachen?«, fragte die Mutter.

Natascha lächelte nur und fuhr den leer geräumten Wagen hinter das Haus. Dort war er sicher abgestellt und stand nicht im Wege.

Natascha betrat das Wohnzimmer und sortierte zuerst die Weihnachtsgeschenke aus. Danach trug sie die Geschenke in ihr kleines Zimmer oben unter dem Dach. Tief berührt blieb sie stehen und schaute sich um. Es hatte sich nichts verändert, das Zimmer war noch genau so, wie sie es verlassen hatte.

Natascha stellte die Pakete in eine Ecke und nahm ihre alte Puppe zur Hand. Sie war früher so etwas wie ihr Tagebuch gewesen. Jeden Abend, wenn sie sich schlafen gelegt hatte, hatte sie ihrer Puppe die Erlebnisse des vergangenen Tages anvertraut. Mit ihrer Puppe war sie eingeschlafen und mit ihr am Morgen wieder erwacht. Hier in ihrem Elternhaus hatte sie ihre glücklichste Zeit verbracht.

Aber Schluss mit den sentimentalen Erinnerungen. Unten in der Stube wartete ihre Familie und wollte wissen, was sie in den letzten Jahren in der großen Stadt so alles erlebt hatte.

Als sie das Wohnzimmer betrat, waren alle Augen auf sie gerichtet. Natascha lächelte und packte zuerst die mitgebrachten Geschenke aus. Dankbar und sichtlich verlegen nahmen die Eltern und der Bruder die Geschenke entgegen.

Die Mutter bestaunte ihren wunderschönen Mantel und fragte ihre Tochter: »Aber Nasti, wann soll ich den Mantel denn nur anziehen?«

»Immer wenn dir kalt ist«, antwortete Natascha. »Und Kolja wird in seiner hübschen Jacke garantiert ein nettes Mädel finden. Seht doch nur, wie stattlich er in der Jacke ausschaut«, erklärte Natascha.

Die Eltern betrachteten ihren Sohn von allen Seiten und pflichteten ihrer Tochter bei. Immer wieder bedankte sich die Familie für die Geschenke, indem sie ihre Tochter in die Arme nahmen und küssten. Die Familie versammelte sich im kleinen Wohnzimmer und ging erst spät in der Nacht schlafen.

Am nächsten Morgen zog ein köstlicher Duft durch das kleine Haus. Die Mutter hatte bereits in der Frühe frisches Brot gebacken. Natascha wusch sich wie früher in der bereitstehenden Waschschüssel. Sie zog ihren neuen roten Pullover und passend dazu die warme schwarze Hose an. Dann lief sie hinunter in die kleine Wohnstube.

Mit rosaroten Wangen und einem strahlenden Lächeln im Gesicht stand die Mutter in der Stube. Natascha erkannte, wie glücklich und zufrieden die Mutter war, und sie fragte sich, warum sie nicht schon eher zurückgekommen war. Das Wertvollste in ihrem Leben war doch ihre Familie. Hier wurde sie von allen geliebt. Natascha dachte: »So bald werde ich nicht nach Moskau zurückfahren. Ich werde den Winter hier verbringen.«

Die Familie war überglücklich, als Natascha ihnen mitteilte, dass sie den ganzen Winter über bei ihnen bleiben würde. Außerdem war es zur Zeit sowieso unmöglich zurückzufahren. Denn urplötzlich war der Winter da. Es schneite unaufhörlich. Und es dauerte nicht lange, bis das Land unter einer hohen Schneedecke begraben lag.

Nun begann wieder die ruhige Zeit. Die Eltern kümmerten sich um den kleinen Viehbestand. Und der Bruder sorgte für das nötige Brennholz. Natascha hatte es sich mit einem Buch auf der Ofenbank bequem gemacht. Sie hatte sich reichlich mit Büchern eingedeckt. Denn der Winter war lang und sie wollte die Zeit nicht nur an ihrem Laptop verbringen.

Es reichte vollkommen aus, die Nachrichten auf dem Bildschirm zu verfolgen.

Kolja war total fasziniert von dem Laptop. Und Natascha musste ihm sofort die Funktionen erklären. Als sie dem Bruder auch noch ein paar gespeicherte Spiele vorführte, kannte seine Begeisterung keine Grenzen mehr.

Die Eltern dagegen sahen in dem Laptop einen Zauberkasten, ja sogar Teufelszeug. Sie konnten sich die Funktionen nicht erklären und hielten Abstand von dem unheimlichen Gerät. Die Mutter strickte Strümpfe und Pullover aus der selbst gesponnenen Wolle. Der Vater hatte wieder ein paar Äpfel in der Backröhre liegen, und der ganze Raum duftete herrlich nach den Bratäpfeln. Der Vater setzte sich neben seine Tochter und stopfte seine Pfeife. Natascha stand auf und holte eine Flasche, vom mitgebrachten Rotwein aus ihrem Zimmer.

Auf Koljas Frage: »Schwesterchen, was wird denn heute gefeiert?«, antwortete sie: »Kolja, jeder Tag, an dem ich hier bei euch verbringe, ist ein Feiertag für mich.«

Sie überreichte jedem ein Glas Wein und nach dem ersten Schluck erklärte Kolja, dass er so einen guten Tropfen noch nicht getrunken hätte. Auch den Eltern schmeckte der Wein vorzüglich und sie tranken ihn mit Ehrfurcht.

Die Tage und Wochen gingen dahin, aber der Winter wollte nicht weichen. Natascha sehnte sich nach ein wenig Abwechslung. Hin und wieder bekam die Familie Besuch. Ein paar Dorfbewohner wollten Natascha sehen. Andere wieder besuchten wie üblich die Familie. Man hatte sich immer viel zu erzählen und Natascha vermisste das Leben in der Großstadt nicht. Selbstverständlich machte sie sich Gedanken über ihre weitere Zukunft. Aber im Augenblick sollte es einfach so weitergehen. Allerdings überlegte sie, ob sie wieder nach Moskau zurückkehren sollte. Oder sollte sie ihr Leben grundsätzlich ändern? Aber im Augenblick fiel ihr noch keine Lösung für ihre Zukunft ein.

Die Nachbarin Nina Petrowna hatte ihnen erzählt, dass ihre Tochter Anja in Berlin, einer großen Stadt in Deutschland, lebe. Natascha erinnerte sich noch an das nette, ruhige Mädel mit den langen Zöpfen, und sie bestellte liebe Grüße an Anja.

Nach dem Gespräch, es waren bereits ein paar Wochen vergangen, schaute Natascha zufällig aus dem Fenster und sah, dass die Nachbarin sich einen Weg durch den Schnee bahnte, um die Familie zu besuchen. Natascha öffnete die Tür, die Nachbarin trat ins Haus und hielt ihr einen Brief entgegen.

»Natascha, sieh her, meine liebe Anjuschka hat geschrieben. Sie schreibt, dass sie sich sehr freuen würde, wenn du sie einmal in Berlin besuchen würdest. Sie ist sehr einsam und wäre sehr glücklich über einen Besuch aus ihrem Heimatdorf.«

Nach Deutschland, nach Berlin – Nataschas Gedanken überschlugen sich. Sollte sie nach Berlin fahren? Nach Deutschland, in die frühere Heimat ihrer Mutter. Warum sollte sie nicht noch einmal ganz von vorn anfangen? Vielleicht in Berlin ein ganz neues Leben beginnen? Aber darüber wollte sie noch eine Nacht schlafen.

Am nächsten Tag teilte sie ihren Eltern so schonend wie möglich mit, dass sie, sobald der Frühling da ist, nach Deutschland fahren würde, um Anja zu besuchen. Schließlich könne sie den Eltern nicht ewig zur Last fallen, und außerdem, wie sollte ihr Leben weitergehen?

Die Mutter blickte ihre Tochter erstaunt an. »Du willst nach Deutschland fahren?«, fragte sie mit verträumtem Blick. »Auch ich würde gern mein Heimatland noch einmal sehen, aber mein Wunsch wird wohl niemals in Erfüllung gehen.«

Selbstverständlich hatte Natascha die Familie finanziell unterstützt, aber bald wären ihre Geldreserven aufgebraucht. Das Geld müsste noch so lange reichen, bis sie in Berlin eine neue Arbeit gefunden hätte.

Natascha wurde unruhig und neugierig zugleich. Was erwartete sie in Berlin?

Auf den Wiesen lagen noch Schneereste, aber die Straßen waren bereits trocken. Der nächtliche Frost und die Sonne am Tag hatten die Landstraße vom Schnee befreit und befahrbar gemacht.

Ihr Entschluss stand fest. Sie würde nach Deutschland fahren und die Freundin besuchen.

Der Abschied fiel der Familie schwer, aber Natascha versprach, dass sie so bald wie möglich wiederkommen würde. Und sie wolle in Zukunft noch mehr Briefe schreiben.

Kolja hatte Nataschas Wagen von Schnee und Schmutz befreit und vor das Haus gefahren. Nach ein paar ungewöhnlichen Geräuschen war der Wagen angesprungen.

Die Fahrt zurück nach Moskau

Natascha verstaute ihr Gepäck im Kofferraum, verabschiedete sich von ihrer Familie und stieg in ihren Wagen. Noch einmal winkte sie ihrer Familie zu, dann musste sie sich auf die Fahrt konzentrieren. Sie nahm ihr Taschentuch und wischte sich die Tränen aus den Augen. Und bald lag das kleine Dorf hinter ihr. Aber die unendlich lange Straße lag abermals vor ihr, und es graute ihr ein wenig vor der langen Fahrt. Leider blieb ihr nichts anderes übrig, sie musste den weiten Weg nach Moskau zurückfahren.

Rechts und links der Straße standen Mischwälder und Natascha hatte das Gefühl, als winkten die kahlen Äste der Bäume ihr zum Abschied zu.

Während sie wieder Stunde um Stunde in Richtung Moskau fuhr, erschien ihr die Fahrt zurück kürzer.

Das war natürlich Unsinn, denn es war schließlich die gleiche Wegstrecke. Vielleicht lag es auch daran, dass ihr Wagen nicht mehr so schwer beladen war.

Auch als sie das kleine Gasthaus, in dem sie das nette Mädel, Nina, kennengelernt hatte, erreichte, glaubte sie, schneller gefahren zu sein.

Natascha öffnete die Tür und betrat das kleine Gasthaus. Sofort wurde sie von Nina herzlich begrüßt. Nina schlang ihre Arme um sie und bestürmte sie mit allerlei Fragen. »Wie hat es dir in deinem Heimatdorf gefallen? Fährst du jetzt wieder zurück nach Moskau?«

Als Natascha ihr erklärte: »Nina, ich fahre jetzt nach Moskau und anschließend nach Berlin, ich werde in Deutschland eine Freundin besuchen«, wollte Nina sofort mitfahren. Aber Natascha wollte zuerst ihre Wohnung in Moskau vermieten, ihre Arbeitsstelle kündigen und das Besuchervisum für Deutschland abholen.

Aber sie versprach Nina, sobald sie in Berlin eine Wohnung gefunden hätte, dürfe Nina nach Berlin kommen und sie besuchen.

Beim Abschied musste sie Nina noch einmal fest versprechen, sie ja nicht zu vergessen. Während der Fahrt dachte Natascha noch immer an das nette Mädel. Sie würde ihr Versprechen halten. So eine Freundin wie diese Nina hatte sie sich schon lange gewünscht.

Während sie weiterfuhr, dachte sie: »Natascha, du wirst schon wieder sentimental. Du musst nach vorn schauen. Und fürchte dich nicht vor der Zukunft. Du tauschst zwar eine gute Position und ein sicheres Einkommen gegen eine ungewisse Zukunft ein. Aber du wirst es schaffen, dir ein neues Leben aufzubauen.«

Während ihrer tagelangen Fahrt hatte sie sich immer wieder umgeschaut, aber ein Fernfahrer, der sie begleiten würde, war nicht erschienen. Aber sie bewältigte die Fahrstrecke auch allein.

Als Natascha in Moskau eintraf, störte sie sofort der Stadtlärm. Welch himmlische Ruhe herrschte dagegen in ihrem Heimatdorf! Auch die Autoabgase rochen wieder einmal besonders unangenehm. Deshalb war sie froh, als sie ihre Wohnung erreicht hatte. Außerdem war sie von der langen Fahrt erschöpft.

Die Wohnung war leicht beheizt. Natascha wollte sich am kommenden Morgen bei ihrer fürsorglichen Nachbarin dafür bedanken. Aber jetzt musste sie zuerst einmal ausschlafen.

In den nächsten Tagen regelte sie alles Notwendige. Eine ihrer Arbeitskolleginnen übernahm hocherfreut ihre Wohnung. Selbstverständlich vorerst nur unter Vorbehalt. Sie wollte, wenn sie doch wieder nach Moskau zurückkehren sollte, nicht ohne Wohnung dastehen.

Auch von ihrer Arbeitsstelle ließ sie sich vorerst einmal nur beurlauben. Danach holte sie ihr Visum für die Reise nach Berlin ab und fuhr in eine ungewisse Zukunft.

Die Fahrt nach Deutschland forderte wieder ihre ganze Kraft. Auch die Straße wollte kein Ende nehmen.

Ankunft in Berlin

Völlig übermüdet traf sie in Berlin ein. Aber noch schlimmer als die Fahrt nach Berlin war die Suche nach der Wohnung ihrer Freundin. In Moskau kannte sie sich aus, aber im Berliner Stadtverkehr wurde ihr doch unheimlich zumute. Als sie endlich vor dem Haus ihrer Freundin angekommen war, fand sie keinen Parkplatz. Natascha musste weiterfahren und sich nach einem Stellplatz für ihren Wagen umschauen. Bald hatte sie völlig die Orientierung verloren. Sie wusste nicht mehr, wo die Wohnung der Freundin lag. Sie fuhr zurück in die Richtung, aus der sie glaubte, gekommen zu sein.

Endlich erblickte sie ein Hinweisschild von einem Parkhaus. Sie fuhr in das Parkhaus und stellte ihren Wagen vorerst dort unter. Sie verriegelte das Fahrzeug, aber ihr Gepäck nahm sie vorsichtshalber mit. Sie verließ das Parkhaus und stellte sich an den Straßenrand. Aber es dauerte lange, ehe eine Taxe stehen blieb. Natascha nannte dem Fahrer die Adresse und kurz darauf hielt das Fahrzeug bereits wieder. Die Wohnung lag nicht weit entfernt vom Parkhaus.

Kurz vor 19 Uhr stieg Natascha die Stufen zur Wohnung der Freundin empor.

Gerade als sie die Türglocke betätigen wollte, wurde die Tür geöffnet, und eine junge Frau stand erstaunt vor ihr. Auch Natascha sah die junge Frau an und fragte: »Anja, bist du es?«

»Natascha, bist du es?«, fragte Anja genauso erstaunt zurück. Dann war der Bann gebrochen. Anja zog die Freundin in ihre Wohnung und umarmte sie. Fragen über Fragen prasselten auf Natascha ein.

»Was machen meine Eltern? Geht es ihnen gut? Wie hat es dir in unserem Dorf gefallen? Wie lange bleibst du bei mir?«

Natascha war völlig erschöpft und bat: »Anja, darf ich mich zuerst einmal hinsetzen?«

»Aber natürlich, wie dumm von mir. Schließlich hast du eine anstrengende Fahrt hinter dir.« Sie drückte Natascha auf ein Sofa. »Hast du Hunger? Oder möchtest du etwas trinken?«, fragte Anja weiter.

Natascha holte zuerst einmal tief Luft und sagte: »Ja, Anja, gib mir bitte ein Glas Wasser.«

Anja ging in die Küche und kam sofort mit dem Wasser zurück. Sie reichte Natascha das Glas und meinte, dass es heute Abend doch wohl nicht bei einem Glas Wasser bliebe. Sie wollte sofort mit Natascha in das nächste Restaurant gehen und ihr Wiedersehen feiern.

Natascha dachte, dass sie auch mit einem Butterbrot zufrieden sei. Aber im Augenblick wollte sie zuerst einmal ihren Durst stillen.

Nachdem sie sich erfrischt hatte, überreichte sie Anja einen Brief ihrer Eltern. Hocherfreut nahm Anja den Brief in Empfang. Während sie las, seufzte sie ein paar Mal. Dann schaute sie Natascha an und sagte: »So, Natascha, und jetzt gehen wir etwas Ordentliches essen.«

Auf dem Weg zum Restaurant berichtete Natascha der Freundin über ihre Schwierigkeiten bei der Parkplatzsuche.

Anja wollte nicht glauben, dass Natascha so mutig war, mit einem Auto von Moskau nach Berlin zu fahren. Sie sagte: »Natascha, ich bin sprachlos, dass du überhaupt den Weg zu meiner Wohnung gefunden hast. Bei dem Verkehr mit dem Auto nach und durch Berlin zu fahren war eine große Leistung von dir.«

Sie schaute die Freundin an und bewunderte sie insgeheim. Natascha gab zu, dass sie ein paar Mal nach dem Weg gefragt hatte, um die Wohnung zu finden.

»Besitzt du denn einen eigenen Wagen?«, wollte Anja wissen. Natascha nickte und erklärte, dass sie ihren Wagen in einem Parkhaus untergestellt habe. Dies hielt Anja im Augenblick auch für die beste Lösung. Sie sah zurzeit auch keine Möglichkeit, das Fahrzeug anderweitig unterzustellen. Sie wollte sich aber am nächsten Tag um einen Parkplatz für den Wagen kümmern. Gleichzeitig erklärte sie jedoch: »Es wird aber nicht einfach werden. Aber darüber reden wir später, jetzt gehen wir zuerst einmal ins Restaurant.«

Als sie das Restaurant betraten, erkannte Natascha sofort, dass es ein Restaurant der gehobenen Kategorie war, und sie war neugierig, wie das Essen schmecken würde. Anja wurde sofort freundlich empfangen. Sie war wohl Stammgast in dem Restaurant. Aber auch Natascha wurde nach einer kurzen, neugierigen Betrachtung höflich aus ihrem Mantel geholfen. Der Empfangschef führte sie zu einem kleinen Tisch hin.

»Dies ist mein Stammtisch,« erklärte Anja.

Als Natascha die Speisekarte betrachtete, kannte sie keine der aufgeführten Speisen. Anja bemerkte, dass Natascha verunsichert die Speisekarte studierte, daraufhin bestellte sie kurzerhand das gleiche Essen für sie beide.

Ohne Aufforderung brachte der Kellner zwei Sherry. Er fragte nur kurz, ob es so recht sei.

Anja lächelte und gab ihr Einverständnis. Der Sherry vor dem Essen bekam ihnen gut. Er wärmte und regte ihren Appetit an. Bald waren die Freundinnen so in ihre Unterhaltung vertieft, dass sie erstaunt aufsahen, als der Kellner ihnen das Essen brachte. Natascha war sehr zufrieden, das Essen war wirklich vorzüglich.

Anja bestellte nach dem Essen noch zwei Gläser Wein, und kurz darauf waren die Freundinnen in guter Stimmung. Sie lachten und scherzten und Anja hörte neugierig zu, was Natascha erzählte.

Doch dann forderte Natascha Anja auf: »So, Anja, ich habe dir jetzt so viel von mir erzählt, jetzt möchte ich von dir hören, wie du in Berlin lebst.«

Aber Anja erwiderte: »Natascha, es ist schon spät, aber bei nächster Gelegenheit erzähle ich dir ausführlich alles aus meinem Leben.«

In froher Stimmung verließen sie das Lokal und traten den Heimweg an.

Als sie die Wohnung erreicht hatten, erklärte Anja, dass sie noch verabredet sei und Natascha ruhig schon zu Bett gehen möge, denn es könne spät werden, ehe sie zurückkäme.

Und es wurde spät. Natascha wurde am frühen Morgen aus dem Schlaf gerissen. Sie hörte, dass Anja sich im Bad aufhielt und duschte. Natascha warf einen Blick auf ihre Armbanduhr und sah, dass es sechs Uhr in der Frühe war. Den Vormittag verschlief Anja.

Natascha nutzte die Zeit, indem sie spazieren ging. So ganz nebenbei hielt sie Ausschau nach einem Parkplatz für ihren Wagen. Aber sie suchte vergeblich. Was sollte sie tun? Der Wagen konnte nicht im Parkhaus stehen bleiben. Das würde auf Dauer zu teuer werden. Eigentlich brauchte sie hier in Berlin keinen Wagen. Sie sollte, auch wenn es sie schmerzte, ihren Wagen verkaufen. Mit dem Geld könnte sie ihren Unterhalt in den nächsten Wochen finanzieren. Natascha wollte gleich am nächsten Tag, einen Autohändler aufzusuchen.

Am späten Nachmittag kam Anja aus ihrem Zimmer. Sie entschuldigte sich bei der Freundin: »Natascha, es ist gestern sehr spät geworden. Besser gesagt früh, ich bin erst am frühen Morgen nach Hause gekommen.«

»Dann war der Abend wohl sehr schön. Du brauchst dich bei mir nicht entschuldigen. Es ist doch ganz allein deine Angelegenheit, zu gehen und zu kommen, wann du es für richtig hältst.«

Anja lächelte und ging in die Küche, um Kaffee zu kochen. Während die Freundinnen ihren Kaffee tranken, erzählte Natascha der Freundin, dass sie ihren Wagen verkaufen wolle.

Anja schaute sie erstaunt an und sagte: »Ich helfe dir gern beim Verkauf des Wagens. Aber möchtest du den Wagen wirklich verkaufen? Es ist doch sehr praktisch, einen eigenen Wagen zu besitzen.«

»Ja, und ich bedaure es auch, ihn zu verkaufen, aber ich möchte gern hier in Berlin bleiben und mir von dem Geld eine neue Existenz aufbauen. Außerdem glaube ich nicht, dass ich hier in der großen fremden Stadt Auto fahren werde.«

»Natascha, das ist ja wunderbar! Wie ich mich darüber freue, wenn du hier in Berlin bleibst! Du kannst selbstverständlich erst einmal bei mir wohnen. Und was deinen Wagen betrifft, da stimme ich dir zu, ich besitze nicht einmal einen Führerschein. Und ich kann dir behilflich sein, denn ich kenne ein paar Autohändler. Dort kann ich für deinen Wagen einen guten Preis aushandeln. Außerdem wohnen in Berlin viele Landsleute, und die kaufen schon aus Sentimentalität einen Wagen aus unserer Heimat.«

Zwei Tage später war Nataschas ganzer Stolz, ihr Wagen, zu einem guten Preis verkauft. Es war tatsächlich ein Landsmann, der aus Liebe zu seiner Heimat den Wagen gekauft hatte. Außerdem hatte er sich gefreut, eine neue Landsmännin in Berlin zu begrüßen. Er hatte Natascha sofort einladen und sie wiedersehen wollen. Aber Natascha hatte abgelehnt.

Anja verstand Natascha nicht. Sie fand den jungen Mann sehr nett und bedauerte, dass er Natascha und nicht sie eingeladen hatte.

Ein paar Tage vergingen. Anja verließ jeden Abend die Wohnung und kam erst am frühen Morgen zurück. Natascha bedrängte die Freundin immer wieder mit Fragen. Sie wollte endlich wissen, was die Freundin nachts aus dem Haus trieb. Aber Anja wich ihren Fragen immer wieder geschickt aus und erfand immer neue Geschichten. Erst als sie nicht mehr wusste, wie sie sich herausreden sollte, gestand sie der Freundin, dass sie nachts in einer Bar arbeitete. Natascha war erstaunt und zugleich interessiert.

Ein Abend in der Bar

Sie hatte noch nie eine Bar besucht. Als Anja ihr Interesse bemerkte, ermunterte sie die Freundin, sie doch am kommenden Abend zu begleiten. Außerdem könne sie wegen ihrer Schönheit sofort dort arbeiten und gutes Geld verdienen. Es wäre auch ganz einfach und ohne jegliche Verpflichtungen. Sie müsse nur die männlichen Gäste unterhalten und zum Trinken animieren.

Nach anfänglichem Zögern willigte Natascha ein. Außerdem war sie neugierig, wie es in einer Bar so zuging. Leider besaß sie kein passendes Kleid für einen Barbesuch. Aber Anja stellte ihr sofort ein Kleid aus ihrem Sortiment zur Verfügung.

Auch beim Schminken half Anja ihr. Anschließend stellte Natascha sich vor den Spiegel und betrachtete ihr Gesicht. Anja schaute die Freundin an und bewunderte ihre Schönheit. Natascha war sehr nervös. Sie folgte der Freundin mit zitternden Knien und Herzklopfen.

Bevor sie die Bar aufsuchten, aßen sie noch in dem kleinen Restaurant zu Abend. Aber an diesem Abend hielten sie sich nicht lange dort auf. Kaum dass sie gegessen hatten, verließen sie das Lokal wieder. Nach einem kurzen Fußmarsch standen sie vor einem kleinen unscheinbaren Lokal. Natascha war enttäuscht, sie hatte sich eine Bar immer anders vorgestellt. Zum Beispiel mit einer großen leuchtenden Fassade, die schon von Weitem das Publikum anzog.

Knarrend öffnete sich die kleine Eingangstür. Ein junger Mann begrüßte Anja und schaute Natascha neugierig an. Aber bevor er fragen konnte, erklärte Anja: »Das ist Natascha, meine Freundin, sie möchte ab heute hier arbeiten.«

Der junge Mann warf einen kurzen abschätzenden Blick auf Natascha und gab danach den Freundinnen den Weg frei. In der Bar war es beängstigend dunkel und Natascha konnte im ersten Augenblick nicht viel erkennen. Anja bemerkte, dass die Freundin sich ängstlich umsah. Sie ergriff ihren Arm und führte Natascha durch das kleine Lokal. Vor einer weiteren Tür blieb sie stehen und klopfte kurz an.

Daraufhin fragte ein Mann durch die verschlossene Tür: »Was ist?«

Anja öffnete die Tür und schob die Freundin in den hell erleuchteten Raum. Ein Mann, so um die vierzig, rekelte sich in einem viel zu großen schwarzen Ledersessel.

Interessiert schaute er Natascha an. Dann sah er Anja an. Anja reagierte sofort und erklärte: »Also, Boss, das ist meine Freundin Natascha. Kann sie hier arbeiten?«

Der Mann betrachtete Natascha noch einmal abschätzend und antwortete: »Okay, wenn sie Umsatz machen kann. Alles Weitere besprechen wir später.«

Damit war die Angelegenheit vorerst erledigt und Anja drängte Natascha aus dem Raum und erklärte beiläufig: »Das war es schon, jetzt musst du nur noch beweisen, dass du Champagner verkaufen kannst. Hör zu, ich weise dich kurz ein. Sieh dir die Frauen an der Bar an. Das sind unsere Damen. Wenn ein oder mehrere Männer das Lokal betreten, begrüßen wir die Männer und fragen, ob sie unsere Gesellschaft wünschen. Wenn sie zustimmen, setzen wir uns zu ihnen an den Tisch, und die Männer müssen für uns Getränke bestellen. Je nachdem, wie viel wir trinken und wie viel die Männer bestellen, danach richtet sich unser Verdienst. Wir arbeiten auf Prozente. Alles klar?«

Natascha hatte zwar verstanden, was Anja ihr erklärt hatte, aber sie war nicht sicher. Trotzdem nickte sie zustimmend und antwortete: »Alles klar.«

So nach und nach betraten Gäste das Lokal. Natascha schaute die Freundin an. Aber die trank Wasser und reagierte nicht. Als Natascha schon zweifelte, ob Anja überhaupt noch die Theke verlassen wollte, sagte sie plötzlich: »Natascha, die Pause ist vorbei, folge mir bitte.«

Kurz vorher hatten zwei Männer das Lokal betreten und sich an einen Tisch in der äußersten Ecke der Bar gesetzt.

Anja ging zügig voran. Vor dem Tisch blieb sie stehen und fragte: »Hallo, guten Abend, die Herren – Champagner wie immer?«

Die Männer sahen zuerst Natascha an. Dann fragte einer von ihnen: »Oh, eine neue Dame? Ja, das lassen wir uns etwas kosten. Bitte nehmen Sie doch Platz.«

Anja und Natascha setzten sich zu den Herren an den Tisch. Sofort erschien eine Serviererin und fragte die Herren nach ihren Wünschen. Die Männer forderten: »Champagner für die Damen.«

Die Serviererin eilte zur Theke und kam umgehend mit vier Gläsern und einer Flasche Champagner zurück. Sie füllte die Gläser und zog sich sofort wieder zurück.

Anja trank, als hätte sie eine Woche in der Wüste verbracht. Natascha nippte vorsichtig an ihrem Glas herum und dachte: »Wie soll ich nur die fremden Männer unterhalten? Ob die Männer mich überhaupt verstehen?« Aber ihre Sorge war völlig unbegründet. Anja führte die Unterhaltung. Sie erklärte den Gästen: »Meine Herren, das ist Natascha, meine Freundin. Sie ist erst vor ein paar Tagen aus Moskau gekommen.«

Zwischendurch füllte Anja immer wieder Nataschas halb leer getrunkenes Glas, dann wurde sie ungeduldig und flüsterte ihr zu: »Natascha, schmeckt dir der Champagner nicht? Du trinkst so wenig.«

Sie verstand, sie musste mehr trinken. Aber bald drehte sich alles um sie herum. Sie stand auf und stolperte über ihre eigenen Füße. Anja griff beherzt zu und hielt die Freundin fest.

Anja entschuldigte sich bei den Herren und erklärte ihnen, dass es Nataschas erster Arbeitstag sei. Dann führte sie die Freundin zur Toilette. Natascha schwankte wie ein Segelschiff auf hoher See und ihr war elend zumute. Anja drängte sie in die Toilette und forderte: »Stecke deinen Finger in den Hals und brich das Zeug heraus.«

Natascha würgte, spuckte den Champagner aus und wusch sich anschließend das Gesicht mit kaltem Wasser.

»Natascha, was machst du denn? Sieh einmal in den Spiegel, wie du jetzt aussiehst!«, schimpfte Anja. Sie nahm Schminke und Lippenstift aus ihrer Handtasche und erneuerte Nataschas Lidschatten. Nach dem Schminken forderte sie Natascha auf: »Komm, wir müssen wieder an den Tisch zurückgehen, so lange warten die Männer nicht auf uns. Und jetzt reiß dich gefälligst zusammen und trink ein bisschen schneller, sonst verdienen wir nicht genug. Geh zwischendurch noch einmal zur Toilette und würge das Zeug heraus.«

Natascha riss sich zusammen und trank weiter. Bald herrschte eine ausgelassene Stimmung an ihrem Tisch. Und nach jeder geleerten Flasche wurde eine neue serviert.

Vor Nataschas Augen legte sich ein Schleier und die Umgebung drehte sich im Kreis. Anja lachte und scherzte viel. Natascha schaute zu ihr hin. Im gleichen Augenblick erhob Anja ihr Glas, trank einen kleinen Schluck und schüttete den Rest hinter sich in die Blumen.

Jetzt wusste Natascha auch, warum Anja so viel Champagner trinken konnte. Sie wollte ebenfalls den Champagner unbemerkt ausschütten, aber das ging daneben. Sie hatte ihr Glas seitlich unter den Tisch gehalten und den Champagner einem der Herren über seine Schuhe gegossen.

Natascha entschuldigte sich vielmals. Nun musste sie weitertrinken, denn die Männer beobachteten sie genau. Anja konnte weiter die Blumen hinter sich begießen und ihr Glas immer wieder neu füllen. Natascha dagegen schwebte in einem Champagnerrausch.

Auch als ihr Tischnachbar seinen Arm um sie legte, protestierte sie nicht. Und die Männer erhofften sich eine amüsante Nacht und bestellten weiter Champagner für die Damen.

Auch Natascha wurde immer redseliger und lustiger. Sie plapperte halb auf Deutsch und dazwischen immer wieder auf Russisch munter drauflos.

Die Männer waren begeistert von Nataschas Schönheit und ihrer natürlichen Art.

Und als die Bar geschlossen wurde, luden sie Anja und Natascha noch zu sich ein. Sie wollten in ihrem Haus weiterfeiern. Die Männer erklärten: »Es wäre doch schade, die schöne Nacht so kurzfristig zu beenden.«

Anja sah Natascha skeptisch von der Seite an. Die hatte nicht bemerkt, dass die Herren sie einladen wollten. Sie hatte ihre Arme seitwärts erhoben, drehte sich im Kreis und rief: »Ich kann fliegen, ich bin ein Vögelchen.«

Anja sprach noch mit den Männern, danach hielt sie Natascha fest und schob sie kurzerhand in ein Taxi. Anja wandte sich noch einmal den Männern zu, verabschiedete sich und stieg dann ebenfalls in das Taxi ein.

Die Stufen zu ihrer gemeinsamen Wohnung krabbelte Natascha auf Händen und Füßen hoch.

In der Wohnung wollte Natascha sogleich weiter tanzen und singen.

Aber Anja drängte sie ins Schlafzimmer und warf sie aufs Bett. Dann legte sie der Freundin die Hand auf den Mund und flüsterte: »Natascha, sei still, denk bitte an unsere Nachbarn, die wollen ihre Ruhe haben. Es ist doch sehr früh am Morgen.«

Natascha schaute die Freundin erstaunt an und murmelte noch einmal leise vor sich hin. Danach fiel sie in einen tiefen Schlaf.

Als sie gegen Mittag erwachte, fühlte sie sich schrecklich. Die Kopfschmerzen waren unerträglich und ihr Magen rebellierte. Und sie wäre lieber im Bett geblieben. Aber ihre Kopfschmerzen zwangen sie, das Bett zu verlassen. Sie brauchte dringend eine Schmerztablette.

Natascha stand auf, zog ihren Morgenmantel über und ging in die Küche. Anja saß vor einer Tasse Kaffee und las in irgendeinem Magazin.

Natascha jammerte: »Anja, es geht mir so schlecht, hast du vielleicht eine Kopfschmerztablette für mich?«

Anja sah sie an und meinte: »Warum jammerst du? Es war doch ein erfolgreicher Abend. Wir konnten Champagner bis zum Abwinken trinken und der Verdienst war auch dementsprechend. Ach, übrigens, dort auf dem Schrank liegt dein Geld.«

Natascha hatte im Augenblick kein Interesse an dem Geld. Sie wünschte sich nur, dass die Kopfschmerzen so schnell wie möglich nachließen.

Anja forderte Natascha auf: »Trink ein Glas Sekt, dann geht es dir wieder besser. Der Sekt ist gut für deinen Kreislauf, und schließlich soll man mit dem Getränk wieder beginnen, mit dem man aufgehört hat.«

Aber davon wollte Natascha nichts wissen. So leise, wie sie gekommen war, zog sie sich wieder zurück und legte sich erneut in ihr Bett. Sie dachte, sie müsse sterben.

Plötzlich stand Anja mit einem Glas Wasser und einer Tablette vor ihr und forderte: »Komm, trink das, dann geht es dir wieder besser.«

Natascha nahm die Tablette ein und trank das Glas leer. Kurz darauf stand Anja wieder vor ihrem Bett, aber dieses Mal mit einer Tasse Kaffee. Das Wasser und der Kaffee taten ihr gut. Nach einer Weile fühlte sie sich so frisch, dass sie das Bett verlassen konnte.

Sie ging ins Bad, duschte und zog sich an. Nachdem sie fertig war, erinnerte sie sich, dass sie noch nichts gegessen hatte. Anja hatte sich bereits wieder in ihr Zimmer zurückgezogen und schlief. Sie ging in die Küche und suchte nach etwas Essbarem.

Aber im Kühlschrank fand sie nichts, was ihren Appetit hätte stillen können. Sie überlegte kurz und sah aus dem Küchenfenster.

Die Sonne schien und Natascha dachte: »Ein Spaziergang in der frischen Luft wäre jetzt genau das Richtige. Und gleichzeitig werde ich einkaufen.«

Sie erinnerte sich, dass Anja von einem Geldanteil gesprochen hatte. Sie ging zum Schrank und sah das Geld liegen. Sollte das wirklich alles ihr gehören?

Vor ihr lagen 120 Euro. So viel sollte sie in der vergangenen Nacht verdient haben? Das war doch nicht möglich. Sie dachte: »Anja hat sich sicher vertan, ich nehme nur die Hälfte von dem Geld.«

Sie wollte die Freundin noch einmal fragen. Außerdem reichten auch 60 Euro für den Einkauf. Kurz entschlossen zog sie ihren Mantel über, nahm den Wohnungsschlüssel vom Haken und verließ die Wohnung.

Sie ging die Treppe hinunter und trat hinaus auf die Straße. Es war kalt, aber die frische Luft tat ihr gut. Aber sie kannte sich in Berlin nicht aus. Sollte sie rechts oder links die Straße entlanggehen? Die Straße war breit, stark befahren und auf beiden Seiten standen große Wohnhäuser.

Aber von einem Geschäft war weit und breit nichts zu sehen. Sie blieb stehen und schaute sich ratlos um. Plötzlich stand eine junge Frau neben ihr. Sie schaute Natascha an und fragte: »Entschuldigen Sie, haben Sie Schwierigkeiten? Haben Sie sich verirrt? Kann ich Ihnen helfen?«

Natascha stand vor der hilfsbereiten jungen Frau und blickte sie erstaunt an.

»Oh ja, das wäre sehr nett von Ihnen. Ich möchte einkaufen, aber ich finde kein Geschäft. Wenn Sie mir liebenswürdigerweise sagen würden, wo ein Lebensmittelgeschäft ist, wäre ich Ihnen sehr dankbar.«

»Aber selbstverständlich kann ich Ihnen behilflich sein«, antwortete die junge Frau freundlich lächelnd. »Begleiten Sie mich doch einfach. Ich habe den gleichen Weg. Ich will auch einkaufen.«

Nataschas Sprache ließ noch einen leichten russischen Akzent erkennen, darum fragte die junge Frau: »Darf ich fragen, woher Sie kommen? Sie sind doch keine Berlinerin?«

»Da haben Sie vollkommen recht, ich komme aus Moskau und bin erst wenige Tage hier in Berlin.«

Die junge Frau hörte Nataschas Erklärungen interessiert zu und ging dann schweigend neben ihr her. Plötzlich standen sie vor einem Geschäft.

Natascha bedankte sich bei der jungen Frau und betrat das Geschäft. Als sie später das Geschäft wieder verließ, stand die Frau schon wartend vor dem Ausgang und fragte Natascha: »Haben Sie alles bekommen? Ich begleite Sie jetzt noch auf dem Rückweg. Denn Sie finden garantiert nicht wieder zu Ihrer Wohnung hin.«

Wie recht die junge Frau damit hatte, erkannte Natascha erst, als sie sich auf den Rückweg konzentrierte.

Sie hätte sich ganz sicher nicht zurückgefunden. Unterwegs unterhielten sich die Frauen noch ein wenig.

Als die beiden Frauen Nataschas Wohnung erreicht hatten, verabschiedeten sie sich beinahe freundschaftlich voneinander.

Natascha bedankte sich bei der hilfsbereiten Frau, und sie verabredeten sich gleichzeitig für den nächsten Einkaufstag. Nachdem Natascha die unzähligen Treppenstufen bewältigt hatte, musste sie zuerst ein paar Mal tief durch atmen.

Dann ging sie in die Küche und bereitete das Essen zu. Sie deckte den Tisch und rief Anja. Als Anja die Küche betrat und Natascha das Essen servierte, fragte sie erstaunt: »Natascha, hast du das Essen bringen lassen? Oder hast du gekocht?«

»Anja, ich habe eingekauft und gekocht. Lass es dir schmecken«, antwortete Natascha.

Anja setzte sich an den Tisch und murmelte vor sich hin: »Kneif mich, das glaube ich nicht. Es gibt tatsächlich noch Frauen, die kochen können.«

Nachdem Anja das Essen probiert hatte, schaute sie die Freundin an und fragte: »Natascha, jetzt erkläre mir bitte, wo hast du so gut kochen gelernt? Das Essen ist einfach köstlich. Kochst du jetzt jeden Tag für uns?«

Natascha lächelte und versprach der Freundin: »Anja, so oft es die Zeit erlaubt, koche ich für uns.«

Während die Freundinnen sich das Essen schmecken ließen, fragte Natascha: »Anja, sag mir bitte, wie viel ich gestern Abend verdient habe? Das Geld auf dem Schrank kann doch unmöglich alles mir gehören.«

Aber Anja bestätigte der Freundin noch einmal: »Selbstverständlich gehören die 120 Euro dir. Das ist dein Verdienst von gestern Abend.«

Dann meinte sie so nebenbei: »Übrigens, wie fühlst du dich? Hast du dich wieder erholt? Und gehst du heute Abend wieder mit? Schließlich kannst du nirgendwo so schnell und so viel Geld verdienen wie bei uns in der Bar.«

Natascha zögerte noch einen Augenblick, aber dann sagte sie zu. Denn sie hatte sich erstaunlich gut von dem gestrigen Trinkgelage erholt und sie fand, dass es doch eigentlich ein amüsanter Abend war.

Aber weil sie gewiss wieder bis in den Morgen arbeiten würden, wollten die Freundinnen vorher noch ein wenig schlafen.

Als Natascha erwachte, war es bereits dunkel. Die Straßenlaternen brannten und sie wunderte sich über das viele Licht ringsum. Sämtliche Fenster waren hell erleuchtet, und in einige von ihnen konnte sie hineinschauen.

Natascha betrat das kleine Wohnzimmer. Anja hatte sich bereits angezogen und geschminkt. Nun forderte sie die Freundin auf: »Natascha, zieh dich bitte an, ich möchte vor der Arbeit noch im Restaurant zu Abend essen.«

Natascha schaute auf die Uhr. Es war bereits nach 18 Uhr und es wurde höchste Zeit, sich anzukleiden.

Sie ging ins Bad und machte sich für den Abend zurecht. Anschließend korrigierte Anja wieder ein wenig Nataschas Lidschatten, dann zogen sie ihre Mäntel über und besuchten ihr Lieblingsrestaurant.

Während des Essens belehrte Anja die Freundin: »Natascha, hör mir bitte zu, wenn wir jetzt fettreiches Essen zu uns nehmen, dann vertragen wir mehr Alkohol.«

Natascha verstand. Sie hatte sich schon über das mächtige Essen gewundert.

Als die Freundinnen anschließend die kleine Bar betraten, herrschte bereits reger Betrieb im Lokal. Anja steuerte direkt auf einen Tisch zu, an dem zwei einsame Herren saßen. Natascha folgte ihr und die

Herren forderten die Freundinnen auch sogleich auf, sich an den Tisch zu setzen.

Anja unterhielt sich angeregt mit ihrem Partner, aber Natascha fühlte sich nicht wohl. Ihr Tischnachbar war ihr unsympathisch. Er wirkte so kalt und wollte Natascha betatschen. Natascha zog sich ein wenig von dem aufdringlichen Gast zurück und nahm ihr Glas in die Hand. Daraufhin reagierte der Mann unverschämt.

Er sagte zu ihr: »Hör zu, wenn du trinken willst, zeig mir zuerst einmal, was heute Nacht so läuft.«

Natascha war entsetzt und schaute Anja hilfesuchend an. Aber Anja war in ihre Unterhaltung vertieft und reagierte nicht. Und wieder rückte der Mann näher zu Natascha hin und betatschte sie schon wieder. Daraufhin sprang sie empört auf.

Jetzt wurde auch Anja aufmerksam und fragte: »Was ist denn los? Setz dich hin und stell dich nicht so an. Du willst doch Geld verdienen. Also komm und trink weiter.«

Natascha blickte noch einmal in das grinsende Gesicht des Mannes, dann lief sie wie vom Teufel gehetzt aus dem Lokal.

Vom Licht der Straßenlaterne geblendet, stolperte sie und stürzte auf die Straße. Sie versuchte aufzustehen, aber ihr rechter Fuß schmerzte so stark, dass sie ihn nicht belasten konnte. Natascha setzte sich auf den Rand des Fußgängerweges, zog ihren Schuh aus und tastete ihren Fuß ab. Es gab keinen Zweifel: Sie hatte sich den Fuß verstaucht.

Markus Rolfes

Plötzlich ertönte eine Männerstimme hinter ihr: »Hallo, schöne Frau, sitzen Sie bequem? Ich könnte Ihnen eine bessere Sitzgelegenheit anbieten. Darf ich Ihnen behilflich sein?«

Natascha war empört und schimpfte auf Russisch alles, was ihr im Augenblick so einfiel.

»Oh, là, là, wen haben wir denn hier gefunden? Eine kleine Natascha?«

Natascha schaute verblüfft zu dem Mann empor. Woher kannte er ihren Namen? Sie schaute dem Mann ins Gesicht und erkannte, dass ein sehr schöner Mann vor ihr stand. Automatisch streckte sie ihm ihre Hand entgegen.

Der Mann half ihr behutsam aufzustehen. Natascha sah die strahlend weißen Zähne und ein unwiderstehliches Lächeln in seinem Gesicht. Sie bekam sofort weiche Knie. Er fing sie auf und hielt sie fest umschlungen.

»Sie wollen sich doch nicht wieder auf die kalte Straße setzen?«, fragte er.

Natascha spürte die Wärme seines Körpers und fühlte sich sofort zu ihm hingezogen. Trotzdem wollte sie sich aus seinen Armen befreien.

Sie stemmte sich mit beiden Händen gegen seine Brust und rief wütend auf Russisch: »Lassen Sie mich sofort los, oder ich schreie.«

Er verstand kein Wort aber er spürte ihre Empörung. »Entschuldigen Sie, Lady, ich möchte Ihnen nur behilflich sein.«

Er lockerte die Umarmung und ließ von ihr ab. Während er sie in seinen Armen hielt, verspürte Natascha keine Schmerzen, aber in dem Augenblick, als sie ihren Fuß wieder belastete, war dieser stechende Schmerz wieder da und sie knickte erneut ein.

Der hilfsbereite Mann schüttelte den Kopf und half Natascha wieder behutsam auf die Beine. Dabei sagte er: »Nun seien Sie doch nicht albern und lassen sich von mir helfen. Ich sehe doch, dass Sie sich verletzt haben. Zeigen Sie mir jetzt sofort Ihren Fuß, sonst werde ich böse, und das könnte für Sie übel ausgehen.«

Er drohte mit dem Zeigefinger. Natascha konnte sich nur mit Mühe ein Lächeln verkneifen. Wenn da nur dieser stechende Schmerz nicht wäre!

Der Unbekannte kniete sich vor ihr auf den Fußweg und untersuchte ihren Knöchel. Dann hob er den Kopf und schaute sie ernst an.

»Also, meine Taigablume, jetzt hören Sie mir bitte genau zu. Sie haben sich den Fuß verstaucht. Verstehen Sie mich?«

Natascha war zu verblüfft, als dass sie hätte antworten können. Das Wort »Taigablume« verwirrte sie zu sehr. Sie nickte ihm nur kurz zu.

»Ich hoffe, dass Sie mich verstanden haben. Da werden Sie noch lange Ihre Freude dran haben. Aber ich werde Ihnen helfen. Also hören Sie mir jetzt genau zu. Ich bin Orthopäde und Sie begleiten mich jetzt in meine Praxis. Dort bekommen Sie von mir eine erste Behandlung. Sind Sie damit einverstanden?«

Er schaute Natascha an und die nickte zustimmend. Kurzerhand nahm er sie in seine starken Arme und trug sie zu seinem Wagen. Als Natascha das Arztschild an der Windschutzscheibe erkannte, schwanden ihre letzten Bedenken.

Nach einer kurzen Fahrstrecke hielt er den Wagen an und sie erkannte, dass sie vor einer Arztpraxis standen. Und wieder trug er sie, als wäre sie eine Feder, ins Haus. Während der Behandlung betrachtete Natascha sein Gesicht und fand es im Schein der Lampen noch anziehender.

Plötzlich schaute der Arzt sie an, als spüre er ihre Blicke auf seinem Gesicht. Natascha fühlte, wie ihr heiß und kalt wurde, sie dachte, sie verbrenne unter seinen Blicken.

Auch er konnte seinen Blick nur schwer von ihrem schönen Gesicht lösen. Dann sagte er aus tiefster Überzeugung zu ihr: »Verzeihen Sie mir bitte meine Unverschämtheit, aber ich muss es Ihnen sagen, Sie sind umwerfend schön. Hoffentlich verstehen Sie nicht, was ich gesagt habe. Oder?«

Er sah sie durchdringend an. Und Natascha spürte, wie ihr die Röte ins Gesicht stieg, und wäre beinahe in Ohnmacht gefallen.

Dr. Rolfes murmelte:»Sie hat mich verstanden. Wenn es Ihnen recht ist, bringe ich Sie jetzt zu Ihrer Wohnung.«

Natascha war einverstanden und dachte:»Es muss ein Traum sein, was ich hier und jetzt erlebe. Und der Traum möge nie zu Ende gehen.«

Aber er ging viel zu schnell vorbei. Der Arzt brachte sie in ihre Wohnung und verabschiedete sich. Allerdings erinnerte er sie noch einmal daran, am nächsten Tag zur Röntgenuntersuchung zu kommen.

Natascha blieb noch einen Augenblick vor der verschlossenen Tür stehen. Sie fühlte sich in einen Traum versetzt. War das der Mann, von dem sie immer geträumt hatte? Sie zog sich aus und ging zu Bett. Dort lag sie noch lange wach, und erst als es langsam hell wurde, schlief sie endlich ein.

Als sie dann so gegen Mittag erwachte, ließ sie den vergangenen Abend noch einmal Revue passieren. Was war das gestern für ein verrückter Abend: zuerst dieser unmögliche Kerl in der Bar, dann dieser blöde Stolperer mit der Fußverletzung …

Und dann diese Begegnung mit diesem Traum von einem Mann. Und er hatte sie gleich mit ihrem Namen Natascha angesprochen.

Aber das musste ein Zufall gewesen sein, denn er kannte ihren Namen gewiss nicht. Dann seine freundliche und hilfsbereite Art.

Dass sie Russin war, hatte er sofort erkannt. Und dann das Wort Taigablume – er konnte doch gar nicht wissen, dass sie in der Taiga aufgewachsen war. Eigentlich fühlte sie sich ein wenig geschmeichelt. Dazu sein Bekenntnis, dass er sie schön fand.

Nachdenklich humpelte sie ins Bad und blieb vor dem Spiegel stehen. Nach ausgiebiger Betrachtung ihrer Person gab sie ihm recht. Sie sah ganz ordentlich aus. Aber für außergewöhnlich schön hielt sie sich nicht. Das war wohl doch ein wenig übertrieben.

»Na, ja, Männer«, dachte Natascha. »Die übertreiben schnell einmal und am nächsten Tag haben sie alles wieder vergessen.«

Sie wollte sich nicht verwirren lassen. Dazu war sie viel zu intelligent. Sie duschte und ging danach in die Küche. Dort blieb sie unentschlossen stehen und überlegte, was sie kochen sollte. Sie konnte sich nicht konzentrieren. Schon wieder geisterte dieser Mann vor ihren Augen herum.

Und sie dachte: »Natascha, was ist los mit dir? Du bist doch wohl nicht an diesem fremden Mann interessiert?«

Aber auch das Kochen fiel ihr heute schwer. Der Fuß schmerzte und sie war froh, als sie mit dem Kochen fertig war. Da sie nicht wusste, wann Anja nach Hause gekommen war, überlegte sie, ob sie die Freundin wecken soll. Aber Anja löste das Problem von sich aus, indem sie plötzlich in der Küche stand. Sie hatte ihren Morgenrock übergezogen und setzte sich an den Tisch. Dann sah sie Natascha erwartungsvoll an.

»Natascha, was war denn gestern Abend mit dir los? Du kannst doch nicht einfach davonlaufen.«

»Anja, der Mann war unmöglich – hast du denn nicht gesehen, dass er mich dauernd angefasst hat?«

»Ja, also, so schlimm war das nun auch wieder nicht. Und in Zukunft musst du damit leben. Aber was hat meine schöne Köchin denn heute Gutes für uns gekocht?«

Natascha war nicht zufrieden. Nichts wollte ihr heute gelingen. Und sie sagte: »Entschuldige, Anja, ich glaube, es wird dir heute nicht schmecken. Ich habe mir gestern Abend den Fuß verstaucht und kann nicht lange stehen. Und darum gibt es heute nur Omelett mit Champignons.«

Aber Anja war keineswegs enttäuscht. Im Gegenteil, sie freute sich, denn Omelett war ihr Leibgericht. Aber anschließend machte sie die

Freundin noch einmal darauf aufmerksam: »Natascha, du hast einen mündlichen Arbeitsvertrag geschlossen und jeder zahlende Gast ist König. Wir leben von diesen Männern und müssen über ihre kleinen Schwächen hinwegsehen. Übrigens war er sehr großzügig. Meine Kollegin und ich haben wieder sehr gut verdient. Überlege dir beim nächsten Mal, was du tust. Aber du kannst nicht einfach davonlaufen, wenn dir jemand nicht sympathisch ist. Da kennt unser Boss kein Pardon. Du bist schneller gekündigt, als du glaubst. Denn es warten viele Frauen auf einen Job bei uns in der Bar.«

Natascha überlegte. Sie musste Geld verdienen, andererseits wollte sie sich nicht von fremden Kerlen betatschen lassen. Aber jetzt brauchte sie zuerst einmal ein paar Tage Ruhe. Sie konnte kaum auftreten und die Schmerzen in ihrem Fuß müssen erst wieder nachlassen.

Sie sagte: »Anja, ich kann in den nächsten Tagen wegen meiner Fußverletzung nicht arbeiten. Entschuldige mich bitte bei unserem Chef. Sobald es mir wieder besser geht, begleite ich dich selbstverständlich wieder zur Arbeit.«

Sie hatte noch keine andere Arbeit, und ihr Geldvorrat war so etwas wie eine stille Reserve für den Notfall. Sie dachte: »Ich bin eine Kämpferin und habe schon ganz andere Probleme gelöst. Ich werde, wenn ich es noch einmal mit so einem unangenehmen Typen zu tun bekomme, mir schon zu helfen wissen.« Sie würde den Mann in seine Schranken weisen.

Nach dem Essen legte sie ihren Fuß hoch und stellte den Fernseher an. Anja hatte sich nach dem gemeinsamen Mittagessen wieder in ihr Zimmer zurückgezogen und später zur üblichen Zeit von der Freundin verabschiedet.

Natascha hatte es sich vor dem Fernsehgerät bequem gemacht.

Sie sah sich verschiedene Sendungen an und konzentrierte sich dabei auf die deutsche Sprache. Sie wollte so schnell wie möglich ihre Aussprache verbessern.

Aber nach ein paar Stunden konnte sie sich nicht mehr konzentrieren. Das Programm strengte sie allmählich an. Sie schaltete den Fernseher aus und ging zurück in ihr Zimmer. Dort legte sie sich ins Bett und dachte über ihre Zukunft nach.

Am nächsten Tag blickte sie in den leeren Kühlschrank. Sie musste wieder einkaufen gehen. Sie hätte sich lieber noch ein wenig ausgeruht, aber das war leider nicht möglich. Ihre neue Bekannte wartete auf sie, denn sie hatten sich vor zwei Tagen zum Einkaufen verabredet. Nach dem Einkaufen tranken sie noch gemeinsam Kaffee und unterhielten sich noch eine Weile.

Als die neue Freundin sich dann verabschiedete, musste Natascha ihr fest versprechen, am nächsten Tag einen Arzt aufzusuchen.

Am Abend verließ Anja zur gewohnten Zeit die gemeinsame Wohnung und Natascha war mit ihren Gedanken allein. Sollte sie wirklich zu dem Arzt gehen? Sie konnte sich nur noch schwach erinnern, wo die Praxis lag. Aber sie wollte erst noch eine Nacht darüber schlafen, und wenn es ihr am nächsten Tag nicht besser ginge, wollte sie eventuell die Praxis aufsuchen.

Aber auch am nächsten Tag verschob sie ihren Arztbesuch wieder auf den nächsten Tag. Währenddessen wartete Dr. Rolfes sehnsüchtig auf ihr Erscheinen.

Am dritten Tag waren zwei Notfälle in die Praxis gekommen. Dadurch hatten sich alle folgenden Termine verschoben. Das Wartezimmer war voll, aber leider war die schöne junge Frau nicht unter den Patienten. Markus Rolfes war enttäuscht.

Währenddessen musste Natascha einsehen, dass die Schmerzen in ihrem Fuß immer noch vorhanden waren.

Mit klopfendem Herzen zog sie sich an und ging hinunter auf die Straße. Weit kam sie nicht, denn ihr Fuß ließ es nicht zu. Sie blieb am Rand der Straße stehen und winkte ein Taxi herbei. Als sich der Taxifahrer nach ihrem Fahrziel erkundigte, wusste sie zuerst nicht, wohin er sie fahren sollte. Als der Fahrer sie auffordernd ansah, zeigte Natascha auf ihren Fuß und erklärte ihm, dass sie sich ihren Fuß verstaucht habe.

Erneut fragte der Fahrer: »Zu welchem Arzt oder Krankenhaus soll ich Sie denn nun fahren?« Natascha erinnerte sich an das Praxisschild, auf dem der Name Dr. Rolfes stand.

Als sie dann dem Fahrer den Namen des Arztes nannte, sagte er sogleich: »Ach, ich gehe auch zu Dr. Rolfes. Bei ihm sind Sie in guten Händen.«

Das Taxi fuhr nur eine kurze Strecke, da standen sie bereits vor der Praxis. Natascha stieg aus dem Wagen und schaute auf das Praxisschild. Sie wurde nervös und blieb unschlüssig vor der Tür stehen.

Eine ältere Dame wollte ebenfalls die Praxis aufsuchen. Sie blieb stehen und hielt ihr die Eingangstür auf. Natascha bedankte sich für die Freundlichkeit und folgte der Dame in das Gebäude. Und wieder öffnete die fremde Frau vor ihr die Eingangstür zur Praxis und wartete, bis Natascha das Empfangszimmer betreten hatte. Vier Arzthelferinnen liefen sehr beschäftigt hin und her, telefonierten und bedienten die Patienten. Dann war Natascha an der Reihe.

Die junge Angestellte verlangte von Natascha ihre Versicherungskarte und fragte: »Haben Sie einen Termin?«

Natascha schaute die Angestellte an und schüttelte den Kopf. Die Reaktion der Arzthelferin war nicht gerade patientenfreundlich.

Sie fragte Natascha: »Können Sie nicht sprechen?«

Natascha nickte und versuchte auf Deutsch zu antworten. Aber vor Aufregung bekam sie keinen vernünftigen Satz heraus.

Die Arzthelferin erkannte, dass sie eine Russin vor sich hatte. »Können Sie mich verstehen?«

Natascha nickte und sagte: »Ja.«

»Also, dann hören Sie mir bitte genau zu, was ich Ihnen jetzt sage. Sie gehen jetzt zuerst zum Sozialamt und holen sich die erforderliche Bescheinigung. Danach kommen Sie wieder in die Praxis, oder Sie rufen an und lassen sich von uns einen Termin geben.«

Natascha zeigte auf ihren Fuß und sagte: »Aber ich habe Schmerzen und kann schlecht laufen.«

Aber davon ließ sich die Arzthelferin nicht beeinflussen. Sie sagte nur: »Alle Patienten, die zu uns kommen, haben Schmerzen. Also, wie gesagt, Sie brauchen eine Bescheinigung vom Amt und einen Termin bei uns. Ohne einen Termin können wir Sie nicht behandeln.«

Natascha wandte sich dem Ausgang zu. Da ertönte plötzlich seine Stimme hinter ihr, die ihr sofort wieder eine Gänsehaut verursachte: »Halt, wo wollen Sie denn hin? Kommen Sie zurück, hier ist der Behandlungsraum.«

Natascha drehte sich um und schaute in dieses anziehende Männergesicht.

»Sie wollten doch nicht wieder gehen, ohne mir ‚Hallo‘ zu sagen?«, waren seine Worte.

Die Arzthelferinnen blickten zuerst ihren Chef und dann Natascha verblüfft an. Der Arzt wandte sich an seine Angestellten und ordnete an: »Diese Dame ist meine Privatpatientin und wird ab sofort außergewöhnlich höflich und zuvorkommend bedient. Sobald sie die Praxis betritt, wird sie in den nächsten freien Behandlungsraum geführt. Noch irgendwelche Fragen? Nein, dann ist wohl alles Notwendige gesagt.«

Dann schob er Natascha vorsichtig vor sich her in den nächsten Behandlungsraum und sagte zu ihr: »Bitte setzen Sie sich.« Er setzte sich auf einen Stuhl neben seinem Schreibtisch und schwieg, dabei sah er ihr tief in die Augen. Dann fragte er sie: »Hatten Sie in den letzten Tagen keine Schmerzen? Warum kommen Sie erst jetzt zu mir? Ach, übrigens, wie darf ich Sie ansprechen? Sie haben mir bisher Ihren Namen verschwiegen.«

Kaum hörbar antwortete Natascha: »Sie kennen meinen Namen bereits, nur weiß ich nicht woher.«

Dr. Rolfes sah sie erstaunt an und sagte: »Das glaube ich nicht. Nicht einmal Sie können Taigablume heißen. Wobei mir der Name für Sie irgendwie passend erscheint. Also, ich bin Dr. Markus Rolfes, und wie heißen Sie?«

»Natascha, Natascha Schukowa.«

»Nein, das glaube ich nicht. Ich habe Sie bei unserem ersten Zusammentreffen mit Natascha angesprochen. Aber ich kannte Ihren Namen wirklich nicht. Es war nur so aus mir herausgesprudelt. Was für eine merkwürdige Fügung! Ich glaube, das Schicksal hat uns zusammengeführt. Was sagen Sie dazu?«

Natascha schaute ihn an und schwieg.

»Also gut, zeigen Sie mir jetzt Ihren Fuß. Deshalb sind Sie schließlich zu mir gekommen.«

Er untersuchte ihren Fuß noch einmal. Dann rief er eine Angestellte herein und bat sie, Nataschas Fuß zu röntgen. Die junge Frau schaute Natascha, während sie den Fuß zum Röntgen bereitlegte, unentwegt an.

Nach der Röntgenuntersuchung strich er ganz behutsam Salbe auf die schmerzende Stelle und wickelte einen Verband um ihren Fuß.

Natascha hatte das Gefühl, als streichelte er ihren Fuß, und wieder wurde ihr heiß und kalt, als er sie berührte. Sie schaute auf seine dichten, gut frisierten Haare und hätte gern darüber gestreichelt.

Als er sie fragte: »Brauchen Sie noch Tabletten gegen die Schmerzen?«, holte er sie wieder in die Wirklichkeit zurück. »Oh ja, danke«, stammelte Natascha und wurde dabei krebsrot.

Er bemerkte ihre Erregung und sagte: »Sie brauchen sich nicht zu schämen. Ich weiß, dass Sie Schmerzen haben. Leider dauert es noch eine Weile, bis es ihnen wieder besser geht. Darum verpflichte ich Sie ab sofort, täglich zur Behandlung zu mir zu kommen. Denn ich möchte Sie wiedersehen.«

Und wieder lag dieses unwiderstehliche Lächeln auf seinem Gesicht. Als Natascha aufstehen wollte, half er ihr ganz behutsam aus dem Stuhl und brachte sie unter den erstaunten Blicken seiner Angestellten bis zur Ausgangstür.

Dort verabschiedete er sich von ihr mit den Worten: »Also, ich erwarte Sie morgen früh pünktlich hier in der Praxis, auf Wiedersehen.« Dann ging er zurück und wandte sich seinem nächsten Patienten zu.

Wie in einen Traum versetzt, verließ Natascha die Praxis. Sie rief wieder ein Taxi herbei und fuhr zurück in ihre Wohnung. Anja saß in der Küche vor einer Tasse Kaffee und fragte: »Natascha, wo warst du denn so lange?«

»Ich war beim Arzt. Du weißt doch, dass ich mir den Fuß verstaucht habe.«

Alles andere sollte vorerst noch ihr Geheimnis bleiben.

»Natascha, kochst du gleich noch ein Mittagessen für uns?« »Selbstverständlich. Aber vorher nehme ich noch eine Schmerztablette«, sagte Natascha.

Und Natascha kochte, wie an jedem Tag, für sie das Essen. Nach dem Essen erklärte Anja: »Natascha du wärst die perfekte Haushälterin für mich. Übrigens hast du ab sofort Kost und Logis frei. Außerdem kannst du, wenn du möchtest, immer bei mir wohnen bleiben. Die Wohnung ist schließlich groß genug für zwei Personen.«

Natascha bedankte sich bei der Freundin für das nette Angebot. Aber sie erklärte: »Liebe Anja, ich schätze dein Angebot sehr, aber auf Dauer geht das nicht. Ich möchte, sobald ich eine Arbeit gefunden habe, auch eine eigene Wohnung beziehen. Trotzdem danke ich dir für dein Angebot. Und ich werde dich, solange ich bei dir wohne, für deine Hilfsbereitschaft täglich mit gutem Essen verwöhnen.«

Anja verstand Natascha, aber sie wünschte sich im Geheimen, dass Natascha so bald keine Wohnung finden würde. Nataschas Anwesenheit tat ihr gut. Sie hatte sich oft sehr einsam gefühlt, und das Heimweh hatte sie mehr als nur einmal geplagt.

Und Natascha versprach der Freundin, solange sie in Berlin lebte, würde sie den freundschaftlichen Kontakt zu ihr aufrechterhalten.

Nach dem Essen tranken sie, wie an jedem Tag, einen Kaffee, dann zogen sich die Freundinnen in ihre Zimmer zurück.

Natascha legte ihren schmerzenden Fuß hoch und ihre Gedanken waren schon wieder bei dem Arzt.

Automatisch pochte ihr Herz schneller und ein ihr bisher unbekanntes Gefühl durchströmte sie.

Sie fragte sich: »Was ist los mit mir?« Sie kannte den Mann erst wenige Tage und hatte nur ein paar Augenblicke mit ihm verbracht. Trotzdem fühlte sie sich mit aller Macht zu ihm hingezogen.

Wenn sie an ihn dachte, wurde ihr schwindlig. Wie sollte sie sich morgen früh ihm gegenüber verhalten? Oder sollte sie lieber nicht in die Praxis fahren? Sie fühlte sich hin- und hergerissen und dachte: »Ich muss mich ablenken. Ich muss auf andere Gedanken kommen. Ich bin doch kein Teenager mehr.«

Im Wohnzimmer, im Bücherregal, hatte sie ein paar Bücher entdeckt. Dort würde sie sicher etwas Passendes finden. Aber sobald sie ihren Fuß belastete, waren die Schmerzen wieder da und Natascha ahnte, dass sie am nächsten Tag wieder zum Arzt fahren musste. Aber zuerst humpelte sie ins Nebenzimmer.

Eine große Auswahl an Büchern besaß Anja nicht. Trotzdem fand sie doch noch ein interessantes Buch. Sie holte sich noch ein Glas Wasser aus der Küche und machte es sich danach in ihrem Zimmer bequem. Sie nahm das Buch zur Hand, schlug es auf und überflog die ersten Zeilen. Nachdem sie ein paar Seiten gelesen hatte, sah sie wieder das Bild von Markus Rolfes vor ihren Augen.

Und wieder war es dieses Lächeln, das sie verfolgte und nicht mehr losließ. Wo war sie stehen geblieben? Sie las noch ein paar Seiten, aber es war zwecklos, sie konnte sich nicht konzentrieren.

Sie überlegte, womit sie sich ablenken könnte. Kurz entschlossen humpelte sie zurück ins Wohnzimmer. Sie stellte den Fernseher an und hörte sich die aktuellen Nachrichten an. Leider verstand sie nicht das ganze Programm. Aber nachdem sie ein paar Sender weiter geschaltet hatte, fand sie doch noch eine interessante Reportage. Es lief eine Aufzeichnung über die Tiger in Sibirien. Das interessierte sie, und sie vergaß für kurze Zeit ihren Arzt. Auch als die Sendung zu Ende war, blieb sie noch eine kurze Zeit vor dem Fernseher sitzen. Sie dachte, dass sie durch Zuhören, und Nachsprechen ihre Deutschkenntnisse verbessern könnte.

Plötzlich kam ihr der Gedanke, sich einen neuen Computer und die passenden Kassetten in Deutsch/Russisch zu kaufen. Jetzt fehlte ihr Laptop ihr doch. Denn sie hatte ihren Laptop Kolja geschenkt.

Sie schaute auf ihre Armbanduhr. Die Zeit reichte noch aus. Sie zog sich an und verließ die Wohnung. Natürlich machte sich ihr Fuß sofort wieder bemerkbar.

Der Verband drückte im Stiefel. Aber sie hatte sich vorgenommen, einen neuen Computer und einen dazu passenden Drucker zu kaufen, also wollte sie ihr Vorhaben auch durchführen. Sie winkte ein Taxi herbei und erklärte dem Fahrer, was sie kaufen wolle.

Nach einer Fahrt von zehn Minuten blieb der Fahrer vor einem großen Kaufhaus stehen und erklärte: »Meine Dame, hier finden Sie alles, was der Mensch zum Leben braucht. Viel Glück beim Einkauf.«

Natascha bedankte sich und bat den Taxifahrer gleichzeitig, sie doch bitte in einer Stunde wieder abzuholen. Dann betrat sie das Kaufhaus. Nachdem sie alles Erforderliche gekauft hatte, verließ sie das Kaufhaus wieder.

Vor dem Kaufhaus blies ihr ein eiskalter Wind ins Gesicht und sie war froh, als sie das Taxi stehen sah. Während des Einkaufs hatte sie die Schmerzen in ihrem Fuß völlig vergessen, umso stärker machten sie sich jetzt wieder bemerkbar.

Natascha verzog das Gesicht und stöhnte. Der Taxifahrer schaute sie an und meinte: »Ja, ja, einkaufen ist sehr anstrengend. Aber ich sehe gar nichts bei Ihnen, haben Sie nichts gefunden?«

»Doch, doch, ich habe mir einen Computer gekauft. Dazu noch alles, was erforderlich ist, um meine Deutschkenntnisse zu verbessern.«

Auch dem Fahrer war der russische Akzent in ihrer Aussprache nicht verborgen geblieben.

Jetzt wollte er natürlich mehr wissen, aber allzu viel erzählte Natascha ihm nicht. Sie sagte ihm lediglich: »Ich bin erst vor Kurzem aus

Moskau nach Berlin gekommen. Und ich stöhne nicht vor Anstrengung, ich habe Schmerzen in meinem Fuß, den ich mir vor ein paar Tagen verstaucht habe.«

Sie unterhielten sich noch ein wenig und Natascha fand den Fahrer sympathisch. Darum wollte sie ihn in den nächsten Tagen auch wieder bestellen. Sie stieg die Stufen zu ihrer Wohnung hoch und überlegte dabei, ob der Computer ihr auch wirklich die notwendigen Dienste leisten würde. Aber vielleicht könnte sie auch irgendwann Geld durch ihn verdienen.

Als sie Anja am nächsten Tag erzählte, dass sie sich einen Computer und das erforderliche Zubehör gekauft hatte, sah Anja sie erstaunt an.

»Was willst du denn damit? Kannst du so ein Gerät überhaupt bedienen?«, fragte Anja.

Über ihre Tätigkeit in Moskau und über ihren beruflichen Werdegang hatte sie mit Anja noch nicht gesprochen. Darum war es jetzt an der Zeit, die Freundin einzuweihen. Anja hörte staunend zu und bewunderte die Freundin.

»Ich wusste ja gar nicht, dass du so eine Streberin bist. Aber ich muss dir meine Anerkennung aussprechen. Du hast deinen großartigen Job aufgegeben und willst hier, in einem fremden Land, noch einmal ganz von vorn anfangen? Aber ohne Zweifel, du wirst es schon schaffen. Davon bin ich überzeugt.«

Natascha schaute Anja an und lächelte. »Danke, Anja, du machst mir Mut für meinen neuen Lebensabschnitt. Ich weiß, dass es nicht leicht wird, aber ich werde es schon schaffen.«

Markus Rolfes verabschiedete seinen letzten Patienten. Es war wieder ein anstrengender Tag für ihn gewesen. Am frühen Morgen war wieder ein Notfall in die Praxis gekommen und musste aufwendig behandelt werden. Dadurch hatten sich wieder einmal alle weiteren Termine für die übrigen Patienten verschoben. Und bei jedem neuen Patienten, der das Behandlungszimmer betrat, hoffte er, dass sie es sein würde. Die schöne Patientin vom Tag vorher. Aber der Tag war vergangen und sie war nicht erschienen.

Die Frau, auf die er jede freie Minute wartete und die ihm nicht mehr aus dem Kopf ging.

Immer wieder sah er ihr Gesicht vor sich. Und seine Gedanken waren bei ihr.

Aber jetzt hatte er Feierabend. Und den hatte er sich wahrlich verdient. Jetzt wollte er nur noch abschalten und es sich zu Hause bei einem Glas Gin Tonic bequem machen.

Er verließ die Praxis und stieg in seinen Wagen. Unterwegs überlegte er, ob er zu der schönen jungen Frau fahren sollte. Aber das erschien ihm dann doch zu aufdringlich und er setzte seine Fahrt fort. In seiner Wohnung goss er sich einen Gin Tonic ein und setzte sich in seinen Lieblingssessel vor den Kamin. Er legte seine Füße hoch und machte es sich bequem.

Plötzlich erinnerte er sich, dass er den ganzen Tag noch nichts gegessen hatte. Seine Haushälterin hatte ein paar Tage Urlaub und er musste sich selber versorgen. Eine Portion Sushi wäre jetzt genau nach seinem Geschmack. Das Telefon stand in Reichweite, sodass er nicht einmal aufstehen musste. Nach 30 Minuten stand der Bote mit dem Essen vor der Tür.

Markus Rolfes bezahlte das Essen und ging zurück in sein Speisezimmer. Das Essen war gut und es schmeckte ihm ausgezeichnet. Nach dem Essen trank er noch ein Glas Wein und kurz darauf ging er zu Bett.

Als der Wecker am nächsten Morgen schellte, war sein erster Gedanke wieder bei der schönen jungen Frau. Ob sie seinen Anweisungen folgen und heute zur Behandlung in die Praxis kommen würde?

Er duschte, zog sich an und fuhr in seine Praxis. Die ersten Patienten saßen bereits im Wartezimmer. Leider war Natascha nicht unter ihnen.

Der Morgen ging bereits in den Vormittag über und sie war immer noch nicht erschienen. So langsam wurde er nervös. Warum kam sie nicht? Und er überlegte: »Was mache ich, wenn sie nicht wiederkommt? Ich will diese Frau wiedersehen.« Er schaute auf seine Armbanduhr, es war bereits kurz nach elf Uhr.

Währenddessen hatte Natascha sich ein Taxi bestellt und den Fahrer gebeten, sie zur Praxis von Dr. Rolfes zu fahren. Ihr Fuß verlangte einfach nach ärztlicher Behandlung.

Als der Doktor den nächsten Patienten entließ, stand sie endlich am Empfang.

Er wartete nicht lange, ging zu ihr hin und führte sie mit den Worten: »Guten Morgen Madam, wenn Sie mir bitte folgen würden«, sacht in den Behandlungsraum.

Natascha war so überrascht, dass sie nur stammeln konnte und ihm ebenfalls einen guten Morgen wünschte.

Markus Rolfes stellte einen Stuhl vor sie hin und bat sie, sich zu setzen. Er schaute sie an und fragte wieder: »Warum sind Sie gestern nicht in die Praxis gekommen? Wie geht es der schönen Frau heute? Was macht Ihr Fuß? Haben die Schmerzen nachgelassen?« Dabei sah er ihr wieder tief in die Augen.

Natascha erwiderte seinen Blick und dabei klopfte ihr das Herz zum Zerbersten. Sie konnte nur stottern: »Ja, der Fuß schmerzt immer noch.«

Er behandelte ihren Fuß und bandagierte ihn neu. Dabei ließ er sich so viel Zeit, dass es ihr schon langsam peinlich wurde.

Sie dachte: »Wenn er jeden Patienten so behandelt, kann er kein Geld verdienen.«

Er sah sie an und lächelte, als hätte er ihre Gedanken gelesen. Dann empfahl er ihr noch einmal: »Sie müssen Ihren Fuß mehr schonen. Ich glaube, ich kann es nicht länger verantworten, dass Sie zu mir in die Praxis kommen. Ab sofort werde ich, wenn es Ihnen recht ist, Sie persönlich in Ihrer Wohnung aufsuchen und dort behandeln.«

Er ging zu seinem Schreibtisch, nahm einen Stift und ein Blatt Papier zur Hand und fragte sie nach ihrer Anschrift.

Natascha überlegte, schließlich gehörte die Wohnung der Freundin. Aber Anja hätte wohl kaum Einwände gegen einen Arztbesuch. Zudem verließ Anja täglich gegen 19 Uhr die Wohnung. Daher fragte sie ihn: »Wann können Sie denn zu mir kommen, Herr Doktor?«

»Wenn es Ihnen recht ist, komme ich, nachdem die Praxis geschlossen ist.«

Natascha stimmte zu und Markus Rolfes dachte, er würde sie auch noch um Mitternacht besuchen. Er wollte gerade noch einmal ihre Adresse notieren, da erinnerte er sich: »Ach, ich habe Sie ja bereits einmal in Ihre Wohnung gebracht, dann kenne ich Ihre Anschrift bereits.«

Und wieder brachte er sie persönlich zur Ausgangstür. Die Blicke der Arzthelferinnen verfolgten sie, bis sie die Praxis verlassen hatte.

Insgeheim war sie froh, dass sie die neugierigen Blicke der Arzthelferinnen nicht mehr ertragen musste.

Während der Fahrt zu ihrer Wohnung war Natascha immer noch ziemlich verwirrt. Sie betrat die Wohnung und konnte keinen klaren Gedanken fassen. Und wieder spürte sie dieses berauschende Gefühl in ihrem Herzen.

Am nächsten Abend stand der Arzt Markus Rolfes mit einem strahlenden Lächeln, und einem Strauß roter Rosen vor ihrer Tür.

Natascha nahm die Rosen in Empfang und bat ihn herein. Sie fragte ihn: »Herr Doktor, bringen Sie jeder Patientin bei Ihren Arztbesuchen Rosen mit?«

Dann wies sie ihm einen Platz auf dem Sofa zu und eilte in die Küche, um die Rosen in eine Vase zu stellen. Vor lauter Aufregung fand sie keine passende Vase. Und sie dachte krampfhaft nach: »Wohin nur mit den wundervollen Rosen?«

Im Regal stand ein größeres Glas, das füllte sie mit Wasser, stellte die Rosen hinein und trug die Rosen zurück ins Wohnzimmer. Dort stellte sie die Rosen vor ihm auf den Tisch und bedankte sich noch einmal für die wunderschönen Blumen.

Sichtlich erstaunt betrachtete Markus Rolfes das Glas mit den Rosen, dann schaute er sie an und sagte: »Ich bin Ihnen noch eine Antwort schuldig auf Ihre Frage bezüglich der Rosen. Nein, meine Patienten erhalten keine Rosen von mir. Sie sind meine erste Patientin, die Rosen von mir erhalten hat. War das verkehrt? Bin ich Ihnen damit zu nahe getreten?«

Natascha ärgerte sich, dass sie ihm überhaupt so eine dumme Frage gestellt hatte, und sagte jetzt fast entschuldigend zu ihm: »Aber nein, Herr Doktor, ich freue mich sehr über die wunderschönen Rosen und möchte mich bei Ihnen noch einmal recht herzlich dafür bedanken.«

Er nahm einen Stuhl und forderte Natascha auf: »Bitte setzen Sie sich. Fürsorglich wie immer behandelte er ihren Fuß. Anschließend setzte er sich wieder auf das Sofa. Natascha überlegte, sie war unsicher. Wie sollte sie sich jetzt ihm gegenüber verhalten? Es wäre wohl unhöflich von ihr, wenn sie ihm nicht ein Glas Wein anbieten würde. Vorher fragte sie ihn allerdings: »Herr Doktor, darf ich Ihnen etwas zu trinken anbieten?«

»Sehr gern, das wäre wirklich nett von Ihnen«, antwortete er.

Natascha ging in die Küche und der Doktor folgte ihr. Sie reichte ihm eine Flasche Rotwein und nahm einen Flaschenöffner aus dem Küchenschrank. Er hielt ihr seine Hand entgegen, und als Natascha ihm den Flaschenöffner reichte, berührten sich ihre Hände. Sofort zog Natascha ihre Hand zurück. Auch ihn erregte die Berührung ihrer Hände.

Natascha nahm zwei Gläser aus dem Schrank und ging zurück ins Wohnzimmer. Dort stellte sie die Gläser auf den Tisch.

Er folgte ihr und füllte die Gläser mit dem Wein. Wie selbstverständlich setzte er sich neben sie auf das Sofa. Natascha rückte spontan ein wenig zur Seite.

Markus Rolfes schaute sie an und sagte: »Ich fresse Sie nicht, entschuldigen Sie bitte, bin ich Ihnen zu aufdringlich?«

»Aber nein, natürlich nicht«, stotterte Natascha.

»Dann bin ich ja beruhigt. Trinken wir auf Ihre Gesundheit!« Sein Glas war sehr schnell leer und er bat Natascha: »Bekomme ich noch ein Glas von dem ausgezeichneten Wein?«

Auch das Glas Wein trank der Doktor schnell aus. Danach verabschiedete er sich mit den Worten: »Ich wünsche Ihnen eine gute Nacht und einen schönen Tag. Auf Wiedersehen. Bis morgen Abend.«

Dann stand er auf und verließ die Wohnung. Natascha schaute dem Doktor leicht irritiert nach und dachte: »Warum geht er schon? Seine Anwesenheit tut mir gut.«

Aber was verlangte sie von ihm? Sollte er sie in seine Arme nehmen und küssen? Er war ihr Arzt und es war schon erstaunlich, dass er ihr Rosen schenkte.

Aber sie dachte: »Ich bin ihm nicht gleichgültig, sonst hätte er mir die Rosen nicht geschenkt. Und er sieht gewiss nicht nur eine Patientin in mir.«

Kurz nach sechs Uhr in der Frühe stand Anja vor ihrem Bett. Und sie fragte: »Hallo, Natascha, wer hat die Rosen geschickt? Und für wen sind sie bestimmt?«

Natascha war noch müde und wollte die Freundin auf später vertrösten. Aber Anja gab nicht eher Ruhe, bis sie ihr ausführlich erzählt hatte, dass sie die Rosen von ihrem Arzt bekommen habe. Anja verschlug es die Sprache.

»Sag das noch einmal – Doktor Markus Rolfes, der begehrteste Junggeselle der gehobenen Gesellschaft, macht dir, Natascha, einer kleinen Blume aus der Taiga, den Hof? Hast du ein Glück! So ein schöner und dazu noch wohlhabender Mann. Wärst du nicht meine Freundin, würde ich dich um diesen Mann beneiden. Aber so gönne ich dir dein Glück.«

Natascha war verlegen und erklärte der Freundin: »Anja, es sind doch nur ein paar Rosen, und das besagt noch gar nichts.«

»Du dummes Schäfchen, warte ab. Er macht dir den Hof. Wie ich mich für dich freue! Hätte ich doch auch einmal so ein Glück. Und wann siehst du ihn wieder? Stellst du ihn mir dann vor?«

»Langsam, Anja, wenn es einmal so weit ist, dass wir uns wirklich nähergekommen sind, stelle ich ihn dir selbstverständlich vor. Aber jetzt möchte ich noch ein wenig schlafen. Sei mir bitte nicht böse.«

»Aber selbstverständlich, auch ich bin müde und werde mich sofort hinlegen. Wir können uns ja heute Mittag noch ausführlicher darüber unterhalten. Kochst du wieder etwas Gutes für uns?«

»Selbstverständlich, Anja, das weißt du doch. Schlaf gut, Anja.«

»Du auch, Natascha, bis nachher.«

Anja verließ das Zimmer und Natascha blieb mit ihren Gedanken allein zurück. Sie fragte sich, wie Markus Rolfes sich ihr gegenüber am kommenden Abend verhalten würde.

Es war früher Nachmittag, als Anja die Küche betrat. Zuerst freute sie sich über das gute Essen. Anschließend tranken die Freundinnen gemeinsam ihren Kaffee. Anja konnte es kaum erwarten, dass Natascha endlich über ihre Begegnungen mit dem Arzt Markus Rolfes berichten würde. Immer wieder stellte sie neue Fragen.

Also erzählte Natascha der Freundin alles über ihre erste Begegnung mit dem Arzt Markus Rolfes.

Dann wollte sie wissen: »Und wie ist es dir in den letzten Nächten so ergangen? Hast du gut verdient? Und waren deine Gäste erträglich?«

»Na ja, es war wie immer, ich kann mich nicht beklagen«, antwortete Anja. Sie brach das Gespräch ab und zog sich noch einmal in ihr Zimmer zurück.

Gegen 19 Uhr verabschiedete Anja sich zur gewohnten Zeit, und Natascha wartete ungeduldig auf das Erscheinen ihres Arztes. Immer wieder schaute sie zur Uhr.

Als der Zeiger der Uhr bereits 19.45 Uhr anzeigte, war sie enttäuscht und dachte: »Er kommt nicht mehr.« Aber als kurz darauf die Türglocke ertönte, ging sie mit klopfendem Herzen zur Tür.

Er stand vor ihr und entschuldigte sich: »Ich musste noch zu einer kranken alten Dame fahren. Sie ist seit vielen Jahren meine Patientin und leidet immer wieder unter starken Schmerzen.« Er bedauerte sehr, dass er ihr nur starke Schmerztabletten verordnen und hin und wieder eine Spritze geben könne. Es sei halt das Alter und dagegen sei auch er so ziemlich machtlos. Dann drückte er Natascha eine wunderschöne Blumenvase in die Hand und zeigte auf die Rosen. »Ich glaube, dass die Rosen einen würdigeren Rahmen verdient haben.«

Natascha wurde krebsrot. Sie hatte wohl immer wieder die Rosen bewundert, aber an eine andere Vase hatte sie nicht gedacht.

Markus Rolfes forderte die zögernde Natascha auf, umgehend die Vasen zu wechseln.

Die stotterte verlegen: »Aber das kann ich doch nicht annehmen.«

Markus Rolfes jedoch sagte nur: »Papperlapapp, nun machen Sie schon und stellen Sie die Rosen in die Vase.« Danach kümmerte er sich wieder um ihren Fuß. Diesmal beeilte er sich und Natascha dachte: »Er hat es heute besonders eilig. Er will gewiss gleich wieder gehen.«

Aber sie irrte sich. Er stellte seine Tasche neben den Sessel und setzte sich hinein. Für einen kurzen Augenblick herrschte tiefes Schweigen zwischen ihnen. Dann fragte er: »Würden Sie mir bitte ein Glas Wasser geben?«

Natascha eilte in die Küche und holte ein Glas Mineralwasser. Sie reichte es ihm und wieder berührte er wie zufällig ihre Hand.

Natascha setzte sich so weit wie möglich von ihm entfernt auf das kleine Sofa.

Er trank einen Schluck Wasser und schaute zu ihr hin. Dann sagte er: »Ich kann sie dort im Dunkeln nicht sehen. Wäre es möglich, dass Sie sich näher zu mir setzen? Oder bin ich Ihnen so unsympathisch? Sie brauchen sich vor mir nicht zu fürchten. Aber wenn Sie sagen, dass ich gehen soll, dann verabschiede ich mich sofort.« Er stand auf und wollte gehen.

Natascha kam zu ihm und stotterte: »Das Licht der Lampe blendet mich, darum ist das Sofa mein Lieblingsplatz.«

Er setzte sich wieder und sagte: »Ich hätte Sie gern an meiner Seite«, woraufhin Natascha erklärte, dass sie sich dann schon auf das Sofa setzen müssten. Denn in dem Sessel wäre nur für eine Person Platz.

Markus Rolfes widersprach und lächelte: »Es kommt darauf an, wie man sich platziert.«

Natascha wurde heiß und kalt und sie lief wieder einmal rot an.

Er stand auf, setzte sich zu ihr und erblickte ihr gerötetes Gesicht. Sie sah so bezaubernd aus, dass er sich nicht mehr zurückhalten konnte. Er nahm sie in seine Arme und flüsterte: »Natascha, meine Taigablume.« Dann küsste er sie leidenschaftlich.

Nach einer kurzen Abwehrbewegung erwiderte Natascha seine Küsse. Ihre Lippen brannten und sie glaubte unter seinen Küssen in den Himmel zu entschweben. Immer und immer wieder küsste er sie. Ihre Lippen, ihre Augen, ihr Gesicht. Er konnte nicht von ihr lassen. Sein Mund berührte ihr Ohr und er flüsterte: »Natascha, du machst mich zum glücklichsten Mann der Welt. Ich habe mich vom ersten Augenblick an unsterblich in dich verliebt.« Dann schaute er sie erwartungsvoll an.

Und Natascha antwortete ihm: »Markus, mir geht es ebenso. Du bist der erste Mann in meinem Leben, der mich verwirrt.«

»Was sagst du da? Du hast noch keinen Mann geliebt? Bin ich wirklich der erste Mann in deinem Leben? Darf ich fragen, wie alt du bist?«

»27, und mir ist noch kein Mann begegnet, in den ich mich verliebt habe.«

»Hast du etwa Angst vor der Liebe?«

»Nein, natürlich nicht. Im Gegenteil – ich wünsche mir schon lange eine Familie. Es liegt allein daran, dass mir noch nicht der richtige Mann begegnet ist.«

Weiter kam Natascha nicht. Er küsste sie wieder, aber zärtlicher und behutsamer als zuvor. Er wollte sie nicht ängstigen und mit dem Feuer, das in ihm brannte, erschrecken.

Es blieb ihm nichts anderes übrig, als sich zärtlich von ihr zu verabschieden. Er wollte sie behutsam in die Liebe einführen. Viele Jahre hatte er nur Abenteuer mit oberflächlichen oder geldgierigen Frauen erlebt, und jetzt hatte er sie gefunden. Die Frau, nach der er sich immer gesehnt hatte. Er würde sie auf Händen tragen und so schnell wie möglich heiraten.

»Was sagst du da?«, fragte er sich. »Du willst heiraten? Ja, ja, und noch einmal ja! Bevor sie mir wieder davonläuft.«

Er fühlte sich wie in einem wunderbaren Traum. Seine Hände rochen noch nach ihrem Parfüm und er konnte den nächsten Abend kaum erwarten.

Am folgenden Tag ging ihm die Arbeit wie im Flug von der Hand und sein Personal und die Patienten erlebten einen glücklichen Doktor.

Eine seiner Angestellten fragte neugierig nach der jungen russischen Patientin. Und die anderen Damen schauten neugierig zu ihrem Chef hin.

Um die Neugier seiner Angestellten zu stillen, erklärte der Doktor lächelnd: »Es geht ihr gut und mir ebenfalls.«

Ein leises Raunen hinter seinem Rücken veranlasste ihn, sich noch einmal seinem Personal zuzuwenden.

»Also, meine Damen, ich sage Ihnen früh genug Bescheid, wann meine Hochzeit stattfindet. Außerdem werden Sie alle eingeladen. Hat sonst noch jemand von Ihnen eine Frage? Nein? Dann können wir ja mit der Arbeit fortfahren. Also bitte, meine Damen, der nächste Patient.«

Seine Angestellten schauten sich verblüfft an. Einige von ihnen waren enttäuscht, hatten sie doch im Stillen gehofft, dass sie irgendwann einmal die Auserwählte sein würden.

Währenddessen wusste Natascha nicht, was mit ihr geschehen war. Immer wieder stand sie vor dem Spiegel und betrachtete ihre blutroten Lippen.

Sie spürte ein leichtes Brennen auf den Lippen und suchte nach Spuren seiner heißen Küsse. Und sie fragte sich, wie der kommende Abend wohl verlaufen würde, gleichzeitig wartete sie sehnsüchtig auf die Ankunft ihres Arztes.

Plötzlich riss Anjas Stimme sie aus ihren Gedanken: »Natascha, was machst du denn so lange im Bad? Du weißt doch, dass ich mich schminken muss. Meine Schicht beginnt um acht Uhr.«

Natascha öffnete die Tür und verließ hastig das Bad.

Anja schaute der Freundin kopfschüttelnd hinterher und fragte: »Was ist denn mit dir los? Ach, ich glaube, ich verstehe.« Dann rief sie hinter der Freundin her: »Natascha, ich glaube, es hat dich erwischt. Du bist verliebt. Ist es schon passiert?«

Natascha blieb ruckartig stehen. »Was soll passiert sein?«, fragte sie.

Anja antwortete: »Na, du weißt schon, was ich meine.«

Natascha lief rot an und schüttelte den Kopf. »Aber wenn du es schon unbedingt wissen willst, es ist nichts passiert. Er hat mich nur geküsst. Und ich habe seine Küsse erwidert. Es war wunderbar.«

»Das habe ich mir doch gedacht, so wie du dich verhältst. Viel Spaß heute Abend. Aber nimm dich in Acht, er ist ein Frauenheld.«

Das Wort »Frauenheld« versetzte ihr einen Stich ins Herz. Aber Anja hatte wahrscheinlich recht. So ein Mann war ganz sicher schon in festen Händen. Sie wollte ihn heute Abend sofort darauf ansprechen.

Als er dann am Abend vor ihr stand, bekam sie zuerst kein Wort heraus. Außerdem wäre es auch sehr unhöflich von ihr gewesen, wenn sie ihn gleich mit dummen Fragen empfangen hätte. Er hatte eine Flasche Champagner in der Hand, und trotzdem küsste er sie sofort zärtlich auf den Mund. Danach fragte er nach ihrem Befinden und kümmerte sich um ihren Fuß.

Nach der Behandlung trug er sie auf das Sofa und forderte sie auf, dort sitzen zu bleiben. Er ging in die Küche und kam mit zwei Gläsern wieder zurück. Wortlos öffnete er die Flasche und füllte die Gläser mit dem Champagner.

Als er ihr das Glas reichte bemerkte er so nebenbei: »Ich kann schließlich nicht jeden Abend von dir verlangen, dass du mich mit einem Getränk versorgst.«

Natascha protestierte sofort: »Was ist schon dabei, wenn ich dir ein Getränk reiche? Schließlich behandelst du jeden Abend meinen Fuß und bringst mir großartige Geschenke mit.«

Der Heiratsantrag

Markus Rolfes setzte sich zu ihr und sagte: »Natascha, ich werde dir die Welt zu Füßen legen. Willst du meine Frau werden?«

Sie wusste nicht, was sie darauf antworten sollte. Sie schaute ihn nur mit großen, erstaunten Augen an.

Und währenddessen wartete Markus Rolfes ungeduldig auf ihre Antwort. Aber Natascha wusste noch zu wenig von ihm. Sie erinnerte sich an die Unterhaltung mit ihrer Freundin.

»Also nicht? Du willst mich nicht heiraten?«, fragte er und sah sie enttäuscht an.

»Markus, bitte, bist du überhaupt frei? Gibt es keine andere Frau in deinem Leben? Wir kennen uns doch noch gar nicht. Außerdem bin ich keine deutsche Frau. Dir liegen doch gewiss viele schöne Frauen zu Füßen, die dich sofort heiraten würden. Warum ausgerechnet ich?«

»Weil ich dich und keine andere Frau liebe und heiraten möchte. Also: Liebst du mich oder liebst du mich nicht?«

Natascha sah ihn an und dann küsste sie ihn einfach auf den Mund. Er erwiderte ihre Küsse und presste sie an sich, als wolle er sie nie wieder hergeben.

Natascha stöhnte: »Markus, Liebling, bitte, du erdrückst mich ja.«

Daraufhin ließ er von ihr ab. Dann nahm er ihre Hand und fragte sie noch einmal: »Bitte, Natascha, heiraten wir? Sag mir, liebst du mich so, wie ich dich liebe?«

Sie nickte zustimmend, und bevor sie antworten konnte, küsste er sie bereits wieder. Auch ihre Antwort waren Küsse. Er streichelte sie zärtlich. Sie vergaßen den Champagner und Markus wollte die Nacht mit ihr verbringen.

Aber Natascha war noch nicht bereit dazu. Sie bat ihn, ihr noch ein wenig Zeit zu geben. Sichtlich enttäuscht, aber trotzdem glücklich verabschiedete er sich kurz vor Mitternacht von ihr.

Am nächsten Abend brachte er ihr Orchideen mit. Sie war hin- und hergerissen von den wunderschönen Blumen.

Nachdem er wieder ihren Fuß behandelt hatte, fragte sie ihn: »Markus, hast du schon zu Abend gegessen?«

Als er verneinte, holte sie ihm aus der Küche ein paar kleine Köstlichkeiten.

Markus war erstaunt und begeistert zugleich. Das Essen war sehr gut und er fragte sofort: »Natascha, wo hast du das Essen bestellt?« Als sie ihm erklärte, dass sie das Essen persönlich für ihn zubereitet habe, erwiderte er: »Das allein ist Grund genug, um dich, und nur dich, zu heiraten.«

Dann machte er ihr gleich noch einmal einen Heiratsantrag.

Nach dem Essen streichelte er zärtlich ihr Gesicht, ihre Haare und küsste sie dabei immer wieder. Als er ihre Brüste berührte, wich sie leicht zurück.

Sogleich entschuldigte er sich: »Liebling, ich liebe und begehre dich, verstehst du das?«

Aber Natascha flüsterte ihm ins Ohr: »Bitte, Markus, hab noch ein wenig Geduld. Ich werde gern deine Frau. Aber es ist alles noch so neu für mich.«

Nachdem sie ihre Gläser ausgetrunken hatten, umarmte und küsste er sie noch einmal. Dann verabschiedete er sich als glücklicher Mann von ihr.

Am nächsten Abend verwöhnte Natascha ihren Markus wieder mit einem guten Abendessen. Er ließ es sich gut schmecken und fragte: »Natascha, wann kommst du zu mir, in mein Haus?«

Natascha war sprachlos und stotterte: »Aber Markus, das geht doch nicht. Wir sind doch noch gar nicht verheiratet.«

»Also, dann werden wir so bald wie möglich heiraten. Ich möchte keine Nacht mehr ohne dich verbringen. Bist du einverstanden, dass ich das Aufgebot bestelle? Wünschst du dir eine kleine oder eine große Hochzeitsfeier?«

Sie wusste nicht, was sie darauf antworten sollte. Eigentlich hatte sie immer in der kleinen Kirche in ihrem Heimatdorf heiraten wollen. Aber konnte sie das von ihm verlangen? Er hatte sicher schon geplant, wie er seine Hochzeit feiern wollte.

Als er ihr Zögern bemerkte, fragte er: »Liebling, warum äußerst du deine Wünsche nicht?«

»Ach, weißt du, Markus, das ist gar nicht so einfach. Ich weiß nicht, ob ich das überhaupt von dir verlangen kann. Mein Wunsch und der meiner Familie war immer der: Wenn ich einmal heirate, soll es in unserer kleinen Dorfkirche geschehen.«

Markus Rolfes blickte seine Geliebte erstaunt an. Aber dann antwortete er: »Liebling, ich verstehe dich. Und wenn es möglich ist, heiraten wir, wo immer du es wünschst. Auch wenn ich mit dir auf den Mond fliegen muss. Aber bist du dir sicher? Wir könnten in die Karibik fliegen und dort heiraten.«

»Vielleicht später einmal«, sagte Natascha. »Aber ich wäre sehr glücklich, wenn ich gemeinsam mit meinen Eltern und meinem Bruder Kolja unsere Hochzeit feiern könnte.«

Markus Rolfes gab sich große Mühe, so schnell wie möglich die nötigen Papiere für die Reise zu bekommen. Aber dank seiner Beziehungen schaffte er es in kurzer Zeit.

Natascha wohnte immer noch bei Anja, als Markus sie mit einem wunderschönen Verlobungsring überraschte. Er steckte ihr den Ring an den Finger und sagte zu ihr: »So, jetzt bist du meine Verlobte, und ich hoffe, dass du morgen in mein Haus einziehst.«

Natascha war verwirrt und zugleich glücklich. Am nächsten Abend verließ sie zu Anjas Bedauern die gemeinsame Wohnung.

Anja beschwerte sich bei Markus: »Es gefällt mir gar nicht, dass Sie meine Freundin entführen. Aber ich wünsche euch beiden trotzdem alles Glück der Erde.«

Markus Rolfes bedankte sich für Anjas Glückwünsche und lud sie spontan zur Hochzeit ein.

Aber zuerst musste Natascha sich ordnungsgemäß anmelden. Sie hielt sich noch als Besucherin in Berlin auf. Und Markus half ihr dabei. Denn sie wollten, bevor sie kirchlich heirateten, ihre Ehe auf dem Standesamt besiegeln lassen.

Jetzt begann für Natascha wieder ein neuer Lebensabschnitt, aber mit Herzklopfen, denn sie kannten sich erst so kurze Zeit. Aber wenn er bei ihr war, selbstsicher und stark, fühlte sie, dass er der Mann ihrer Träume war.

Markus konzentrierte sich ganz auf den Autoverkehr. So allmählich wurden die Laternen an der Straße weniger. Und Natascha erkannte, dass sie in eine waldreiche Gegend fuhren. Anschließend bogen sie in eine kleine Privatstraße ein, wo der Wagen kurz darauf auf ein eisernes Tor zufuhr.

Das Grundstück war mit einer hohen Mauer umgeben. Das eiserne Tor öffnete sich, als der Wagen sich dem Tor näherte. Vor ihnen lag eine prächtige Villa. Als sie aus dem Wagen stiegen, wurde der Eingangsbereich automatisch beleuchtet. Markus ging voran und bat seine Verlobte, vor der Eingangspforte stehen zu bleiben. Er öffnete die Tür und kam sofort wieder zurück. Ehe Natascha wusste, wie ihr geschah, trug er sie auf seinen starken Armen in sein Haus. In der Empfangshalle stellte er sie wieder sanft auf den Boden. Natascha blickte ihren Verlobten erstaunt an.

»Liebling ich musste dich über die Schwelle meines Hauses tragen, unsere Ehe soll glücklich werden.«

Sie lächelte und schaute sich überwältigt um. Welch prachtvolles Haus! Damit hatte sie nicht gerechnet.

Er sah ihr erstauntes Gesicht und fragte: »Gefällt dir mein Haus? Wirst du dich hier wohlfühlen?«

»Markus, dein Haus ist sehr schön, aber mit dir würde ich mich auch in der kleinsten Hütte wohlfühlen.«

Er küsste sie zärtlich auf die Wange und führte sie stolz durch sein Haus.

Das Schlafzimmer war ein Traum in cremefarbiger Seide. Natascha sah das Doppelbett und erkannte, dass sie ab sofort ihre Nächte an seiner Seite verbringen würde. Er bemerkte ihre Verlegenheit und führte sie in ein kleines Schlafgemach, das direkt neben dem großen Schlafzimmer lag.

»Schau, Natascha, wenn du mich einmal nicht erträgst oder allein sein möchtest, kann ich in diesem Zimmer übernachten.«

»Nein, nein, das kommt überhaupt nicht in Frage«, stotterte sie und wurde wieder einmal krebsrot. Er nahm sie in die Arme und küsste sie wieder und wieder, und dabei dachte er voll freudiger Erwartung an die kommende Nacht.

Für ihr Gepäck und den Computer hatte Markus einen jungen Mann engagiert. Der schellte an der Tür und stand nun unschlüssig vor ihnen. Markus wies dem jungen Mann den Weg in die Bibliothek. Natascha folgte den Männern und betrachtete den mit kostbaren Möbeln ausgestatteten Raum.

Das Bücherregal war reich bestückt und Natascha entdeckte sogleich ein paar interessante Bücher. Ihr Computer bekam einen ausgezeichneten Platz auf einem Schreibtisch am Fenster. Der Schreibtisch war wunderschön, er musste ein Vermögen gekostet haben.

Der junge Mann schloss den Computer auch gleich an, sodass Natascha, sobald sie mochte, daran schreiben konnte. Nachdem der junge Mann seine Arbeit beendet und das Haus wieder verlassen hatte, führte Markus sie in das Speisezimmer. Er hatte ein kleines kaltes Büfett anrichten lassen.

Auf dem Tisch standen ausgewählte Köstlichkeiten. Markus langte kräftig zu und blickte sie erstaunt an. Warum aß sie von allem nur sehr wenig?

»Natascha, Liebling, sagt dir das Essen nicht zu?«

»Doch, Markus, es ist alles vorzüglich, aber ich esse abends immer nur sehr wenig.«

Sie sah ihm zu und freute sich, dass es ihm schmeckte.

Nach dem Essen führte er sie in sein Kaminzimmer. Er erklärte ihr, dass es sein Lieblingsraum in seinem Haus sei, und forderte sie auf: »Bitte, Liebling, such dir deinen Platz.«

Im Kamin brannte ein Feuer, das wohlige Wärme ausstrahlte.

Natascha blieb unschlüssig stehen, schaute sich um und dachte: »Der schwarze Ledersessel am Kamin ist gewiss sein Platz.« Den wollte sie ihm nicht streitig machen. Darum setzte sie sich auf das kleine Kaminsofa.

Er lächelte und dankte ihr im Stillen, dass sie ihm seinen Platz gelassen hatte. Er ging zur Getränkebar und fragte: »Liebling, was möchtest du trinken?«

Natascha überlegte. Dann antwortete sie: »Markus, ich trinke das Gleiche wie du.«

Er öffnete spontan eine Flasche Champagner und füllte die Gläser. Der Champagner schmeckte ihnen ausgezeichnet. Nachdem sie den Champagner ausgetrunken hatten, führte Markus Rolfes seine Verlobte in sein Schlafgemach. Zärtlich küsste er ihre Augen, ihr Gesicht und ihre Lippen. Dabei knöpfte er ihre Bluse auf und zog sie behutsam aus. Sie spürte nur seine Küsse und hatte das Gefühl, als würde sie mit ihm in den Himmel entschweben. Nachdem auch er sich entkleidet hatte, nahm er sie in seine Arme. Als Natascha seinen warmen Atem an ihrem Ohr spürte und mit ihren Händen seinen Körper ertastete, überfiel sie plötzlich ein heißes Verlangen, sie wollte ihm gehören.

Am nächsten Morgen, als sie noch schlief, ging er zuerst ins Bad. Nachdem er sich frisch gemacht hatte, küsste er sie wach. Er wollte wissen, wie sie die erste Nacht in ihrem neuen Bett geschlafen hatte.

»Hast du etwas Schönes geträumt?«

Natascha war etwas schwindlig und sie hatte leichte Kopfschmerzen. Aber geschlafen hatte sie, wenn auch zu wenig, trotzdem sehr gut.

Sie sah ihn an und senkte verschämt den Kopf. Dann antwortete sie: »Markus, ich habe gut geschlafen, aber an einen Traum kann ich mich nicht erinnern. Aber ich war sehr glücklich mit dir in der vergangenen Nacht!«

»Liebling, du warst wunderbar. Ich liebe dich. Möchtest du im Bett frühstücken?«

Sie schüttelte den Kopf, sie wollte zuerst ins Bad gehen und sich frisch machen. Währenddessen zog er sich an und ging voraus ins Speisezimmer. Dort wartete er auf seine schöne Verlobte, er wollte nicht allein frühstücken.

Als Natascha ihre Morgentoilette beendet hatte, zog sie ihren Morgenmantel über und folgte ihm ins Speisezimmer. Eine Frau im mittleren Alter überreichte Markus gerade eine Tasse Kaffee. Überrascht von der Anwesenheit der ihr unbekannten Frau blieb sie in der Tür stehen.

Aber ihr Verlobter forderte sie auf: »Komm zu mir, Liebling. Hiermit stelle ich dir meine gute Seele vor. Das ist Frau Krämer, sie ist meine Haushälterin und sorgt für Ordnung im Haus. Außerdem kümmert sie sich um mein leibliches Wohl. Natürlich ist sie ab heute auch deine gute Seele.«

Frau Krämer begrüßte Natascha freundlich und schenkte ihr ebenfalls Kaffee ein.

Natascha erkannte, dass der Frühstückstisch reichlich gedeckt war. Neben frischen Croissants standen noch Früchte und Cornflakes auf dem Tisch. Die Haushälterin kam noch einmal herein und schenkte Kaffee nach. Als sie fragte: »Haben die Herrschaften noch einen Wunsch?«, und als Markus verneinte, sagte sie: »Dann kümmere ich mich jetzt um das Schlafzimmer.«

Natascha war entsetzt und protestierte sofort: »Nein danke, aber die Betten richte ich persönlich.«

Sie hatte bemerkt, dass die Nacht nicht ohne Spuren ihrer ersten Liebe vorübergegangen war. Markus hatte sie zur Frau gemacht, darum bestand sie darauf, die Betten persönlich zu richten.

Markus sah Natascha erstaunt an. Dann verstand er sie und sagte zu seiner Haushälterin: »Meine Braut ist abergläubisch. Nach der ersten Nacht im Haus des Mannes ist es Tradition, dass die Frau die Betten persönlich herrichtet.«

Mit einem verständnisvollem Lächeln ging die Haushälterin zurück in die Küche.

Natascha war verlegen und mochte ihren Markus gar nicht ansehen. Als er ihre Verlegenheit wahrnahm, ging er sofort zu ihr, und nahm sie in seine Arme. »Aber, Liebling, sieh mich an. Du musst dich nicht schämen. Du bist jetzt eine Frau. Meine wunderschöne Frau. Bist du traurig?«

Natascha wusste nicht, was sie erwidern sollte. Aber irgendwie hatte sie das Gefühl, dass sie etwas sehr Wertvolles für immer verloren hatte.

Er nahm ihr Gesicht in seine Hände und küsste sie zärtlich. »Ich danke dir für dein Geschenk. Du hast mich zum glücklichsten Mann der Welt gemacht. Warst du auch glücklich?«

Natascha erwiderte seine Küsse und bestätigte: »Ja, Markus, ich bin unsagbar glücklich.«

Was sie nicht wusste, war, dass Markus dem Champagner eine geringe Dosis Aufputschmittel hinzugefügt hatte. Es war ihm wichtig, dass für Natascha ihre erste gemeinsame Nacht unvergesslich schön verlief und sie die erste Nacht mit ihm nie wieder vergaß.

Nach dem Frühstück verabschiedete er sich von ihr. Die Pflicht rief. Er musste in die Praxis fahren.

Und Natascha hatte es sehr eilig, sie wollte sofort die Betten frisch beziehen. Vor den Betten blieb sie stehen und dachte noch einmal an die vergangene Nacht zurück. So war also die Liebe. Sie hatte gegeben und er hatte genommen. Aber die Nacht mit ihm war unvergesslich schön verlaufen. Natascha war glücklich.

Sie zog die Bezüge ab und suchte vergeblich nach frischer Bettwäsche. Plötzlich stand Frau Krämer in der Tür und lächelte. Natascha war verlegen, aber die nette Frau Krämer kam mit frischer Wäsche ins Zimmer und sagte zu ihr: »Kindchen, ich helfe Ihnen. Sie brauchen sich doch nicht zu schämen. Ich freue mich sehr, dass unser Herr Doktor Sie gefunden hat. Es ist sehr lobenswert, dass Sie sich für Ihre große Liebe aufbewahrt haben. Wo gibt es heute noch eine Frau wie Sie …«

Sie packte kräftig zu, und kurz darauf waren die Betten frisch bezogen.

»Ach, übrigens, darf ich fragen, wie Sie heißen? Weil ich Ihren Namen noch nicht kenne, habe ich Sie einfach mit ‚Kindchen‘ angesprochen. Entschuldigen Sie bitte. Aber Sie sehen so zart und zerbrechlich aus.«

Natascha stellte sich vor: »Ich heiße Natascha Schukowa.«

Daraufhin schaute Frau Krämer sie erstaunt an. »Das ist doch ein russischer Name. Kommen Sie aus Russland?«

»Ja, meine Heimat ist Russland. Ich bin in einem kleinen Dorf bei Taigastadt geboren. Aber ich habe in den letzten Jahren in Moskau gelebt.«

»Ja, jetzt höre ich auch, dass Ihre Sprache noch einen leichten russischen Akzent erkennen lässt.«

Die beiden Frauen unterhielten sich noch eine Weile. Sie fanden sich auf Anhieb sympathisch. Sie kochten und erledigten auch alle anderen anfallenden Hausarbeiten gemeinsam. Aber Frau Krämer blieb dabei, sie nannte Natascha auch weiterhin »Kindchen«.

Als Markus abends heimkam, empfing Natascha ihn mit einem strahlenden Lächeln im Gesicht. Dann erzählte sie ihm alles über ihren gemeinsamen Tag mit Frau Krämer.

Markus setzte sich in seinen Lieblingssessel, nahm sie auf den Schoß und hörte ihr aufmerksam zu. Es gefiel ihm, dass die Frauen sich auf Anhieb so gut verstanden. Er trank noch einen Cognac und bat sie danach, mit ihm schlafen zu gehen.

Natascha hatte keinen Alkohol getrunken. Sie war völlig nüchtern und erlebte die Liebe nun aus einer anderen Sicht.

Markus spürte, dass sie nicht so leidenschaftlich war wie in der vergangenen Nacht. Trotzdem war er glücklich, sie zu besitzen. Aber auch Natascha sollte so glücklich sein, wie er es mit ihr war. Und sie sollte die Liebe wie das höchste Glücksgefühl erleben.

Vor der nächsten Liebesnacht mischte er wieder eine geringe Menge von dem Aufputschmittel in ihre Gläser. Und wie in der ersten Nacht liebten sie sich heiß und innig. Und auch in den folgenden Nächten war ihre Liebe vollkommen.

Die Zeit verging wie im Flug. Markus hatte endlich alle nötigen Papiere für die Reise erhalten. Und Natascha freute sich schon sehr, dass sie ihre Eltern in wenigen Tagen wieder in die Arme schließen konnte.

Außerdem war sie sehr stolz auf ihren wundervollen Verlobten. Markus hatte sein Versprechen gehalten. Er hatte Anja zur Hochzeit eingeladen. Auch sie war glücklich, dass sie ihre Eltern nach all den Jahren wiedersehen würde.

Natascha und Frau Krämer hatten gemeinsam das Braukleid ausgesucht. Und es war Natascha nicht leichtgefallen, sich für eines der wunderschönen Kleider zu entscheiden.

Erst nach langem Zureden vonseiten Frau Krämers hatte sie ein Kleid in cremefarbener Seide gekauft. Dabei hatte sie an ihr gemeinsames Schlafgemach gedacht. Markus war allein nach Berlin gefahren, um sich für die Hochzeit einzukleiden.

Nun waren sie bereit für die große Reise.

Die Hochzeit

Die erste Wegstrecke, von Berlin nach Moskau, wollten sie fliegen und anschließend mit dem Zug nach Taigastadt fahren. Der Zug verfügte über Schlafwagen, sodass die Fahrt nicht so anstrengend werden würde.

Natascha und Anja freuten sich schon auf die Fahrt in einem so komfortablen Zug. Und Natascha wünschte sich, dass sie so schnell wie möglich ihr Reiseziel erreichen würden.

Auch Nataschas Eltern waren sehr beschäftigt. Sie hatten in der kleinen Dorfkirche alles für die Trauung vorbereiten lassen und freuten sich sehr auf die Hochzeit ihrer geliebten Tochter. Die Eltern waren sehr aufgeregt, und Kolja musste immer wieder beruhigend auf sie einreden. Der Vater fand auch bald zur notwendigen Ruhe zurück und versuchte nun ebenfalls, seine Frau zu beruhigen.

Auch die Dorfbewohner warteten gespannt auf den Bräutigam und die Hochzeitsfeier. Alle Verwandten und Freunde halfen bei den Hochzeitsvorbereitungen mit. Ein Kalb wurde geschlachtet und die Nachbarinnen backten den Kuchen. Der kleine Gemeindesaal war für die Feier festlich geschmückt worden. Ein Heizer stand auch schon zur Verfügung. Das Brautpaar und die Hochzeitsgäste sollten nicht frieren.

Das ganze Dorf war in hellem Aufruhr. Und jeder, der ein Hochzeitsgeschenk brachte, hoffte, auch eingeladen zu werden. Natascha ahnte nicht, welche Aufregung ihre Hochzeit im Dorf verursachte.

Der Tag der Abreise begann wie geplant mit der Fahrt zum Flughafen. Markus war bereits geflogen und kannte sich auf Flughäfen aus. Aber Natascha und Anja flogen zum ersten Mal.

Sie bestaunten die Flugzeuge und fragten Markus, wie es überhaupt möglich sei, dass die Flugzeuge mit so vielen Menschen und Gepäck an Bord fliegen könnten.

Anja bekam plötzlich Angst und wollte nicht mehr mitfliegen. Und Markus musste Anja beruhigen. Als die Passagiere für den Flug nach Moskau aufgerufen wurden, wurde auch Natascha nervös. Und insgeheim hoffte sie, dass alles gut ging.

Denn jetzt gab es kein Zurück mehr. Sie wurden mit dem Bus zum Flugzeug gefahren und stiegen die Stufen zur Maschine empor. Sie nahmen ihre Plätze ein und verstauten ihr Handgepäck. Natascha war ein wenig enttäuscht, denn sie hatte sich die Sitze etwas bequemer vorgestellt. Sie fühlte sich ein wenig eingeengt.

Da forderte die Stewardess die Passagiere auch schon auf, sich bitte anzuschnallen und das Rauchen einzustellen. Auch der Flugkapitän begrüßte die Fluggäste durch den Bordlautsprecher.

Dann rollte die Maschine auf die für sie bestimmte Startbahn. Als die Maschine startete, klammerte Natascha sich an Markus und Anja sich an Natascha fest.

Anja saß am Fenster und hielt sich die Augen zu. Als Markus das sah, forderte er sie auf: »Anja, schau bitte einmal aus dem Fenster. Dort gibt es so viel Interessantes zu sehen. Es ist schade, wenn du den Anblick versäumst.«

Nun schaute auch Natascha vorsichtig aus dem kleinen Fenster, und als sie die Wolkenfelder unter dem Flugzeug erblickte, kannte ihre Begeisterung keine Grenzen. So nach und nach verloren die Freundinnen ihre Flugangst und wechselten immer wieder ihre Sitzplätze. Markus amüsierte sich köstlich darüber. Als sie später in Moskau das Flugzeug verließen, erklärten Natascha und Anja übereinstimmend, dass sie sich schon auf den Rückflug freuten.

Es dauerte eine Weile, bis sie ihr Gepäck vom Laufband nehmen konnten. Natascha wollte zuerst in ihrer alten Wohnung übernachten, aber Markus wollte der neuen Mieterin keine Umstände bereiten.

Er buchte ein Doppel- und ein Einzelzimmer in einem nahe am Flughafen stehenden Hotel. Sie speisten zu Abend und suchten danach ihre Zimmer auf. Der Flug war doch anstrengender verlaufen, als sie gedacht hatten. Sie schliefen bis in den frühen Morgen und stärkten sich mit einem guten Frühstück im Hotel. Nach dem Frühstück fuhren sie mit dem Taxi zum Bahnhof und bestiegen kurz darauf den Zug.

Im Zug herrschte eine angenehme Atmosphäre. Natascha und Anja waren begeistert. Der Zug setzte sich in Bewegung und die Freundinnen erkundeten zuerst einmal die vielen Waggons. Sie schauten sich alles genau an, denn sie wollten nichts übersehen.

Währenddessen verließ der Zug Moskau und Markus schaute interessiert aus dem Zugfenster. Er wollte möglichst viel von der Landschaft sehen. Er hatte zwar schon viel von der Welt gesehen, aber den Osten hatte er noch nicht bereist.

Nachdem die Freundinnen sich alles angeschaut hatten, gingen sie in ihr Abteil zurück. Sie hatten während ihrer Zugbesichtigung den Speisewagen entdeckt. Auch Markus sehnte sich nach einem anständigen Mittagessen.

Also suchten sie gemeinsam den Speisewagen auf, und ließen sich mit einem guten Essen verwöhnen. Später nach dem Abendessen gingen sie zurück in ihr Abteil, schauten aus dem Zugfenster und ließen die Landschaft an sich vorübergleiten.

Als die Dunkelheit hereinbrach, wurde es Zeit, sich schlafen zu legen.

Während sie schliefen, fuhr der Zug unbeirrt weiter durch die dunkle Nacht. Tag und Nacht wechselten sich ab, bis sie endlich Taigastadt erreicht hatten. Natascha war sehr aufgeregt. Würde ihr Bruder, am Bahnsteig stehen?

Als sie aus dem Zug stiegen, erblickte Natascha schon das kleine Wägelchen mit dem Braunen. Kolja winkte völlig aufgeregt mit beiden Armen. Natascha ließ ihr Gepäck fallen und lief dem Bruder in die ausgebreiteten Arme. Sie umarmten und küssten sich, bis Markus die Geschwister daran erinnerte, dass noch zwei weitere Passagiere eingetroffen seien.

Kolja begrüßte seinen Schwager und blieb dann nachdenklich vor Anja stehen. »Bist du Anja? Die kleine Anja mit den langen Zöpfen?«, fragte er. Anja lachte fröhlich und bestätigte Koljas Fragen. »Du bist aber hübsch geworden«, sagte Kolja. Anja winkte ab und wandte sich ihrem Gepäck zu.

Markus verstaute bereits das Gepäck auf den Wagen und fragte Kolja: »Kann der Braune die Last überhaupt noch transportieren?«

Aber Kolja beruhigte Markus: »Der Braune ist zwar nicht mehr der Jüngste, aber wenn er nicht überfordert wird, geht er sein gewohntes Tempo.«

Und Kolja sollte recht behalten. Die Fahrt verlief zwar langsam, aber auch gemütlich. Die Fahrgäste konnten in Ruhe die Landschaft betrachten.

Als das kleine Dorf am Horizont sichtbar wurde, war Markus doch ein wenig verblüfft. Die Häuser waren klein und wirkten sehr ärmlich. Ihm war, als versteckten sie sich vor jedem neuen Besucher. Markus war neugierig, in welchem Zustand sich wohl Nataschas Elternhaus befand.

Als Kolja den Braunen vor dem Elternhaus anhielt, erkannte Markus, dass auch das Haus wie all die anderen aussah.

Die kleine Haustür ging auf und Nataschas Eltern traten verhalten, beinahe ängstlich, vor das Haus. Natascha sprang vom Wagen und lief den Eltern in die ausgebreiteten Arme.

Markus schaute sichtlich berührt der herzlichen Begrüßung zu.

Dann stand auch Markus vor seinen Schwiegereltern. Auch ihm streckte die Mutter ihre Arme entgegen, um ihn an ihr Herz zu drücken.

Sie schaute ihn an und lächelte, dann rief sie entzückt aus: »Natascha, dein Bräutigam ist ja ein wunderschöner Mann. Kommt er aus einem Märchenland? Ist er ein Prinz?«

Markus konnte sich ein Schmunzeln nicht verkneifen. Er antwortete höflich: »Aber Madam, ich bin kein Prinz, nur ein einfacher Arzt.«

»Ein Doktor, Natascha, das ist ja wunderbar. Dann kann er immer auf dich achten, dass dir nichts geschieht.«

Nun begrüßte auch der Vater den Schwiegersohn mit einem herzlichen »Willkommen, mein Söhnchen, in unserer bescheidenen Familie«.

Sie betraten das Haus und Markus sah, dass es zwar sehr sparsam möbliert, aber sauber war. Da stand der Vater auch schon mit einem Glas Wodka vor ihm. Zuerst wollte Markus ablehnen, aber als Natascha ihm zunickte, nahm er das Glas entgegen und die zwei Männer stießen auf die Familie an.

Soeben betrat auch Kolja das kleine Wohnzimmer und erhob sein mit Wodka gefülltes Glas. »Nasdrowje«, sagte er. Und der Vater und Markus mussten bei jedem Schluck einstimmen. Der Wodka verfehlte seine Wirkung nicht. Markus musste bald passen, wogegen die zwei, Kolja und der Vater, bedeutend trinkfester waren.

Die Mutter hatte währenddessen den Tisch gedeckt und das Abendbrot zubereitet. Natascha war der Mutter behilflich und bat die Familie zu Tisch.

Markus hatte sich nach dem Essen wieder ein wenig vom Alkohol erholt, aber als die Männer wieder Wodka vor ihm hinstellten, lehnte er dankend ab. Da halfen auch die Aufforderungen der Männer: »Trink, Brüderchen, trink, trinken vertreibt Kummer und Sorgen«, nicht.

Kolja holte sein Akkordeon herein und spielte der Gesellschaft etwas vor. Natürlich musste er für Natascha »Leise das Glöckchen erklingt« spielen.

Erst spät in der Nacht verabschiedeten sie sich voneinander und gingen zu Bett.

Am nächsten Morgen zog ein herrlicher Duft, von frisch gebackenem Brot durch das Haus. Die Mutter war früh aufgestanden und hatte frisches Brot und Gebäck gebacken.

So nach und nach erschienen alle Familienmitglieder. Sie setzten sich an den kleinen Tisch und frühstückten gemeinsam.

Markus lobte die Mutter. Nicht nur das frische Brot und das Gebäck, auch die selbst gekochte Marmelade war ausgezeichnet.

Die Mutter lächelte schüchtern, und ihre Wangen glühten vor Verlegenheit.

Natascha streichelte der Mama über die von harter Arbeit gezeichneten Hände. Sie war so glücklich, dass die Familie gesund und munter beisammensaß.

Währenddessen waren die Nachbarn emsig. Sie schmückten die Tische in dem kleinen Gastraum der Dorfkneipe für die bevorstehende Hochzeit.

Natascha überzeugte sich noch persönlich, ob die Hochzeitsvorbereitungen abgeschlossen waren. Die Eltern hatten ein Kalb und ein paar Enten schlachten lassen. Es sollte eine Hochzeit werden, über die die Menschen im Dorf noch lange berichten sollten.

Dann endlich war der große Tag gekommen. Anja war Natascha beim Ankleiden behilflich. Die Mutter stand dabei und schlug immer wieder die Hände über den Kopf zusammen. Sie war begeistert und stammelte immer wieder: »Nasti, mein Kind, dein Brautkleid ist wunderschön!«

Im Haar trug Natascha einen geflochtenen Kranz aus Wiesenblumen. Auch der Brautstrauß bestand aus den Wiesenblumen.

Anja hatte sich um die zweite Brautjungfer, ein junges Mädel aus dem Dorf, und um ein paar Blumenkinder gekümmert.

Und Natascha sah in ihrem wunderschönen Brautkleid wie eine Märchenfee aus. Sie stieg mit den Eltern und den Brautjungfern auf das kleine Wägelchen.

Markus war vorausgegangen, er erwartete seine Braut in der Kirche.

Behutsam fuhr Kolja den kleinen Wagen mit der Braut und den Eltern zur Kirche hin. Anschließend war er seinen Fahrgästen beim Absteigen behilflich. Kolja ging voran und öffnete die Kirchentür.

Sogleich erklang ein leises Raunen in der Kirche. Der Vater führte, erfüllt mit Stolz, seine schöne Tochter Natascha in die Kirche. Nur mit Mühe konnte er sich einen Weg durch die dicht gedrängten Dorfbewohner bahnen. Jeder wollte die Braut bewundern und keinen Augenblick versäumen.

Endlich stand Natascha neben ihrem geliebten Markus vor dem Traualtar und der Priester begann mit der Trauung. Als Natascha leise ihr »Ja« hauchte, atmete Markus tief aus und dachte: »Endlich gehört diese wunderschöne Frau mir allein.« Kolja stand neben dem Brautpaar und überreichte ihnen die Eheringe. Und Markus küsste zärtlich Nataschas schönen, roten Mund.

Auch als das Brautpaar nach der Trauung die Kirche verließ, mussten sie sich wieder mühsam einen Weg durch die Menschen bahnen. Die Dorfbewohner betasteten Nataschas Kleid und jeder wollte dem jungen Paar die Hand reichen und ihnen gratulieren.

Vor der Dorfkirche hatte sich die Jugend des Dorfes versammelt. Markus warf ihnen immer wieder Kleingeld hin und Natascha schaute belustigt zu. Im Stillen dachte sie: »Wo nimmt er nur das viele Kleingeld her?«

Auch Kolja hatte seine Mühe, mit dem kleinen Wagen vorzufahren. Endlich machten die Menschen den Weg frei und die Hochzeitsgesellschaft konnte aufsteigen.

Sie fuhren durch das Dorf und stiegen vor dem kleinen Gasthaus ab. Als sie das Gasthaus betraten, wehte ihnen schon ein köstlicher Bratengeruch entgegen. Die Tische waren gedeckt, und als die Gesellschaft Platz genommen hatte, wurden auch schon die Getränke und das Essen aufgetragen.

Die Frauen aus dem Dorf liefen emsig hin und her und durcheinander. Aber sie schafften es in kurzer Zeit, dass das Essen und die Getränke auf den Tischen standen.

Während des Essens wurde reichlich Wodka getrunken. Und die Gäste vertrugen sehr viel Wodka.

Nach dem Essen wurde starker Kaffee gereicht und dann musste das Brautpaar den Tanz eröffnen. Danach ging es lustig zu.

Drei junge Männer sorgten für gute Stimmung. Sie spielten auf ihren Musikinstrumenten und sangen dazu. Dazwischen wurde immer wieder reichlich Wodka gereicht.

Markus und Natascha tranken lieber Krimsekt. Immer wieder führte Markus seine schöne junge Frau auf die Tanzfläche. Und Natascha glaubte mit ihrem Markus in den Himmel zu entschweben.

Erst spät in der Nacht zog sich das Brautpaar zurück. Auch Nataschas Eltern begleiteten sie. Ohne ihre Tochter bereitete ihnen das Fest keine Freude mehr.

Kolja hatte den Braunen während der Feier hinter dem Gasthof angebunden. Er war hin und wieder hinausgegangen und hatte dem Pferd Futter und Wasser gebracht. Auch der Braune war froh, als er endlich in seinen Stall gebracht wurde. Auf dem Weg zu ihrem Haus sang Kolja und schwärmte immer wieder von der großartigen Hochzeitsfeier.

Am folgenden Nachmittag trafen sich noch einmal alle Frauen des Dorfes in dem kleinen Gasthaus. Sie tranken Kaffee und verzehrten den restlichen Kuchen.

Den restlichen Wodka und Sekt tranken am Abend die Männer des Dorfes. Und auch da wurde lobend über die großartige Hochzeitsfeier diskutiert. Die Großzügigkeit des Bräutigams und der Gasteltern wurde als unübertroffen gelobt. Und alle Dorfbewohner stimmten zu, dass es die größte und schönste Hochzeit war, die jemals im Dorf stattgefunden hatte.

Nach der Hochzeit blieben Markus und Natascha noch ein paar Tage bei den Eltern. Natascha zeigte Markus ihre Lieblingsplätze im Wald und auf den Wiesen. Sie liefen wie die Kinder durch die bunte Frühlingslandschaft und Markus verstand, dass Natascha ihre Heimat liebte.

Der Abschied

Aber dann kam der Tag, an dem es hieß, Abschied zu nehmen. Kolja spannte den Braunen vor den Wagen und Markus verstaute das Gepäck auf dem kleinen Gefährt. Natascha lag in den Armen der Mutter, und der Vater hatte seine Arme um beide Frauen geschlungen, als wolle er sie nicht wieder loslassen. Aber die Zeit verging, sie mussten den Zug erreichen. Den Zug zurück nach Moskau.

Die Tränen liefen Natascha über ihr schönes Gesicht. Aber sie mussten sich verabschieden, denn Anja wartete bereits vor dem Haus. Die Eltern fuhren nicht mit zum Bahnhof.

Sie winkten und riefen dem kleinen Wagen hinterher: »Natascha, Blümchen, komm bald wieder zurück, zurück zu uns!«

Auch Anja war der Abschied von ihrer Familie sehr schwergefallen. Gerade noch rechtzeitig, erreichten sie den Bahnhof. Da fuhr der Zug auch schon ein. Bis die letzte Aufforderung kam: »Bitte die Türen schließen«, hielt Natascha ihren Bruder eng umschlungen.

Als sie in ihrem Abteil Platz genommen hatten, presste sie ihr tränennasses Gesicht an die kühle Fensterscheibe des Zuges. So verweilte sie geraume Zeit. Erst als Markus sie in die Arme nahm und ihre Tränen trocknete, beruhigte Natascha sich allmählich. Auch Anja wischte sich immer noch verstohlen die Tränen aus den Augen.

Erst als es Zeit für das Abendessen wurde, hatten sich die beiden Frauen vom Abschiedsschmerz einigermaßen erholt. Sie gingen in den Speisewagen und ließen sich das Abendessen servieren. Nach dem Essen zogen sie sich wieder in ihr Abteil zurück.

In der Nacht war die Landschaft in Dunkel gehüllt, und außer ein paar kleinen, unscheinbaren Lichtern, war nichts zu erkennen. Bei Tageslicht gab es mehr zu sehen.

Dann fuhr der Zug in Moskau ein. Hier mussten sie den Zug wieder verlassen und zum Flughafen fahren. Markus ging voran zum Taxistand und Natascha und Anja folgten ihm.

Und wieder lag dichter Nebel über der Stadt. Im Gegensatz zu ihrer Heimat war in der Stadt nicht viel vom Frühling zu sehen.

Natascha erschauerte und dachte: »Wie konnte ich nur in der grauen Umgebung der Häuser und Straßen so lange leben?« Berlin war ebenfalls eine große Stadt, aber sie wohnten außerhalb der Stadt, im Grünen. Weit ab von Straßenlärm, Luftverschmutzung und grauen Häuserblöcken. Und mit Markus, ihrem Ehemann, ihrer großen Liebe, lebte Natascha dort sehr glücklich.

Es bestand auch die Möglichkeit, am Wochenende aufs Land hinauszufahren. Markus hatte Natascha informiert, dass es nicht weit bis zur Ostsee war. Und sobald die Tage wärmer wurden, würde er Natascha die drei Kaiserbäder zeigen.

Am Flughafen stiegen sie aus dem Taxi und betraten das Flughafengebäude. Die Maschine nach Berlin war kurz darauf startbereit.

Nach dem Passieren der Zollkontrollen wurden sie zum Ausgang des Flughafengebäudes gerufen und zu der für sie bestimmten Maschine gefahren. Ihre Sitzplätze befanden sich in der 23. Reihe.

Auch der Flug verlief ohne Komplikationen und Natascha und Anja waren einer Meinung, dass Fliegen doch sehr schön sei. Bei ihrer Ankunft in Berlin war das Wetter auch nicht besser als in Moskau. Es regnete wieder einmal, was der Himmel hergab, und sie waren froh, dass genügend Taxen vor dem Flughafengebäude bereitstanden.

Jetzt hieß es noch einmal Abschied nehmen. Natascha und Anja wollten sich so bald wie möglich wiedersehen.

Eine kleine Feier

Ein paar Tage später sagte Markus zu seiner Frau: »Liebling, ich habe für heute Abend eine kleine Feier vorbereiten lassen. Denn ich habe meinen Mitarbeiterinnen versprochen, wenn ich heirate, sie alle zu einer kleinen Feier einzuladen. Zudem musste ich auch meine Bekannten von unserer Ehe in Kenntnis setzen.«

Natascha war von dieser Nachricht gar nicht begeistert, schließlich kannte sie niemanden aus Markus' Freundeskreis. Auch die Mitarbeiterinnen aus seiner Praxis waren ihr nicht in bester Erinnerung geblieben.

Und Markus bat seine Frau: »Liebling, zieh dich bitte hübsch an. Ich werde dich sehr einflussreichen Leuten vorstellen.«

»Auch das noch«, dachte Natascha und im Stillen hoffte sie, dass der Abend so schnell wie möglich vorüberginge. Und noch einmal fragte sie: »Markus, kommen deine Eltern auch zu der Feier?«

Sie hatte ihn schon einmal auf seine Eltern angesprochen, daraufhin war er sehr still geworden und hatte geantwortet: »Nein, meine Eltern können nicht kommen, aber darüber möchte ich im Augenblick nicht sprechen.«

Auch dieses Mal wollte er nicht darüber reden und sagte: »Ich werde dir in Kürze alles über meine Eltern erzählen, aber jetzt mach dich bitte hübsch.«

Für Natascha war es ein Rätsel, dass er seine Eltern nicht zur Hochzeit eingeladen hatte. Außerdem hatte er sie bisher seinen Eltern noch nicht vorgestellt. Und wieder wurden sie nicht eingeladen und Markus wollte auch jetzt nicht darüber reden.

Aber dann rief Markus auch schon: »Natascha, Liebling, kommst du bitte, es wird höchste Zeit. Wir müssen jeden einzelnen Gast persönlich begrüßen.«

Hastig lief sie die Treppen zur Empfangshalle hinunter und ihrem Ehemann direkt in die Arme.

Er betrachtete sie von allen Seiten und sagte: »Liebling, du bist wunderschön. Du wirst heute wieder die Schönste sein. Aber jetzt müssen wir uns beeilen. Komm bitte.«

Er öffnete die Eingangspforte und ließ seiner jungen Frau den Vortritt. Sie stiegen in den Wagen und fuhren zum Restaurant. Natürlich waren schon ein paar besonders neugierige Gäste anwesend. Markus begrüßte sie und stellte ihnen seine Frau Natascha vor. Danach ließ er ihnen ein Begrüßungsgetränk servieren.

So nach und nach füllte sich der Raum. Auch die Damen aus der Praxis waren nun vollständig vertreten. Immer wieder schauten sie zu Natascha hin und tuschelten miteinander. Auch Markus war das unangenehme Verhalten seiner Angestellten aufgefallen.

Er sagte: »Liebling, entschuldige mich bitte einen Augenblick.«

Er ging zu seinen Angestellten hinüber und sprach sie an: »Hallo, meine Damen, haben Sie ein Problem? Sie tuscheln herum und starren meine Frau an, dass es beinahe schon peinlich ist. Oder gefällt es Ihnen auf meiner Feier nicht? Kommen Sie doch bitte mit zur Bar und stoßen Sie mit mir auf meine schöne Frau an.«

Sichtlich peinlich berührt folgten die Damen ihrem Chef. Sie stießen mit ihm auf sein und das Wohl seiner Frau an und die peinliche Situation war für Natascha zu Ende.

Aber was dann geschah, brachte alle Anwesenden aus der Fassung. Eine auffallend schöne, blonde und sehr junge Frau betrat das Lokal. Sie ignorierte Natascha, die sie begrüßen wollte, und ging schnurstracks auf Markus zu, umarmte ihn, küsste ihn ganz ungeniert vor allen Anwesenden und sprach so laut, dass es jeder hörte: »Markus, Liebling, was machst du für einen Unsinn? Ich dachte, ich höre nicht recht, du hast geheiratet?«

Markus war sichtlich peinlich berührt und sagte: »Nadine, ich bitte dich, wo kommst du denn so plötzlich her? Ich denke, du amüsierst dich in Paris?«

»Aber Markus, was denkst du denn von mir? Ich amüsiere mich

doch nur mit dir. Ich war nur zur Erholung in verschiedenen Bädern. Und ich dachte, mich trifft der Schlag, als ich von deiner überstürzten Hochzeit hörte. Du gehörst mir, das weißt du doch, du dummer, dummer großer Junge. Und deine Ehe werden wir sofort wieder annullieren lassen.«

Natascha stand wie versteinert da, sie wusste nicht, wie sie sich verhalten sollte. Aber Markus winkte ihr zu, sie solle zu ihm kommen.

Markus ergriff Nataschas Hand und sagte zu der vor ihm stehenden Person: »Nadine, hiermit stelle ich dir meine Frau Natascha vor. Und dass es ein für alle Mal klar ist: Ich liebe sie. Ich liebe sie sogar sehr, und da wirst auch du nichts daran ändern können. Und nun bitte ich dich, verhalte dich den Umständen entsprechend, oder verlasse dieses Restaurant.«

Nadine sah Natascha an, als wollte sie sie in Stücke reißen, dann drehte sie sich abrupt um, ging zur Bar, nahm sich ein großes Glas, ließ es voll Whisky füllen und trank es in einem Zug aus. Danach verließ sie, ohne ein Wort zu verlieren, das Restaurant.

Markus stand äußerst betroffen da und schüttelte den Kopf. Dann sagte er zu Natascha: »Liebling, entschuldige bitte, aber das konnte ich nicht voraussehen, dass diese Frau sich aus purer Eifersucht so danebenbenimmt. Zwischen uns bestand nie so ein enges Verhältnis, dass sie ein Recht darauf hätte, sich hier so aufzuführen. Aber das sieht ihr ähnlich. Genau aus diesem Grund, wegen ihrer Unberechenbarkeit, ist nie ein Paar aus uns geworden.

Ich hoffe nur, dass wir in Zukunft unsere Ruhe vor ihr haben. Aber ich befürchte, dass dies noch nicht die letzte Szene war, die sie uns machen wird.«

Nach dem peinlichen Auftritt herrschte wieder Ruhe und die Feier verlief harmonisch. Und Markus wurde im Laufe des Abends immer wieder zu seiner schönen Frau gratuliert. Dann stellte er seiner jungen Frau mehrere Ärzte vor.

Einen Arzt hob er besonders hervor. Er sagte: »Liebling, hiermit stelle ich dir meinen besten Freund, Doktor Matthias Weber, vor. Wir kennen uns schon sehr lange. Wir haben gemeinsam studiert. Übrigens, Matthias, ich erwarte von dir, dass du uns in Kürze besuchen wirst. Leider ist die nette junge Dame, welche uns die unangenehme Szene gemacht hat, seine Schwester.«

»Markus, ich muss mich für Nadine vielmals bei dir entschuldigen. Aber du kennst doch ihr ungezügeltes Temperament. Ich hoffe nur, du nimmst es ihr nicht allzu übel. Aber sie hatte sich in den Kopf gesetzt, eines Tages deine Frau zu werden.«

»Ich habe so etwas geahnt. Aber auch wenn ich Natascha nicht kennengelernt hätte, wäre aus uns nie ein Paar geworden. Matthias, ich hoffe, du verstehst mich.«

»Selbstverständlich, Markus, doch jetzt entschuldige mich bitte, ich möchte euch nicht länger stören.«

»Matthias, du wirst uns niemals stören«, protestierte Markus.

Matthias ging zur Bar hinüber und nahm sich ein Getränk.

Er schaute zu dem glücklichen Paar hin und überlegte, ob er das Angebot von Markus annehmen und ihn besuchen sollte.

Aber Markus war sein bester Freund und er hätte ihm gegenüber ein schlechtes Gewissen gehabt, wenn er seine junge Frau dauernd anschauen würde. Denn vom ersten Augenblick hatte ihn Nataschas Schönheit tief beeindruckt.

Natascha schaute den gut aussehenden Mann kurz an, aber sie ahnte nicht, welche Rolle er noch in ihrem Leben spielen würde. Auch sein Blick, der ihr sagte, dass sie ihm gefiel, war ihr nicht verborgen geblieben.

Natascha sagte zu ihrem Mann: »Markus, du hast einen sehr netten Freund.«

Es dauerte nicht lange und Natascha war umringt von Verehrern. Markus flüsterte ihr leise ins Ohr: »Liebling, ich werde langsam eifersüchtig.« Aber Natascha hatte nur Augen für ihren Mann.

Doktor Matthias Weber hatte sich sehr früh verabschiedet und

Markus hatte sein Bedauern darüber ausgesprochen, dass sein bester Freund schon so früh die Feier verließ. Er hatte nicht bemerkt, dass Matthias Weber schon bald mehr als nur Sympathie für Natascha empfand.

Matthias wollte sich nicht in Natascha verlieben. Er war verheiratet und liebte seine Frau. Darum verließ er die Feier so früh.

So nach und nach kam auch die eine oder andere Sprechstundenhilfe zu Natascha und versuchte, sich ihr freundlich zu nähern. So verlief der Abend doch noch zu beider Zufriedenheit. Aber dann sagte Markus: »Liebling, ich würde gern mit dir allein sein. Sollen wir uns zurückziehen?«

Natascha war mehr als einverstanden. Auch sie hatte genug vom Feiern. Sie fuhren zurück in ihr Haus, und verbrachten wieder eine Nacht voller Liebe und Zärtlichkeit.

Der Sommer verlief harmonisch. Markus und Natascha liebten sich und waren sehr glücklich. Und immer wieder gab er ihnen eine geringe Dosis von dem Aufputschmittel in ihre Getränke.

Natascha ahnte nichts davon. Nur die Kopfschmerzen und das Unwohlsein am nächsten Morgen konnte sie sich nicht erklären.

Zuerst hatte sie vermutet, schwanger zu sein. Aber den Gedanken hatte sie schnell wieder verworfen. Es war nicht möglich, da sie ihre Regel pünktlich bekam. Aber sie wünschte sich Kinder von ihrem Mann. Sie wollte ihren Kindern eine junge Mutter sein.

Am Abend, als sie mit ihrem Mann vor dem Kamin saß, sprach sie mit ihm über eigene Kinder. Ihr Ehemann reagierte auf ihren Kinderwunsch sehr verhalten. Er stellte sein Glas vor sich auf den Tisch und schwieg.

Natascha wartete auf seine Antwort auf ihre Frage. Aber er trank nach einer Weile erneut aus seinem Glas.

»Markus, ich habe dich gefragt, wann wir uns ein Kind anschaffen wollen. Du wünschst dir doch sicher auch einen Sohn? Schließlich ist ein eigener Sohn der größte Wunsch eines jeden Mannes.«

Nach wiederholtem kurzen Schweigen ging er zu ihr hin, nahm sie in die Arme und küsste sie. Dann sagte er zu ihr: »Liebling, warum? Willst du wirklich deinem wunderschönen Körper durch eine Schwangerschaft Schaden zufügen? Wir sind erst so kurze Zeit verheiratet und ich meine, dass wir damit noch ein wenig warten sollten.«

Als sie protestierte: »Markus, ich bin keine zwanzig mehr«, hielt er ihr den Mund zu, küsste ihre Augen und ihren Mund und erwiderte: »Also, wenn es unbedingt sein muss, bekommen wir im nächsten Jahr ein Baby. Dann ist es garantiert noch nicht zu spät.«

Mit der Erklärung gab Natascha sich vorerst zufrieden. Und Markus erklärte seiner Frau: »Zuerst möchte ich mit dir verreisen. Es gibt so schöne Orte und andere schönen Dinge im Leben, und das alles möchte ich dir zeigen und das Leben mit dir in vollen Zügen genießen. Mit einem kleinen Kind können wir nicht mehr verreisen.«

Ein Besuch im Spielcasino

Markus wollte Natascha auf andere Gedanken bringen und versprach ihr: »Natascha, am Wochenende machen wir einen kleinen Ausflug nach Travemünde.«

Er kannte dort ein gutes Hotel, außerdem wollte er ihr die Spielbank zeigen. Natascha hatte noch nie eine Spielbank besucht. Außerdem war sie gegen jede Art von Glücksspielen. Aber wenn Markus wünschte, ein Casino aufzusuchen, würde sie ihn selbstverständlich begleiten.

Der Samstag war ein schöner Tag. Die Sonne gab ihr Bestes, und als sie in Travemünde spazieren gingen und die würzige Seeluft atmeten, erkannte Natascha, dass es richtig war, an die See zu fahren. Nach einem guten Abendessen suchten sie dann die Spielbank auf.

Natascha musste sich auf Markus' Verlangen noch in einem teuren Modegeschäft ein wunderschönes Abendkleid kaufen. Es hatte lange gedauert, bis er sich mit einem Kleid, welches Natascha sündhaft teuer erschien, zufriedengab.

Nun hielt er ihre Hand und betrat stolz mit ihr die Spielbank. Dann tauschte er an der Kasse Geld gegen Jetons um. Danach zog er Natascha an den nächsten Spieltisch und setzte auf verschiedene Zahlen und auf Farbe.

Natascha verstand nichts von dem Spiel. Sie sah nur, wenn ein Spieler gewann und derjenige Jetons zugeschoben bekam. Markus gewann ebenfalls und er schob ihr seinen Gewinn hin.

Natascha weigerte sich, den Gewinn anzunehmen. Aber Markus flüsterte ihr ins Ohr: »Liebling du bringst mir Glück. Spiele deine Lieblingszahlen.«

So schnell fiel Natascha keine Zahl ein, außerdem hatte sie keine Lieblingszahl. Nachdem Markus sie wieder aufforderte, doch endlich zu setzen, und der Croupier sie schon auffordernd ansah, setzte sie ihr Geburtsdatum: die Neun und die Sechsundzwanzig.

Aber es fiel die Zwei. Dann wurde erneut aufgefordert, die Einsätze zu tätigen, und Markus forderte Natascha erneut auf zu setzen. Natascha setzte noch einmal die Sechsundzwanzig und die Neun. Und sie hatte Glück, es fiel die Sechsundzwanzig.

Sie hatte gewonnen und wollte das Spiel beenden. Aber Markus verlangte: »Schatz, auf einem Bein kann man nicht stehen, spiele weiter.«

Auf der Sechsundzwanzig lag noch ihr Einsatz, trotzdem forderte Markus sie auf, ihren Einsatz auf der Sechsundzwanzig zu verdoppeln. Und die Sechsundzwanzig fiel noch einmal. Natascha war ganz durcheinander, die Menschen sahen sie an und schon wieder flüsterte Markus: »Verdopple und leg noch fünf Stücke auf die Neun.«

Natascha traute ihren Augen nicht, als die Neun angesagt wurde. Sie war so verwirrt, dass sie spontan aufstand, und Markus musste ihren Gewinn entgegennehmen. Eine Spielerin, die neben ihr saß, meinte: »Das machen Sie richtig – wenn man gewonnen hat, soll man sofort aufhören.«

Markus überzeugte sich noch, ob die Neun noch einmal fiele, aber es fiel die Acht.

Nataschas Gesicht glühte vor Erregung, sie ging zur Toilette, wusch sich die Hände und kühlte ihre Arme ab. Das Herz schlug ihr bis zum Hals. Was sie soeben erlebt hatte, war Zauberei. Aber wer war es, der ihr den Geldsegen herbeigezaubert hatte?

Mit einem strahlenden Lächeln stand Markus vor ihr. »Liebling, habe ich dir nicht gesagt, dass du mein Glücksengel bist?«

Natascha war immer noch leicht irritiert. Und als Markus sie fragte: »Liebling, willst du denn gar nicht wissen, wie viel du gewonnen hast?«, schaute Natascha ihn erwartungsvoll an.

Sie fand keine Worte dafür, was sie soeben erlebt hatten.

»Du hast 14.000 Euro gewonnen, mein Schatz. Mit dem Geld machen wir Urlaub. Wir fliegen nach Teneriffa. Wir holen ganz einfach unsere Hochzeitsreise nach.«

Sie verbrachten ein sehr schönes Wochenende in Travemünde. Aber das Casino besuchten sie nicht wieder.

Als sie wieder zu Hause waren, suchte Markus umgehend einen Aushilfsarzt für seine Praxis. Natascha berichtete Anja über ihr gemeinsames Wochenende mit Markus und erzählte der Freundin von ihrer bevorstehenden Hochzeitsreise. Auch über ihr Glück beim Spiel im Casino berichtete sie der Freundin.

Neugierig geworden, bat Anja daraufhin: »Wenn ihr wieder einmal in ein Casino fahren solltet, ruf mich bitte vorher an, ich würde auch gern einmal ein Casino besuchen.«

Die Reise nach Teneriffa

Es dauerte nicht lange, da brachte Markus Reiseprospekte mit und legte sie vor Natascha auf den Tisch. Sie sollte wählen, wohin die Reise gehen soll.

Aber Natascha waren alle Reiseziele völlig unbekannt. Sie kannte nur das Schwarze Meer als Urlaubsort. Also suchte Markus den Urlaubsort aus und Natascha stimmte zu. Markus scheute lange Flugreisen, und so entschied er sich, wie von ihm bereits geplant, für Teneriffa. Denn Teneriffa war seine Lieblingsinsel. Er verbrachte dort regelmäßig seinen Urlaub.

Er liebte das schöne Orotava-Tal. Zudem wollte er seinen Urlaub nur dort verbringen, wo auch ein Spielcasino vorhanden war. Spielen war eine seiner Leidenschaften. Denn er hatte im Casino schon mehrere größere Gewinne erzielt. In der letzten Zeit hatte ihn das Glück im Spiel allerdings ein wenig verlassen. Aber mit Natascha, so glaubte er, käme auch sein Glück im Spiel wieder zurück.

Natascha musste noch ein paar Kleinigkeiten für den Urlaub einkaufen. Dann war der Tag der Abreise da.

Der Flug von Berlin nach Teneriffa dauerte vier und eine halbe Stunde. Als sie das Flugzeug verließen, schien die Sonne so hell, dass Natascha die Augen schließen musste. Markus kannte die Lichtverhältnisse auf der Insel und setzte spontan seine Sonnenbrille auf. Außerdem war es sehr warm auf der Insel. Die Sonne brannte vom Himmel und Natascha war froh, dass der Bus über eine Klimaanlage verfügte. Auch im Hotel herrschte eine angenehme Temperatur.

Das Hotel bestand aus vier einzelnen Gebäuden. Es war elegant eingerichtet und voll klimatisiert. Die einzelnen Häuser lagen in einem mit Palmen, exotischen Pflanzen und Blumen bepflanzten Garten.

Natascha hatte so eine Pflanzenpracht noch nicht gesehen. Die

Christsterne und Gummibäume waren so groß wie Bäume. Seine Lieblingsblumen waren allerdings die Strelitzien.

Außerdem befand sich separat vor jedem Haus ein Swimmingpool. Markus jedoch interessierte sich mehr für den Tennisplatz neben dem Hotel.

Für Natascha war alles neu. Sie hatte noch nie Tennis gespielt. Markus sah das alles nicht so eng. Er forderte Natascha auf, sich sofort Tenniskleidung zu kaufen. Er wollte gleich am nächsten Tag auf den Tennisplatz gehen und sie sollte ihn begleiten.

Zum Einkaufen mussten sie allerdings den Hang hinunter in die Stadt gehen. Sie hätten auch den Hotelbus benutzen können, aber Markus liebte Spaziergänge.

Zuerst durchquerten sie einen schön angelegten Park. Dort hielten sich die Hotelgäste aller ringsum liegenden Hotels auf.

Markus sagte: »Natascha, bereite dich schon seelisch darauf vor, dass wir hier morgen früh noch vor dem Frühstuck eine Runde laufen werden.«

Natascha hörte nur mit einem Ohr seinen Erzählungen zu. Sie bestaunte schon wieder die tropischen Pflanzen, Bäume und Blumen ringsum. Markus dagegen interessierte mehr das Casino. Wie selbstverständlich blieb er davor stehen.

Sie schaute ihn erstaunt an und fragte: »Markus, warum bleiben wir hier stehen?«

»Schau genau hin«, war seine Antwort. Er hob den Arm und zeigte auf die Schrift über dem Hoteleingang.

Natascha las: »Casino Taora.«

Das war ja klar, dass er daran nicht vorübergehen konnte. Er blinzelte ihr zu und flüsterte: »Liebling, heute Abend sprengen wir die Bank.« Er lachte und zog sie mit sich hinüber zu einem kleinen unscheinbaren Café. »So, mein Schatz, und hier gibt es den besten Café con leche weit und breit.«

Natascha schaute ihn an, sie verstand kein Wort. Erst als sie den köstlichen Kaffee probiert hatte, gab sie ihm recht. Sie hatte wirklich noch keinen schmackhafteren Kaffee getrunken.

Vom Restaurant aus konnten sie die ganze Stadt überblicken. Sie befanden sich ca. 100 Meter oberhalb von Puerto de la Cruz. Es war windstill, trotzdem schäumte der Ozean und warf hohe Wellen an den Strand. Es war ein sehr schöner Anblick. Das Einzige, was Natascha nicht gefiel, waren die Hochhäuser der Stadt.

Sie tranken ihren Kaffee und gingen anschließend den Hang zur Stadt hinunter, vorbei an einem schön angelegten Wasserfall. Der ganze Hang war gut gepflegt und mit tropischen Bäumen und Pflanzen verschönert.

Als sie die Stadt erreichten, störte allerdings der Autoverkehr. Aber Markus führte sie kurz darauf auf eine von beiden Seiten mit Palmen bepflanzte Promenade. Die führte geradeaus, direkt hinunter zum Meer.

Als sie das Ufer des mit schwarzen Lavasteinen bedeckten Strandes erreichten, hörten sie die Steine am Strand hin und her kollern. Auf dem aufgewühlten Wasser erhoben sich schäumende Wellen und brachen sich am Strand. Trotz der starken Brandung surften mehrere Jugendliche auf den Wellen.

Natascha schüttelte den Kopf, sie war empört über den Leichtsinn der jungen Männer, und sagte: »Das ist doch viel zu gefährlich bei der starken Brandung. Die Jungen surfen unter Lebensgefahr.«

Aber Markus sprach beruhigend auf sie ein: »Mach dir darüber keine Gedanken, die Burschen machen das jeden Tag. Die wissen, was sie tun. Sie suchen den Kick in den Wellen und die Aufmerksamkeit der Touristen.«

Eine Weile schauten sie den Jugendlichen zu, dann gingen sie weiter und Markus wies Natascha auf etwas ganz Besonderes hin: »Komm, Liebling, ich möchte dir jetzt etwas Einzigartiges zeigen. Schau genau hin, dort steht das Café Columbus. Die Terrasse des Cafés wurde in den Ozean hinaus gebaut. Es ist einer der Lieblingsplätze der Touristen hier. Tagsüber trinken die Gäste dort ihren Kaffee, und abends besuchen sie das Tanzlokal oder gehen in die darüber liegende Diskothek. Und wenn du möchtest, gehen wir auch einmal zum Tanzen dorthin.«

Natascha betrat die Terrasse und schaute hinunter auf das Wasser. Aber das hätte sie lieber nicht tun sollen, denn gerade in dem Augenblick überspülte eine Welle den Steg und sie bekam eine Portion von der Gischt ab.

Markus war ein Stück abseits stehen geblieben, er wusste, was passieren würde. Und schon wieder kam eine große Welle auf das Café zugerollt und Natascha zog sich geschwind zurück.

»Aber Liebling, hast du denn nicht gesehen, dass die letzten Tische nicht besetzt und nass sind?«

Jetzt, wo er sie darauf aufmerksam machte, erkannte sie es auch. Er schmunzelte vor sich hin und sie rief empört: »Du Schuft, warum hast du mir das nicht eher gesagt?«

»Ich dachte, es wäre dir zu warm und du brauchtest eine kleine Erfrischung. Außerdem ist dir doch nichts passiert. Worauf ich dich allerdings aufmerksam machen möchte, ist Folgendes: Siehst du dort den Steinwall, auf dem die Menschen herumlaufen? Dort ist es wirklich gefährlich. Die Wellen haben schon einige zu Wagemutige in den Ozean gespült. Du musst genau auf die Wellen achten, sie sind eine Weile völlig harmlos, aber plötzlich kommt eine große Welle und spült jeden zu Wagemutigen von den Steinen. Das Gleiche passiert auch am Badestrand. Man sollte immer die aufgestellten Fahnen beachten.«

Währenddessen hatten sie die Schwimmbäder San Telmo erreicht. Und wieder war Natascha begeistert. Dort wollte sie unbedingt einen Tag verbringen. Aber Markus warnte: »Liebling, das Baden ist dort nicht gerade angenehm. Das Wasser in den Becken ist sehr kalt. Es ist zwar sauber, denn es wird direkt aus dem Ozean in die Becken gepumpt. Aber zum Baden ist es einfach zu kalt.«

Sie gingen weiter und standen plötzlich erneut vor einem Café. Markus kannte das Café und erklärte: »Liebling, und hier stehen wir vor dem Café Paris. Es wird ebenfalls sehr gut von den Touristen besucht. Es verfügt über eine gute Küche, und der Kaffee sowie der Kuchen sind gut. Außerdem herrscht hier abends immer eine fröhliche Stimmung. Die Touristen verbringen hier mit Tanz und Unterhaltung ihre Abende. Wer einen neuen Partner sucht, oder sich nur unterhalten möchte, ist hier am richtigen Ort. Und dort, ein paar Häuser weiter, ist das Rancho Grande. Es ist ähnlich wie das Café Paris, aber das gefällt mir noch besser.«

Als sie das Rancho Grande erreichten, bestaunte Natascha die vielen schönen Torten in der Auslage und blieb spontan davor stehen. So schöne Torten hatte sie noch nicht gesehen.

Markus erkannte sofort, dass seine Frau nicht an den Torten vorbeigehen konnte. Also zog er sie in das Café. Die Inneneinrichtung war sehr originell und Natascha dachte: »Hier kann man sich wirklich wohlfühlen.« Sie setzten sich an einen freien Tisch und schauten sich die anwesenden Gäste an. Da kam auch schon ein Kellner herbei und nahm die Bestellung auf. Natascha bestellte sich tatsächlich ein Stück Torte und dazu ein Kännchen Kaffee. Markus bestellte nur einen Kaffee.

Den Kuchen musste sich Natascha allerdings persönlich am Büfett aussuchen. Und die Entscheidung fiel ihr nicht leicht. Sie brauchte tatsächlich ein paar Minuten, ehe sie sich für ein Stück entschieden hatte. Auch nachdem Natascha ihren Kuchen gegessen hatte, blieben sie noch eine Weile im Café sitzen und beobachteten die anwesenden Gäste.

Danach verließen sie das Lokal und bummelten weiter die Promenade entlang.

An einer steinernen Mauer, welche den Ozean von der Promenade trennt und zugleich schützt, blieb Markus stehen.

Auch hier lag ein leichter Wasserfilm auf der Mauer. Aber das störte Markus nicht.

Er zeigte hinunter auf das schäumende Wasser. Die Wellen rollten gegen die Mauer an und Markus sagte: »Schau, Natascha, dies ist einer meiner Lieblingsplätze hier auf Teneriffa.«

Sie blieben eine Weile stehen und schauten den Wellen zu. Unten auf den dicken schwarzen Lavasteinen erblickte Natascha große schwarze Krabben. Sie ähnelten großen Spinnen. Sofort lief ihr ein kalter Schauer über den Rücken, und sie schüttelte sich.

Das bemerkte Markus und fragte sogleich: »Liebling, frierst du?«

Sie schüttelte den Kopf: »Nein, mir ist nicht kalt, ich mag nur diese hässlichen Krabben da unten auf den Steinen nicht.«

»Sieh doch einfach nicht hin«, schlug Markus vor.

»Ach, weißt du, Markus, sie ähneln so sehr großen schwarzen Spinnen. Und ich habe doch eine Spinnenphobie.«

»Dann lass uns weitergehen. So entdecke ich immer wieder neue Seiten an dir. Ich wusste ja noch gar nicht, dass du dich vor Spinnen fürchtest.«

»Wenn ich nur an Spinnen denke, muss ich mich schon schütteln«, antwortete Natascha. Markus zeigte ihr noch den kleinen Hafen mit seinen bunten Fischerboten und den Marktplatz. Dann standen sie plötzlich vor einer hohen Mauer. Wenn sie weiter am Wasser entlanggehen wollten, mussten sie über ein paar große Steine auf die Mauer steigen. Markus war seiner Frau behilflich, sodass sie weiter am Wasser, entlanggehen konnten. Die Mauer schützte den Strand vor der starken Brandung des Ozeans. Und trotz der großen Betonblöcke hatte die Brandung schon wieder einen Teil der befestigten Mauer zerstört. An der Stelle stiegen sie wieder von der Mauer herunter und überquerten anschließend einen großen Parkplatz.

Die Sonne meinte es dort besonders gut mit ihnen. Darum waren sie froh, als sie endlich ein kleines Strandcafé erreichten. Sie suchten sich einen freien Tisch und bestellten kalte Getränke. Während sie sich erfrischten, schauten sie den Badegästen zu. Denn hier am Café begann der freie Badestrand von Puerto de la Cruz. Hier verbrachten die meisten Touristen den Tag. Sie lagen auf den Liegen oder im schwarzen Lavasand und drehten sich von einer Seite zur anderen. Sie wollten möglichst braun zurück nach Hause fliegen und zeigen, dass sie Urlaub im Süden gemacht hatten. Ein paar Sonnenhungrige waren von der Sonne schon so dunkelbraun gebrannt, dass es unnatürlich wirkte. Natascha verstand diese Menschen nicht. Hatten sie noch nicht gehört, dass zu viel Sonne ihrem Körper schadete?

Selbst Markus fand die braunen Körper unästhetisch. Sie gingen weiter und schauten sich die Promenade mit den Kakteen und Palmen an.

Mehrere Badebuchten lagen nebeneinander. Und die Anlagen waren gut gepflegt und sehr erfreulich anzuschauen. Auch die Anlagen hatten die zuständigen Behörden mit Palmen und Kakteen bepflanzen lassen.

Sie spazierten noch ein Stück am Meer entlang, aber dann hatten sie für den ersten Tag genug gesehen. Allmählich überfiel sie eine leichte Müdigkeit und ihre Füße schmerzten. Als Markus das nächste Taxi anhielt, war Natascha erleichtert. Sie ließen sich zum Hotel zurückfahren und kamen gerade rechtzeitig zum Abendessen.

Das Essen war gut und reichlich und Markus sagte: »Liebling, ich habe zu viel gegessen. Wir sollten noch einen kleinen Spaziergang machen. Zieh dich bitte hübsch an.«

Sie ahnte, was nun auf sie zukam: Markus wollte das Casino besuchen.

Sie zog sich hübsch an, und kurz darauf durchquerten sie den kleinen beleuchteten Park in Richtung Casino. Es war ein schönes Casino. Markus spielte und Natascha setzte sich in einen bequemen Sessel und trank einen Champagnercocktail.

Am Spieltisch hatte Markus kein Glück. Darum verließ er den Spieltisch und spielte an einem Spielautomaten weiter.

Nach ein paar Spielen machte das Gerät plötzlich einen höllischen Lärm und Markus bekam eine größere Summe ausbezahlt. Freudig überrascht verließen sie das Casino und suchten ihr Hotel auf.

Aber Natascha sollte auch etwas anderes sehen. Deshalb buchte Markus für ein paar Tage einen Mietwagen. Er wollte ihr noch ein paar Sehenswürdigkeiten der Insel zeigen. Natascha war begeistert, als sie den Pico del Teide, den höchsten Berg auf der Insel, besuchten.

Markus erklärte ihr, dass der Teide mit seinen 3.718 Metern der höchste Berg Spaniens sei. Auch wenn die Sonne noch so heiß schien, bewahrte er sich doch immer lange seine weiße Schneekuppe.

Aber als er ihr erklärte, dass sie gerade im Naturschutzpark der Insel im erloschenen Vulkan stünden, bekam sie doch eine Gänsehaut. Plötzlich kam ein kalter Wind auf und es flogen runde, trockene Büsche durch das Tal. Und Natascha glaubte sich in einen Wildwestfilm versetzt. Dort hatte sie die gleichen trockenen Büsche schon einmal fliegen sehen.

Abgesehen von den Lavafeldern war Natascha von der wilden Schönheit der Insel begeistert.

Sie verstand ihren Ehemann, dass diese Insel seine Lieblingsinsel war. Und auch sie war überzeugt, dass es ihre Lieblingsinsel werden könnte. Aber bevor sie sich ein Urteil über die Insel bilden würde, wollte sie erst noch die anderen Kanarischen Inseln kennenlernen.

Während der Rückfahrt zum Hotel informierte Markus seine Frau ein wenig über die Besonderheiten auf der Insel.

Die Bewohner der Insel waren früher die Komantschen.

Sie waren ein sehr scheues Volk und lebten hauptsächlich in den Bergen, in Höhlen. Die Frauen sollen besonders groß gewesen sein und ungewöhnlich große Füße gehabt haben. Natascha dachte: »Na, ja, vielleicht lag es auch daran, dass sie immer in den Bergen herumliefen.«

Auch heute gibt es auf Teneriffa noch einsame Bergdörfer, die man nur mit dem Esel erreichen kann. Schon Columbus hatte immer wieder die Kanarischen Inseln aufgesucht.

Er hatte seine Schiffe mit dem wertvollen Holz der Kanarischen Kiefer, welche heute auf der Insel fast nicht mehr vorhanden ist, ausgerüstet. Auch die Inselbewohner haben ihre Häuser mit dem wertvollen Holz ausgestattet. Die Kiefer ist ein sehr wichtiger Baum für die Insel.

Sie speichert die Feuchtigkeit aus der Luft, filtert das Wasser und gibt es wieder in die unterirdischen natürlichen Wasserspeicher ab.

Somit ist immer genügend Wasser auf der von der Sonne verwöhnten Vulkaninsel vorhanden. Leider ist das Wassermonopol in den Händen weniger. Auch die Hotels verbrauchen sehr viel Wasser und die Bauern haben zu wenig Wasser für ihre Felder. Inzwischen hat man den Wert der Kiefer erkannt und pflanzt sie wieder an. Leider wächst nur jeder dritte von zehn gepflanzten Bäumen an.

Am nächsten Tag zeigte Markus seiner Ehefrau den Loropark. Natascha war begeistert. Besonders die Gorillas hatten es ihr angetan. Auch von den Delphinen konnte sie sich nur schwer trennen. Und Markus musste ihr versprechen, noch einmal mit ihr den Park aufzusuchen.

Er erklärte ihr, dass es noch viel Sehenswertes auf der Insel gebe. Und im nächsten Urlaub, auf Teneriffa, wollte er ihr alles Weitere zeigen.

Die zwei Wochen vergingen wie im Flug. Aber Markus hatte seiner Frau einige sehenswerte Orte der Insel gezeigt. Den 2000 Jahre alten Drachenbaum und den Orchideengarten. Im Schatten der Bäume war es angenehm kühl gewesen. Darum hatten sie sich etwas länger dort aufgehalten. Auch eine bekannte englische Schriftstellerin hatte sich in den Orchideengarten verliebt und dort ein paar Bücher geschrieben. Auch der Botanische Garten mit seinen seltenen Bäumen und Blumen hatte sie zum längeren Verweilen verführt.

Der Süden gefiel Natascha nicht so gut. Vielleicht lag es auch daran, dass ihnen an dem Tag, als sie den Süden besuchten, der Sand ins Gesicht geflogen war. Es war dort staubig und heiß.

Abends besuchten sie, was für Markus selbstverständlich war, wieder das Casino. Aber an dem Abend hatten sie kein Glück. Nachdem Natascha wieder und wieder die Sechsundzwanzig und die Neun gespielt hatte und keine der beiden Zahlen gefallen war, hatte sie ihr Spiel beendet.

Markus hatte weitergespielt und einmal die Neun getroffen. Aber Natascha sah, dass Markus immer neue Jetons verlangte. Auch ihre Einwände, das Casino nicht mehr zu besuchen, hielten Markus nicht davon ab, abends ins Casino zu gehen. Er sagte: »Natascha, Liebling, wir machen Urlaub und wollen uns amüsieren. Trink einen Champagnercocktail und bring mir Glück.«

Natascha sah den Spielern zu. Bald kannte sie die Spielregeln und sah, wie viel Geld an den Spieltischen verloren wurde. Am Abend sprach sie mit Markus darüber.

Aber er sagte nur: »Schatz, selbstverständlich verlieren die Spieler. Aber das Geld kommt sozialen Zwecken zugute. Und die Menschen haben ihren Spaß dabei. Und wer nicht verlieren kann, darf eben nicht ins Casino gehen. Einmal verlieren wir und ein anderes Mal gewinnen wir wieder. Es hat dir doch auch gefallen, als du gewonnen hast. Also mach dir bitte keine Gedanken darüber. Du sollst dich amüsieren. Was ist das Leben wert ohne ein bisschen Spannung?«

Am nächsten Tag war der Himmel bedeckt. Und Markus schlug vor: »Heute ist ein guter Tag zum Wandern. Wir gehen heute zur Bollulo-Bucht.«

Natascha sah ihn erstaunt an. »Was ist eine Bollulo-Bucht?«, fragte sie, neugierig geworden.

»Lass dich überraschen. Aber zieh dir bequeme Schuhe an und nimm eine Jacke mit.«

So ausgestattet begannen sie ihre Wanderung. Zuerst mussten sie die unzähligen Treppen zum Ortsteil La Paz emporsteigen. Danach durchquerten sie den Ort La Paz. Die Gärten waren dort besonders schön.

Dichte blühende Hecken säumten die Grundstücke und neben Kakteen hatten die Bewohner viele Blumen angepflanzt. Natascha machte ein paar schöne Aufnahmen und Markus musste sich zwischen die blühenden Sträucher der Bougainvillea stellen. Zuerst sträubte er sich, er ließ sich nicht gern fotografieren. Aber als sie ihn eindringlich bat, gab er schließlich nach.

Als Natascha immer wieder Aufnahmen machte, forderte Markus: »Natascha, du hast genug fotografiert, wir müssen weitergehen, sonst erreichen wir die Bollulo-Bucht vor dem Abend nicht mehr.«

Sie verließen La Paz und gingen weiter an der Steilküste entlang.

Kurz darauf führte der Weg durch eine Bananenplantage und Natascha konnte an den Bananenpflanzen nicht vorbeigehen. Sie blieb immer wieder stehen und fotografierte die Bananen.

Notgedrungen erklärte Markus ihr die Funktionen der Bananenpflanzen: »Die große Pflanze wird der Vater genannt und die kleine Pflanze der Sohn. Dabei ist die große Pflanze mit der Frucht die Mutterpflanze und die kleine Pflanze neben ihr ist die Tochter. Sie trägt im nächsten Jahr die Frucht und die Mutter wird entfernt. Also müsste es eigentlich auch Mutter und Tochter heißen.«

Einige Pflanzen trugen fertige Bananenstauden, welche in blaue Plastiksäcke verpackt waren. Andere wieder besaßen noch ihre großen wunderschönen Blüten.

Und wieder musste er sie ermahnen, sich endlich von den Bananenstauden zu lösen. Sie wanderten weiter und standen plötzlich vor einer Schlucht. Ein schmaler, steiniger Pfad führte hinunter ins Tal.

Markus ergriff Nataschas Hand, damit sie auf dem Schotter nicht ausrutschte. Zuerst ging es bergab, aber dann mussten sie unzählige Stufen den Hang wieder hinaufsteigen. Und schon wieder führte ihr Weg an Bananenplantagen vorbei.

Nach 100 Metern hatten sie ihr Ziel erreicht. Von einer felsigen Anhöhe konnten sie hinunter in die Bollulo-Bucht schauen. Außerdem war der Ausblick auf das Wasser ausgesprochen sehenswert.

Markus legte seinen Arm um Natascha und fragte: »Liebling, was meinst du, sollen wir hinunter in die Bucht gehen?«

Aber Natascha weigerte sich. »Markus, wenn wir da hinuntersteigen, müssen wir auch wieder hinaufklettern. Und dazu habe ich nun wirklich keine Lust. Denk bitte daran, dass wir den ganzen Weg durch die Schlucht noch einmal zurückgehen müssen.«

Nachdem sie einige Zeit still auf den schäumenden Ozean geschaut hatten, verließen sie den beschaulichen Ort und traten den Rückweg an.

Plötzlich bog Markus vom Weg ab und ging links in eine kleine Seitenstraße hinein. Sie sah ihn erstaunt an und fragte: »Markus wohin gehst du?«

»Hast du keinen Durst?«, fragte er zurück. Sie hatte Durst und dachte, dass auch ihr eine kleine Erfrischung guttun würde.

Nach einer kurzen Wegstrecke erreichten sie ein kleines spanisches Restaurant. In der Außenanlage standen ein paar Tische und Stühle. Mehrere Gäste hatten es sich bereits an den kleinen Tischen bequem gemacht und warteten auf ihr Essen. Als der Kellner zu ihnen kam, fragte Markus Natascha, was sie trinken möchte.

»Irgendetwas Erfrischendes«, antwortete sie.

Daraufhin bestellte Markus zwei Bitter Lemon. Währenddessen studierte Natascha die Speisekarte.

Als sie sich für kein Gericht entscheiden konnte, schlug er ein typisch spanisches Essen vor. Und sie stimmte zu. Aber als der Kellner dann das Essen brachte, sah sie doch skeptisch auf ihren Teller. Kartoffeln in der Schale in einer Salzkruste und kleine gebackene Fische. Natascha sah ihren Mann erstaunt an und wollte von ihm wissen: »Markus, was ist das denn?«

Er hatte ihr erstauntes Gesicht gesehen und schmunzelte. »Das sind Sardinen und die guten schmackhaften Kartoffeln von der Insel. Sie werden hier dreimal im Jahr geerntet. Der Lavaboden ist sehr fruchtbar. Und das Klima trägt sein Übriges dazu bei.« Dann aß er genüsslich seine Sardinen und die gesalzenen Kartoffeln.

Natascha war von dem Essen nicht so begeistert. Kartoffeln in der

Schale und die Fische waren nicht einmal ordentlich ausgenommen. Überhaupt waren es ihrer Meinung nach mehr Gräten als Fische. Sie dachte: »Die Menschen auf der Insel waren sicher immer sehr arm.« Genauso armselig fand sie den Stockfisch, der aufgestapelt in den Fischgeschäften lag.

Aber sie wollte ihren Mann nicht enttäuschen und verspeiste mit ein wenig Unbehagen ihr Essen. Sie spülte den Fisch mit ihrem Getränk herunter und dachte: »Das esse ich nicht noch einmal.«

Der Rückweg war nicht ganz so beschwerlich. Als sie die Schlucht durchwanderten, kreuzte eine Ziegenherde ihren Weg. Ziegen haben auf der Insel immer den Vortritt. Also blieben sie stehen und sahen den Tieren zu. Der Hirte trug ein kleines neugeborenes Zicklein auf seinem Arm.

Die Herde zog vorüber, und Markus und Natascha schauten den Tieren noch eine Weile nach. Jetzt war der Weg wieder frei und sie konnten weitergehen, vorbei an den Bananenfeldern und durch die blühenden Gassen von La Paz.

Kurz vor dem Ende ihrer Wanderung blieben sie noch an einer Abgrenzungsmauer oberhalb von Puerto de la Cruz stehen.

Die Mauer schützte die Besucher vor Abstürzen, und die Aussicht über Puerto de La Cruz war bewundernswert. Links unter ihnen erhob sich eines der größten Hotels der Stadt, das San Philippe, ein Viersternehotel.

Es war sehr hoch, aber von oben wirkte es eher klein. Aber der Blick hinunter auf das Schwimmbad San Telmo war eine Augenweide. Davor lag die schwarze Lavabucht und die jungen Spanier surften wieder einmal mit ihren Brettern auf den Wellen.

Natascha warf noch einmal einen Blick hinüber zur Bollulo-Bucht. Sie lag verborgen in einem leichten Dunstschleier. Es war die Gicht der schäumenden Wellen.

Und sie bedauerte, dass es ihr letzter Urlaubstag war. Sie konnte sich nur schwer von der schönen Insel trennen. Sie schaute noch einmal nach rechts und erblickte ein deutsches Café. Auf einem Schild stand deutlich geschrieben: Deutscher Kaffee und Erdbeerkuchen.

Ob Markus wollte oder nicht, Natascha zog ihn ins Café. Markus bestellte sich einen Eisbecher und sie den Erdbeerkuchen und ein Kännchen Kaffee.

Ihr waren die schönen frischen Erdbeeren schon ein paar Mal aufgefallen, aber sie hatte bisher erst wenig Erdbeeren gegessen. Darum aß sie nun mit Genuss ihren Erdbeerkuchen.

Dann kam der Tag der Abreise. Auf dem Weg zum Flughafen wurde Natascha auf Felder mit kleinen gelben Blumen aufmerksam. Die Blumen waren ihr bei der Hinfahrt gar nicht aufgefallen. Oder die Sonne hatte sie erst jetzt hervorgelockt. Als sie oben durch die Berge fuhren, über den 2000 Meter hohen Pass, vorbei an dem Ort La Laguna, war es wie sehr oft dort oben regnerisch und neblig.

Als sie später den Süden erreichten, schien die Sonne wieder. Auch im Flughafengebäude war es wieder sehr schwül, und sie waren froh, als sie ins Flugzeug steigen konnten. Als sie später die Insel überflogen, sah Natascha noch einmal aus dem kleinen Fenster hinunter auf die wunderschöne Insel. Sie warf noch einmal einen sehnsüchtigen Blick hinüber zum Teide. Er stand da, stolz wie ein Gigant, mit seiner weißen schneebedeckten Kuppe, inmitten der kleineren Berge. Dann lag der Ozean unter ihnen mit seinem himmelblauen Wasser. Vier Stunden später überflogen sie die Pyrenäen und die Alpen und kamen pünktlich in Berlin an.

Zurück in Berlin

Das Wetter in Berlin war gut, und so war der Übergang aus der Sonne nicht ganz so gravierend. Markus musste am folgenden Tag wieder in seine Praxis fahren. Er sagte: »Mein Schatz, dein Mann muss sich um seine Patienten kümmern. Mach dir mit Frau Krämer einen schönen Tag, fahrt in die Stadt und kauf dir etwas Schönes.«

Aber Natascha hatte andere Vorstellungen vom Tag. Zuerst wollte sie in Ruhe frühstücken und Frau Krämer ausführlich von ihrem schönen Urlaub berichten. Anschließend wollte sie ein Bad nehmen und ihre Haare pflegen. Sie hatten wegen der starken Sonnenstrahlen eine Haarkur bitter nötig. Eventuell würde sie auch noch Anja anrufen oder sich vor ihren Computer setzen.

So langsam machte sie gute Fortschritte in der deutschen Sprache. Aber das genügte ihr noch nicht. Natascha wollte wie immer perfekt sein. Und sie dachte: »Vielleicht kann ich bald in der Praxis von Markus als Sprechstundenhilfe arbeiten.«

Wenn sie sprachlich so weit war, wollte sie ihn darauf ansprechen. Natascha war keine Frau, die nur zu Hause auf dem Sofa sitzen und darauf warten wollte, dass ihr Mann das Geld verdiente. Solange sie noch kinderlos war, wollte sie arbeiten gehen.

Es war an einem Freitag, als Markus seine Frau auf den kommenden Sonntag ansprach: »Natascha, meine Taigablume, warst du schon einmal auf einer Trabrennbahn?«

Natürlich war sie noch nie dort, und Trabrennen sagte ihr nicht viel. Sie hatte zwar schon etwas über Pferderennen gehört, aber Genaueres wusste sie nicht. Und Markus machte sie neugierig.

»Es wird dir dort sicher gut gefallen. Kauf dir noch etwas Schönes zum Anziehen.«

Sogar einen Hut schlug er ihr vor. Aber damit war Natascha nicht einverstanden. Und Markus musste klein beigeben. Er schaute sie nachdenklich an und stimmte ihr schließlich zu, sie solle ihr wunderschönes langes Haar offen zur Schau tragen. Er war so stolz auf seine schöne Frau und wollte sie allen Bekannten zeigen.

Und wieder einmal bat Natascha Frau Krämer um Hilfe. Sie sollte ihr beim Kauf eines Kostüms beratend zur Seite stehen. Frau Krämer kannte sich in Berlin besser aus als Natascha. Sie wusste, wo sie die passende Kleidung kaufen konnte.

Am nächsten Morgen fuhren die beiden Frauen im Wagen von Frau Krämer nach Berlin und suchten ein geeignetes Geschäft auf.

Es dauerte lange, ehe Natascha ein elegantes Kostüm fand. Nach der Anstrengung besuchten sie noch ein Café.

Als Markus am Abend nach Hause kam, fand er eine fröhliche Natascha vor. Überaus stolz zeigte sie ihm ihr neues Kostüm und er war vollkommen zufrieden damit. Sie zogen sich ins Kaminzimmer zurück und verbrachten wieder einen schönen Abend. Er reichte ihr wie üblich ein Getränk mit einer geringen Dosis Aufputschmittel. Es sollte wieder eine Liebesnacht nach seinen Wünschen werden.

Er liebte sie und ihre temperamentvolle Liebe sehr. Und die Droge bewirkte, dass sie sich seinen Wünschen entsprechend verhielt.

Markus war ein Mann, der vom Leben Vollkommenheit verlangte. Aber auch er wollte im Beruf und im Leben immer perfekt sein.

Und er war ein guter Arzt, das wusste er. Und wieder fühlte sich Natascha am nächsten Morgen nicht wohl. Ein paar Tage später, als er ihr wieder ein Getränk reichen wollte, protestierte sie.

»Markus, das Getränk bekommt mir nicht. Gib mir bitte ein Glas Rotwein.«

Er öffnete eine Flasche mit Rotwein und gab wieder ein wenig von dem Mittel in ihr Glas.

Und wieder fühlte sie sich am nächsten Morgen nicht wohl. Sie ging zur Bar und schaute sich die Flasche mit dem Rotwein an. Sie trank ein wenig und roch daran. Der Wein war gut. Natascha trank das Glas leer, denn der Wein schmeckte ihr ausgezeichnet. Trotzdem hatte sie am nächsten Tag keinerlei Beschwerden. Nachdenklich ging sie noch einmal zur Bar und entdeckte das Aufputschmittel.

Sie war entsetzt. Sollte es wahr sein, dass er ihr dieses Mittel in ihre Getränke mischte. Sie wagte nicht, ihn am nächsten Abend darauf anzusprechen. Sie wollte es nicht glauben, dass er ihr so etwas antat. Die nächsten Abende verliefen ohne besondere Vorkommnisse. Sie tranken ein Glas Gin Tonic und gingen anschließend schlafen.

An den folgenden Abenden achtete sie genau darauf, ob ihr Gatte den Getränken das Aufputschmittel hinzufügte. Und dann ertappte sie ihn. Er stellte zwei Gläser vor sich hin, gab ein wenig von dem Pulver in beide Gläser und goss anschließend den Rotwein hinzu.

Er stellte die Gläser auf den Tisch. Dann ging er zu ihr, lächelte und gab ihr einen Kuss. Natascha sah ihn durchdringend an und schob das Glas von sich.

Verblüfft schaute er auf das Glas und fragte: »Liebling, möchtest du nichts trinken? Soll ich dir etwas anderes einschenken?«

Natascha antwortete: »Gib mir bitte ein Glas Wein, ohne dieses weiße Pulver.«

Markus war verblüfft. Zuerst wollte er sich rausreden. Aber als er ihr ernstes Gesicht sah, sagte er verlegen: »Natascha, Liebling, sei nicht prüde. Es ist nichts Schädliches. Hast du noch nicht bemerkt, wie wunderschön unsere Liebe dadurch ist?«

Natascha war wütend. Sie erklärte ihm, dass ihr danach immer übel sei und sie auf das Mittel verzichten möchte.

Markus war traurig und entschuldigte sich bei seiner Frau.

Immer noch wütend, erklärte sie ihm: »Ich liebe dich auch ohne das Aufputschmittel tief und innig.«

Daraufhin versprach er, dass er das Mittel in Zukunft nicht mehr benutzen würde. Er ging zur Bar, nahm das Aufputschmittel und verließ damit den Raum.

Als er anschließend das Zimmer betrat, reichte er ihr ein Glas Rotwein ohne die Droge. Die folgende Nacht verlief für ihn enttäuschend.

Natascha war immer noch wütend und während ihrer Liebe nicht so leidenschaftlich, wie er es sich wünschte. Er wollte ein anderes Mittel beschaffen, um ihre Leidenschaft zu steigern. Nur durfte sie nichts davon erfahren. Er wollte ihr aber auch keinen Schaden zufügen, dazu liebte er sie viel zu sehr. Aber wenn sie beide eine geringe Menge zu sich nahmen, würde ihre Liebe ein unbeschreibliches Erlebnis.

Ein Sonntag auf der Trabrennbahn

Am Sonntag wartete Markus bereits in der Empfangshalle auf seine Frau. Sie hatte ihr neues Kostüm angezogen, und ein leichtes Make-up verschönerte ihr Antlitz. Als sie die Stufen zur Empfangshalle herunterschritt, betrachtete er sie voller Stolz und sagte: »Natascha, Liebling, du siehst wie immer umwerfend aus. Aber jetzt komm bitte, ich möchte noch pünktlich zum ersten Rennen auf der Bahn sein.«

Während sie das Haus verließen, wiederholte er noch einmal: »Natascha, du wirst die schönste Frau auf der Tribüne sein, ach, was sage ich, auf der ganzen Rennbahn.« Er reichte ihr seinen Arm und führte sie zum Wagen hin.

Als sie auf den Parkplatz der Rennbahn fuhren, herrschte an den Eingangsschaltern bereits reger Betrieb. Markus parkte den Wagen und führte Natascha zum Eingang, begrüßte kurz den Pförtner, und sie durften passieren.

Natascha war sichtlich erstaunt über die vielen Besucher. Sie wunderte sich, dass sich so viele Menschen für Trabrennen interessierten. Markus steuerte direkt auf einen Tisch zu, für den er zwei Jahresplatzkarten besaß.

Eine Serviererin kam an ihren Tisch und fragte, was sie trinken möchten. Markus verlangte zuerst die Speisekarten. Er wollte, bevor die Rennen begannen, noch eine Kleinigkeit essen.

Dann fragte er seine Frau, was sie essen und trinken wolle. Markus bestellte sich einen Gin Tonic und sie ein Wasser. »Bringen Sie bitte noch einen Sherry Medium für meine Frau«, bat Markus die Serviererin.

Er riet Natascha zu einem leichten Gericht und einer Vorspeise. Natascha war einverstanden. Die Gerichte waren ihr nicht geläufig, aber Markus würde schon das richtige Essen für sie bestellen. Den Sherry trank sie noch vor dem Essen und er bekam ihr gut. Auch das Essen war schmackhaft und reichhaltig.

Markus hatte nebenbei irgendwelche Scheine ausgefüllt, stand vom Tisch auf, und ging zu einem der vielen Schalter. Vor ihm auf dem Tisch lagen eine Zeitung und ein Programm.

Als Natascha einen Blick hineinwerfen wollte, entschuldigte er sich und kaufte ihr sofort eine Zeitung und ein Programm. Er hatte nicht erwartet, dass sie sich dafür interessieren würde.

Seine Zeitung brauchte er für sich, er musste sich voll auf die aufgeführten Daten konzentrieren. Für Natascha war die Zeitung mit ihren Zahlen auf den ersten Blick undurchschaubar.

Und sie ärgerte sich, dass sie überhaupt eine Zeitung verlangt hatte. Sie sah sich lieber die Besucher an. Markus wurde immer wieder von Bekannten angesprochen. Und Natascha wunderte sich, wie viele es waren.

Plötzlich stand er auf und fragte: »Schatz, möchtest du mich begleiten? Ich möchte hinunter zu den Ställen gehen.« Zuerst lehnte sie ab. Aber als er sie eindringlich bat, ging sie doch mit.

An den Ställen herrschte reger Betrieb. Jockeys standen neben bereits angespannten Pferden. Sie überprüften Leinen und Sulky. Und Natascha wunderte sich, dass die Jockeys auf den Sulkys sitzen konnten. Sie dachte: »Die Jockeys fallen doch sicher runter, wenn das Pferd einmal ausbricht.«

Sie wollte von Markus wissen, ob schon einmal ein Fahrer von so einem kleinen Wagen heruntergefallen sei.

Daraufhin erklärte er ihr, dass der kleine Wagen ein Sulky sei und es nicht ganz ungefährlich sei, Rennen zu fahren. Es habe schon mehrfach Stürze gegeben. Aber im Allgemeinen passierte eigentlich nichts Gravierendes. Dann zeigte er ihr mehrere Pferde und erklärte ihr so ganz nebenbei, dass sie ihm gehörten.

Natascha war sprachlos. Pferde waren in der Anschaffung sehr teuer und ihr Ehemann besaß gleich mehrere davon.

Und nebenbei erwähnte er, dass er auch ab und zu im Sulky sitzen und Rennen fahren würde.

Sie schaute ihn ängstlich an.

»Liebling, hab keine Angst, ich fahre vorsichtig«, versuchte er seine Frau zu beruhigen. Dann nahm er sie in seine Arme und küsste sie zärtlich. Die Stallburschen klatschten spontan Beifall. Das war Natascha ungemein peinlich, und sie wurde rot bis in die Haarspitzen.

Markus schmunzelte und fragte: »Welches Pferd gefällt dir? Such dir eines aus, ich schenke es dir.«

Natascha stotterte: »Aber Markus, das geht doch nicht, du kannst mir doch nicht einfach ein Pferd schenken. Sie sind doch sicher sehr teuer und wertvoll.«

Aber er ignorierte ihre Einwände und blieb vor einer wunderschönen braunen Stute stehen. »Wie wäre es mit dieser bezaubernden Dame?«, fragte er. »Sie ist beinahe so schön wie du, und sie passt ausgezeichnet zu dir. Wir werden ihren Namen ändern. Sie heißt ab heute Taigablume und sie gehört jetzt dir.«

Natascha streichelte das wunderschöne Pferd und er schaute lächelnd zu. Aber dann wurde er langsam ungeduldig, er wollte wieder zurück auf die Tribüne und sich auf seine Wetten konzentrieren.

Nun vertiefte auch Natascha sich in ihre Zeitung und fand sich bald damit zurecht.

Plötzlich interessierte sie sich für die Pferde. Sie nahm ihr Programm zur Hilfe und verglich die Nummerierung.

Dann beobachtete sie die Pferde während der Aufwärmrunden.

Das nächste Rennen wurde angesagt und Natascha hatte sich ein Pferd ausgesucht. Sie machte Markus auf das Pferd aufmerksam, aber er sagte nur: »Schatz, du kennst die Pferde nicht. Für mich gewinnt die Nummer 7 und nicht die 4 das Rennen.« Aber Natascha behielt recht, das besagte Pferd mit der Nummer 4 gewann das Rennen. Weil es kein Favorit war, wurde eine hohe Siegquote von 220,00 : 10 Euro ausbezahlt.

Die Platzwetten, die Zweierwette und auch die Dreierwette zahlten ebenfalls hohe Gewinnquoten. Markus ärgerte sich, dass er ihren Hinweis nicht beachtet hatte. Er hatte verloren.

Für das nächste Rennen fragte er sie, welches Pferd das Rennen gewinnen könnte. Aber sie hatte noch kein Pferd gefunden, das für sie eventuell als Sieger infrage kommen könnte. Auch in den folgenden Rennen erkannte Natascha keinen möglichen Sieger. Aber sie fand allmählich Gefallen am Pferdesport.

Am folgenden Samstag besuchten sie wieder die Trabrennbahn. Und Markus war zufrieden, dass sie ihn zu den Rennen begleitete.

Als sie am Abend gemeinsam vor dem Kamin saßen, fragte Natascha ihren Mann: »Markus, was hältst du davon, wenn ich demnächst in deiner Praxis arbeiten würde?«

Er sah sie an und lehnte sofort ab. »Du bist meine Frau und hast es nicht nötig zu arbeiten. Ich verdiene genug Geld und du kannst jederzeit über das gemeinsame Konto verfügen.«

Aber Natascha war mit der Absage nicht zufrieden. Sie bedrängte ihn: »Versteh mich doch bitte, Markus, ich möchte arbeiten. Ich brauche eine Aufgabe, solange wir noch kein Kind haben.«

»Liebling, mach, was du möchtest, aber nur hier im Haus. Setze dich vor deinen Bildschirm und schreib ein Buch oder male Bilder. Das wäre für uns standesgemäß.«

Und damit war das Thema für ihn ein für alle Mal erledigt.

Das Kinderbuch

Natascha war enttäuscht, aber als sie über seine Vorschläge nach-dachte, fand sie sie gar nicht so schlecht und sie erinnerte sich: Sie hatte als Kind viel gelesen und wollte schon damals Geschichten schreiben. Jetzt verfügte sie über die nötige Zeit und das Wissen, ihren Kind-heitstraum zu verwirklichen.

Ein paar Tage später setzte sie sich vor ihren Computer und begann zu schreiben. Es sollte eine kleine Geschichte von einem »Kleinen Entchen Patschi« werden. Als Kind hatte sie immer wieder mit kleinen Entchen oder mit ihrem Lieblingshuhn gespielt.

Es dauerte auch nicht lange und die erste Geschichte war fertig ge-schrieben. Sie schickte ihre Geschichte an Kinderbuchverlage. Aber entweder sie erhielt keine Antwort oder die Verlage schrieben ihr, dass es eine nette Geschichte sei, sie aber leider nicht in ihr Programm passen würde. Aber Natascha ließ sich nicht entmutigen und schrieb weiter. Ihr fielen immer wieder neue Geschichten ein und es wurden immer mehr Manuskripte.

Aber leider erhielt sie nur Absagen von den Verlagen. Sie zeichnete ihre kleinen Geschöpfe und hoffte, dass sie damit Erfolg haben würde. Sie erfand ein kleines »Monsterchen«, das in einer Sternschnuppe auf die Erde gefallen war. Und sie schickte ihre Bilder und die dazugehö-rige Geschichte wieder an mehrere Verlage. Aber leider hatte sie auch damit keinen Erfolg. Dann entschloss sie sich, es noch einmal mit einer anderen Geschichte zu versuchen, und schrieb eine Geschichte von »Angi, einem kleinen Außerirdischen«. Aber auch damit hatte sie kein Glück. Die Verlage lehnten auch das Manuskript ab.

Traurig und enttäuscht erzählte sie ihrem Gatten von ihren Misser-folgen. Selbstverständlich wusste Markus einen Rat: »Liebling, sieh doch einmal im Internet nach, dort findest du sicher einen Verlag, der aus deinem Manuskript ein Buch macht und es veröffentlicht. Ich werde dein Sponsor sein und dein Buch finanzieren. Die Kosten setze ich von der Steuer ab.«

Natascha war glücklich. Sie hatte mit so viel Liebe ihre Geschichten zu Papier gebracht und immer nur Absagen von den Verlagen erhalten. Nun war ihre Arbeit doch nicht vergebens. Also setzte sie sich mit einem Verlag in Verbindung und gab das kleine Taschenbuch in Auftrag. Aber die Kosten für das Buch waren sehr hoch. Und Natascha kamen Zweifel, ob es richtig war, so viel Geld für ein Buch auszugeben.

Aber der Vertrag war unterschrieben, außerdem freute sie sich auf ihr erstes eigenes Buch.

Als sie endlich ihr fertiges Buch in den Händen hielt, war sie glücklich. Sie schenkte Frau Krämer ein Buch und die war begeistert und lobte es. Ein Nachbarsjunge hatte das Buch sechs Mal gelesen und war genau wie Frau Krämer begeistert von »Angi, dem kleinen Außerirdischen«. Nicht nur dem Kind, sondern auch Frau Krämer hatte ihr Buch gefallen. Und Natascha war zufrieden und widmete sich ihrem nächsten Buch.

Sie wollte zwei Jahre warten und dann die Fortsetzung, das zweite Buch, »Angi und das Raumschiff«, in Auftrag geben. Sie hoffte nur, dass ein Teil der Kosten durch den Verkauf des ersten Buches bis dahin wieder reinkommen würde. Inzwischen schrieb sie weiter ihre kleinen Geschichten.

Dann kam ihr der Gedanke – einen Frauenroman zu schreiben. Vielleicht hatte sie damit mehr Erfolg.

An einem total verregneten Sonntag forderte Markus sie auf, sich für den Besuch der Rennbahn hübsch anzuziehen. Sein Pferd Marlok lief im fünften Rennen und Marlok hatte eine gute Chance, das Rennen zu gewinnen. Natascha hätte es sich bei dem schlechten Wetter lieber zu Hause gemütlich gemacht.

Aber Markus wollte seine Frau in seiner Nähe haben. Also zog sie sich an und begleitete ihren Mann zur Rennbahn. Sie wäre gern zum

Stall gegangen, um ihr Pferd, Taigablume, zu streicheln, aber der Regen hinderte sie daran.

Die Tribünen waren angenehm klimatisiert, aber Natascha bedauerte die Pferde und die Jockeys, die bei dem Regen auf die Bahn mussten. Wie selbstverständlich kaufte Markus für Natascha ein Programm und eine Zeitung. Markus legte seiner Frau ein paar Spielscheine und Geld auf den Tisch und forderte sie auf, auch einen Wettschein auszufüllen. Natascha spielte ein paar Mal Platzwetten. So bestand die Wahrscheinlichkeit, dass ihr gewettetes Pferd einen der ersten drei Plätze belegt. Aber sie setzte nur wenig ein und gewann auch nur geringe Beträge.

Als das fünfte Rennen angesagt wurde, erinnerte Markus sie an sein Pferd Marlok.

»Liebling, denk daran, Marlok kann heute das Rennen gewinnen, setze ein bisschen mehr ein als bisher. Schreib ein paar Zweierwetten.«

Natascha beobachtete Marlok und er gefiel ihr gut. Sie folgte seinem Rat und schrieb Zweierwetten. Sie setzte Marlok an erster Stelle und vier weitere Pferde auf den zweiten Platz.

Dann füllte sie noch einen Schein aus, Marlok auf den zweiten Platz und vier Pferde auf Platz eins. Markus hatte auch mehrere Scheine ausgefüllt. Er hatte Marlok ebenfalls auf den ersten, aber auch auf den zweiten Platz geschrieben. Das Rennen lief und war an Spannung nicht mehr zu überbieten. Marlok hielt sich gut. Er lag an zweiter Stelle und im Einlaufbogen setzte der Fahrer zum Überholen des führenden Pferdes an. Dabei kam Marlok kurz aus dem Tritt und musste zurückgenommen werden. Aber dann trabte er wieder sauber und griff erneut an. Leider kam er um ein paar Zentimeter zu spät. Marlok wurde nur Zweiter.

Markus schimpfte und wollte Marlok im nächsten Rennen selber fahren. Da ging es um 10.000 Euro Siegprämie. Und das Geld wollte Markus gewinnen.

Aber der Renntag war trotzdem ein Erfolg. Sie hatten mit den richtig vorausgesagten Wetten eine schöne Summe gewonnen. Und Markus sagte: »Liebling, das hast du gut gemacht. Ich habe dir Marlok als Siegpferd empfohlen, trotzdem hast du die Zweierwette getroffen und gewonnen.«

Sie sahen sich noch zwei weitere Rennen an, dann verließen sie die Rennbahn und fuhren zurück in ihr schönes Haus.

Es wurde wieder einmal ein sehr schöner Abend am Kamin. Markus schummelte leider wieder ein wenig bei den Getränken. Er hatte ein anderes, vergleichbares Aufputschmittel in die Getränke gemischt. Auch Natascha merkte nichts davon und litt auch am nächsten Tag unter keinerlei Beschwerden.

Und Markus war mit der Nacht und ihrer Liebe wieder einmal außerordentlich zufrieden.

Auch wenn er ihr gegenüber ein schlechtes Gewissen besaß, benutzte er das Aufputschmittel immer wieder. Er wusste nicht, dass er bereits abhängig davon war. Und er hätte es sich auch niemals eingestanden.

In der folgenden Zeit konzentrierte Natascha sich auf ihre kleinen Geschichten. Sobald es ihre Zeit zuließ, schrieb sie, und am Abend war sie für ihren Mann da.

Eines Tages erinnerte sie sich wieder einmal an Nina, das nette Mädel, das sie in dem kleinen russischen Gasthaus kennengelernt hatte. Sie hatte ihr versprochen, sie nicht zu vergessen und sich irgendwann einmal bei ihr zu melden.

Als sie am Abend mit ihrem Mann im Kaminzimmer saß, fragte sie ihn, ob sie das Mädel einladen dürfe. Markus war selbstverständlich einverstanden. Er erfüllte ihr jeden Wunsch. Er war sehr glücklich mit seiner Frau und wollte, dass auch sie glücklich und zufrieden war.

Schon am nächsten Tag schrieb Natascha der freundlichen Nina einen Brief und lud sie zu einem Besuch zu sich ein. Ninas Adresse hatte sie in der Seitentasche ihrer kleinen Handtasche aufbewahrt.

Nina Petrowas Antwort ließ nicht lange auf sich warten. Sie war über die Einladung, nach Berlin zu kommen, sehr erfreut. Ohne lange zu zögern beantragte sie ein Besuchervisum für Deutschland.

Es waren ein paar Wochen vergangen, als Natascha die Nachricht erhielt, dass Nina in der kommenden Woche in Berlin eintreffen werde.

Der Besuch von Nina und Kolja

Nina war mit dem Zug nach Berlin gefahren, und Natascha musste sie mit einem Taxi vom Bahnhof abholen. Nun vermisste sie doch ihren Wagen.

Als Markus am Abend die Damen begrüßte, entschuldigte sie sich bei ihm. Die Taxifahrt war sehr teuer.

Aber er lächelte nur und sagte: »Das ist doch kein Problem, mein Schatz, wir kaufen dir einen kleinen Wagen, dann bist du, wenn du wieder einmal nach Berlin fahren möchtest, nicht wieder auf ein Taxi angewiesen. Warum bist du denn nicht mit Frau Krämer zum Bahnhof gefahren?«

»Sie hatte heute leider einen Zahnarzttermin«, antwortete Natascha.

Der erste gemeinsame Abend mit Nina verlief sehr harmonisch. Auch Markus war von der Herzlichkeit Ninas positiv überrascht.

Noch in der gleichen Woche erhielt Natascha einen Golf zu ihrer eigenen Verfügung. Jetzt konnten die zwei Frauen alle Sehenswürdigkeiten in Berlin besuchen.

Selbstverständlich war ihr erstes Ziel das Brandenburger Tor. Natascha hatte es auch noch nicht gesehen. Außerdem hatte sie auch Anja eingeladen und ihr die neue Freundin vorgestellt. Auch Frau Krämer wurde zu einigen Ausflügen mitgenommen.

Frau Krämer hatte wieder einmal einen köstlichen Kuchen gebacken und die Frauen unterhielten sich während ihres Beisammenseins über alles Mögliche. Plötzlich und völlig unerwartet kam eine Nachricht von Kolja. Auch er kündigte seinen Besuch an. Natascha war außer sich vor Freude. Auch Markus freute sich auf den Besuch seines sympathischen Schwagers.

Am Tag der Ankunft war Natascha total aufgeregt. Sie lief bereits eine halbe Stunde vor der angesagten Ankunft des Zuges auf dem entsprechenden Bahnsteig hin und her. Als der Zug dann endlich in den Bahnhof einfuhr, suchte sie ungeduldig sämtliche Zugfenster ab.

Als Kolja dann aus dem Zug stieg, lief sie mit ausgestreckten Armen zu ihm hin. Sie schlang die Arme um ihren Bruder und wollte ihn gar nicht wieder loslassen. »Kolja, Brüderchen, wie schön, wie schön, dich zu sehen!«

Als Natascha sich endlich wieder beruhigt hatte, sprach sie zu ihm: »Brüderchen, ich habe eine Überraschung für dich.« Sie ergriff seine Hand und führte ihn hinüber in das angrenzende Parkhaus. Dort angekommen, blieb sie vor ihrem blauen Golf stehen. Sie zeigte auf den Wagen und sagte: »Kolja, darf ich dich bekannt machen mit meinem neuen Auto. Außerdem schau in den Wagen, dort sitzt eine liebe Freundin von mir. Sie ist ein ganz reizendes Mädel. Nina, steig doch bitte aus. Sieh her, das ist Kolja, mein Bruder.«

Nina folgte Nataschas Aufforderung und begrüßte Kolja. Kolja wurde sehr verlegen, so plötzlich einem so hübschen Mädel gegenüberzustehen.

Er lief bis an beide Ohren rot an und bekam keine Silbe heraus. Er gab Nina nur stumm die Hand, dann legte er seinen Koffer in den Kofferraum und stieg in den Wagen ein.

Natascha plapperte munter drauflos. Sie fragte, wie es den Eltern gehe, ob sie gesund und munter seien, und was es sonst noch Neues aus dem Dorf zu erzählen gebe. Bald darauf hatte Kolja sich wieder gefangen und beantwortete die Fragen seiner Schwester.

Als Natascha den Wagen vor dem großen, schönen Haus abstellte, war Kolja sichtlich überrascht. Er sah sie erstaunt an und fragte: »Natascha, sag mir bitte, wohnt ihr in diesem schönen Haus?«

Natascha lächelte stolz und führte ihren Bruder ins Haus. Markus erwartete sie bereits und nahm Kolja spontan in die Arme. »Kolja, Schwager, sei herzlich willkommen in unserem Haus.«

Er forderte alle auf, ihm ins Kaminzimmer zu folgen. Dann bot er Kolja ein Getränk an. Natascha schaute ihren Mann mahnend an.

Er verstand und schüttelte den Kopf. Dann überreichte er auch den Frauen ein Getränk. Nach anfänglichem Schweigen unterhielten sie sich angeregt.

Währenddessen hatte Frau Krämer das Abendessen zubereitet. Anschließend trugen die Freundinnen die Speisen ins Esszimmer. Die kleine Gesellschaft ließ sich das Abendessen schmecken.

Nach dem Essen tranken sie noch ein paar Gläser Wein und unterhielten sich bis kurz vor Mitternacht. Kolja warf immer wieder einen verstohlenen Blick zu Nina hin. Wenn Nina Koljas Blicke spürte, schaute auch sie ihn an und lächelte ihm zu.

An diesem Abend lag Kolja noch lange wach. Er sah immer wieder das Bild von dem netten Mädel Nina vor seinen Augen. Erst gegen Morgen schlief er endlich ein.

Als er am nächsten Tag erwachte, war es bereits hell. Die Sonne schien in das Zimmer und versprach, dass es ein schöner Tag werden würde. Eilig suchte Kolja das Bad auf. Er duschte und zog sich an.

Als Kolja das Speisezimmer betrat, saßen die Frauen bereits am Frühstückstisch. Frau Krämer begrüßte Kolja sehr freundlich und füllte seine Tasse mit frischem, duftendem Kaffee. »Bitte, Kolja, nimm was dir schmeckt«, forderte Natascha ihren Bruder auf.

Kolja wusste gar nicht, was er zuerst essen sollte. So ein reichhaltiges Frühstück kannte er nicht.

Bei ihm zu Hause gab es Brot, Konfitüre und hin wieder ein Stück Speck oder Wurst. Auch frischer Käse war ihm bekannt.

Als Natascha Koljas Zögern bemerkte, legte sie ihm spontan ein Brötchen und ein Croissant auf den Teller. Dann stellte sie noch einen Eierbecher mit einem gekochten Ei und einen Teller mit Räucherlachs vor ihn hin. Nun griff Kolja beherzt zu.

Und Natascha machte sich bereits Gedanken über ihren ersten Ausflug. Sie wollte ihrem Bruder ganz Berlin und die Umgebung zeigen. Auch die Rennbahn in Mariendorf und ihr wunderschönes Pferd Taigablume wollte sie Kolja nicht vorenthalten.

Außerdem sollte er unbedingt Markus auf der Rennbahn bestaunen. Markus wollte am Sonntag mit seinem Pferd Marlok das fünfte Rennen bestreiten und gewinnen. In den nächsten drei Tagen sah Kolja mehr, als er in seinem bisherigen Leben gesehen hatte.

Am Sonntag, der Tag, an dem Markus sein Pferd fahren wollte, war er leicht nervös. Und Natascha hatte nur einen Gedanken: »Hoffentlich geht alles gut! Egal ob Marlok gewinnt, oder nicht.« Sie hatte nur Angst um ihren Mann. Denn es war das erste Mal, dass sie Markus im Sulky sehen würde.

Nina und Kolja wunderten sich, dass Natascha Pferdewetten schrieb und dass so viele Menschen sie auffallend freundlich grüßten. Als die Pferde dann zum fünften Rennen an den Start gingen, hielt es Natascha nicht mehr auf ihrem Stuhl aus. Sie stand auf und hielt die Hände vor das Gesicht. Sie atmete schwer und zitterte vor lauter Anspannung. Markus hatte sie beauftragt, auf Marlok Wetten abzuschließen, und er hatte eine hohe Summe eingesetzt. Aber daran dachte sie im Augenblick nicht. Sie starrte nur gebannt auf den Monitor.

Die Pferde starteten mit einem Autostart und ihr war die Sicht auf Marlok versperrt. Als das Startauto die Sicht frei gab, erblickte sie Marlok. Er lief in zweiter Position. Markus hielt die Position bis in den Einlaufbogen. Nun forderte er Marlok, indem er die Leinen straff anzog und sofort wieder lockerte. Marlok verstand die Aufforderung und zog noch einmal an. Er gewann das Rennen leicht mit einer Länge Vorsprung.

Natascha weinte vor Glück. Sie lief hinunter zur Siegesehrung und küsste Markus und streichelte ihrem Pferd Marlok über seine Nüstern. Markus bekam einen Blumenstrauß überreicht, den er sogleich an sie weitergab.

Er wurde zu seinem Sieg beglückwünscht und gleichzeitig fotografiert. Kolja war stolz, dass all die vielen Menschen seine Schwester auf den Bildschirmen betrachten konnten. Wie stolz würden die Eltern sein, wenn er ihnen von diesem Ereignis berichten würde.

Natascha hatte noch immer die Wettscheine in der Handtasche. Und erst als Markus sie erinnerte, das gewonnene Geld abzuholen, erinnerte sie sich wieder an die gewonnenen Wetten.

Markus bat Nina und Kolja, den Gewinn am Auszahlungsschalter abzuholen. Kolja hatte noch nie so viel Geld in seinen Händen gehalten.

Und Natascha drückte jedem von ihnen ein paar Scheine in die Hand. Nina zierte sich und auch Kolja stotterte vor sich hin: »Aber, aber, Natascha, das geht doch nicht. Das kann ich doch nicht annehmen.« Erst als Natascha sagte: »Ich werde gleich bitterböse, wenn ihr nicht sofort das Geld einsteckt«, nahmen sie verlegen das Geld entgegen und bedankten sich mehrmals bei Markus und Natascha.

Ein paar Rennen später sagte Markus: »Ich glaube, es reicht für heute, lasst uns nach Hause fahren.«

Sie verließen die Rennbahn und fuhren zu ihrem Haus. Dort verbrachten sie noch einen angenehmen, geselligen Abend. Auch Nina und Kolja probierten einen Gin Tonic. Aber Markus hatte den Getränken kein Aufputschmittel hinzugefügt. Er wollte damit warten, bis der Besuch wieder abgereist war.

Am Wochenende fuhren sie zur Ostsee auf die Insel Usedom. Dort machten sie einen ausgiebigen Strandspaziergang und Markus zeigte ihnen die drei Kaiserbäder, Ahlbeck, Heringsdorf und Bansin. Bevor sie wieder zurück nach Berlin fuhren, aßen sie noch in einem guten Restaurant Abendbrot.

Am nächsten Wochenende fuhren Natascha und Nina zu einer Musikschau. Markus und Kolja schauten sich einen Boxkampf an.

An den folgenden Tagen verbrachten Kolja und Nina immer mehr Zeit miteinander. Sie gingen spazieren und Natascha sah, dass die zwei jungen Menschen sich näherkamen. Natascha freute sich und dachte, dass Nina die richtige Frau für Kolja wäre. Auch Kolja fand Nina wunderbar. Er fürchtete bereits den Tag, an dem sie abreisen würde.

Aber er erlebte eine Überraschung. Vor ihrer Abreise fragte Nina ihn: »Kolja, wann fährst du zurück? Ich würde gern mit dir gemeinsam in die Heimat fahren.«

Ninas Frage machte Kolja sehr glücklich. Kurz vor der Abreise nahm er seinen ganzen Mut zusammen und sagte: »Nina, du bedeutest mir sehr viel, und ich würde dich gern meinen Eltern vorstellen.«

Nina sagte mit Freuden zu und warf sich in seine Arme. Behutsam und glücklich tauschten sie ihre ersten Küsse. Auch Natascha war glücklich. Sie freute sich sehr für das junge Paar. Endlich hatte Kolja eine nette Frau gefunden.

Als sie dann die beiden jung Verliebten zum Zug brachte, war sie traurig und glücklich zugleich. Kolja musste ihr jedoch versprechen, wenn er heiraten sollte, dürfe er es nicht ohne sie und Markus tun. Und Natascha musste wieder einmal die dummen Tränen unterdrücken.

Kolja und Nina winkten ihr noch einmal aus dem Zugfenster zu. Auch ihnen war der Abschied schwergefallen. Es hatte ihnen in Berlin sehr gut gefallen.

In Gedanken versunken ging Natascha zurück zu ihrem Auto und fuhr heim. Als sie das Haus betrat, saß Markus in seinem Lieblings-sessel und wartete bereits auf sie. Natascha war über seine Anwesenheit erstaunt.

»Markus, was machst du denn schon so früh am Tag hier?«

Er stellte sein Getränk vor sich auf den kleinen Tisch und stand auf. Er breitete seine Arme aus und schaute sie nur schweigend an. Sie ging zu ihm und küsste ihn innig. Danach wartete sie immer noch auf eine Antwort von ihm.

Dann reagierte er auf ihre Frage. Er streichelte ihr übers Haar und sagte: »Aber Liebling, heute ist Mittwoch.« Natürlich, das hatte sie bei all dem Trubel völlig vergessen. »Ist alles gut gegangen während der Abreise?«, fragte er dann.

Sie sah ihn traurig an und er tröstete sie: »Aber Schatz, sei nicht traurig, ihr seht euch doch bald wieder. Es war eine schöne Zeit mit

Nina und Kolja. Aber jetzt gehörst du wieder mir allein. Komm, nimm dein Glas und trink mit mir. Wir machen uns einen gemütlichen Abend.«

Er stellte den Videorecorder an und zeigte ihr einen schönen Film von Italien.

Als der Film zu Ende war, fragte er: »Natascha, wohin möchtest du zuerst fahren? Italien von der rechten, oder möchtest du zuerst die linke Seite von Italien kennenlernen?«

Sie kannte weder die rechte noch die linke Seite von Italien. Sie überlegte, konnte sich aber für keine Seite entscheiden. Aber dann verlangte sie: »Markus, ich würde mir Rom gern einmal ansehen.«

»Selbstverständlich fahren wir auch nach Rom. Was wäre eine Italienreise ohne Rom?!«

Weil Natascha sich nicht entscheiden konnte, bestimmte er kurzerhand die Route.

Natascha war verwirrt, dass ihr Gatte schon wieder eine Reise plante. Seit er den jungen Arzt in seiner Praxis aufgenommen hatte, wusste er, dass seine Patienten während seiner Abwesenheit gut behandelt wurden und er beruhigt in den Urlaub fahren konnte.

Am ersten Tag fuhren sie in die Meraner Berge. Danach war Rom ihr nächstes Reiseziel. Nach Rom fuhren sie die ligurische Küste entlang, anschließend über San Remo bis nach Monaco und zurück über die Schweiz, nach Baden-Baden und danach zurück nach Berlin.

In Baden-Baden hatten sie das Spielcasino besucht und Arabern beim Spielen zugeschaut. Die Damen trugen kostbaren Schmuck und sie verspielten enorme Summen.

Als sie aus dem Urlaub zurückkamen, war Markus mit der Arbeit des jungen Arztes außerordentlich zufrieden. Er machte ihn zu seinem Teilhaber, denn so einen tüchtigen Arzt wollte er nicht wieder verlieren. Markus wurde entlastet und auch der junge Arzt war außerordentlich zufrieden. Denn an manchen Tagen fühlte Markus sich doch sehr überlastet und nur das Aufputschmittel hielt ihn aufrecht. Eigentlich sah er in dem Mittel keine Gefahr für sich. Er nahm es nicht jeden Tag. Und er war überzeugt davon, dass er als Arzt das Risiko für sich persönlich abschätzen konnte.

Der kleine Maik

Natascha hatte ihre Deutschkenntnisse in Wort und Schrift sehr verbessert und schrieb weiter ihre Kinderbücher.

Außerdem hatte sie den kleinen Nachbarjungen kennengelernt. Der kleine Sohn der Nachbarin hatte Natascha mit seinem Fahrrad beinahe angefahren. Seine Mutter hatte den Vorgang beobachtet und den kleinen Jungen gerügt.

Er war dagestanden mit gesenktem Kopf und mit Tränen in den Augen. Natascha beschwichtigte die Mutter und streichelte dem kleinen Jungen über den Kopf.

Weil der Kleine ihr so gut gefiel, lud sie ihn kurzerhand ein und bat ihn, sie doch einmal zu besuchen. Schließlich wohnten sie nebeneinander als Nachbarn, und es wäre doch üblich, dass Nachbarn sich gegenseitig besuchen würden.

Ein paar Tage später saß Natascha im Park auf der Bank. Die Sonne schien und sie wollte die letzten Sonnenstrahlen der Herbstsonne genießen.

Da wurde plötzlich das große eiserne Tor geöffnet und der kleine Nachbarjunge betrat den Park. Einen kurzen Moment verweilte er auf der Stelle und schaute sich verstohlen im Park um. Dann erblickte er Natascha und ging schnurstracks auf sie zu.

Er setzte sich wie selbstverständlich neben sie, aber er sprach kein Wort.

Auch auf ihre Fragen, wie es ihm gehe und ob er einen Wunsch habe, erhielt sie keine Antwort.

Der Kleine schaute sie nur mit großen Augen an. Noch einmal versuchte Natascha, ihn zum Sprechen zu bewegen. Aber auch dieses Mal erhielt sie keine Antwort.

Sie schaute ihn an und fragte: »Sprichst du nicht mit mir?«

Der Kleine schüttelte den Kopf.

Aber damit gab sie sich nicht zufrieden, sie fragte weiter: »Fürchtest du dich?«

Daraufhin schüttelte der Kleine abermals den Kopf und zeigte dabei auf seinen Mund.

Zuerst wusste Natascha nicht, ob sie ihn noch einmal fragen sollte. Aber dann stellte sie doch die Frage: »Sehe ich das richtig, du kannst nicht sprechen?«

Der Kleine nickte traurig.

»Aber hören kannst du doch?«, fragte sie weiter.

Und wieder nickte der Kleine zustimmend.

»Das ist sehr gut. Weißt du auch, warum du nicht sprechen kannst?«

Der Kleine blickte nur stumm vor sich hin.

»Und wie alt bist du? Weißt du das?«

Der Nachbarjunge hielt ihr seine kleine Hand entgegen und zählte an den Fingern bis fünf.

»So, du bist also fünf Jahre alt. Dann gehst du ja schon in den Kindergarten.«

Aber wieder schüttelte der Kleine verneinend den Kopf.

»Aber warum denn nicht? Dort sind viele Kinder, mit denen du spielen könntest.«

Er schaute sie an und zeigte auf seinen Mund. Er öffnete ihn und tat so als würde er lachen. Das verstand Natascha: Die Kinder lachten ihn aus, weil er nicht sprechen konnte. Sie streichelte ihm über sein Haar und würde ihn am liebsten in die Arme nehmen.

»Armer kleiner Lockenkopf«, dachte sie. »Du bist schön wie ein kleiner Engel. Aber weil Gott dir die Schönheit geschenkt hat, hat er dir gleichzeitig deine Sprache genommen.« Sie dachte an die Nachtigall. »Sie hatte auch nur ein graues Federkleid bekommen, aber dafür verfügte sie über eine wundervolle Stimme. Aber wärst du hässlich, nützte dir auch eine schöne Stimme nicht. Auch dann würden die Kinder über dich lachen.« Und sie dachte: »Das Schicksal ist nicht immer gerecht zu den Menschen.«

Die Sonne verschwand hinter einer dicken Wolke und es wurde kühl. Sie schaute den Kleinen an und fragte, ob er noch bei ihr bleiben wolle. Aber dann müsste er sie ins Haus begleiten. Der kleine Lockenkopf war einverstanden und folgte ihr ins Haus.

Im Wohnzimmer angekommen, wollte sie dem Jungen etwas anbieten, aber außer ein paar Pralinen hatte sie nichts im Haus.

Sie stellte die Schachtel mit den Pralinen vor ihm auf den Tisch und sagte: »Greif zu, wenn du möchtest, darfst du sie alle aufessen.«

Ganz behutsam nahm er eine Praline.

Nun überlegte sie, welches Getränk sie ihm anbieten könne.

Sie ging in die Küche und holte ein Glas Milch für den Kleinen.

Als sie zurückkam, sah sie, dass der Kleine noch ein paar Pralinen gegessen hatte, und freute sich darüber. Der Kleine nahm das Glas und trank es leer. Die Schokolade hatte ihn durstig gemacht. Nun saß er stumm da und blickte sie abwartend an.

Womit sollte sie ihn jetzt beschäftigen? Gesellschaftsspiele hatten sie keine im Haus. Aber dann fiel ihr ihr Kinderbuch ein. Sie holte eines ihrer Manuskripte aus der Bibliothek und setzte sich neben ihn.

Der Kleine schaute sie erwartungsvoll an. Natascha erklärte ihm, dass sie eine kleine Geschichte geschrieben habe, die sie ihm vorlesen wolle. Und als sie ihn anschaute, glaubte sie, dass ein Lächeln auf seinem Gesicht lag. Sie schlug das Manuskript auf und begann mit der Lesung.

»Die Geschichte vom kleinen Entchen Patschi. Es war einmal ein kleines Entchen. Das saß mit vielen kleinen Entchen in einem Korb ...«, usw.

Der Kleine lauschte gebannt ihren Worten. Er wagte kaum zu atmen, aus Angst, er könnte etwas versäumen. Dann schlug die Uhr im Wohnzimmer, und Natascha wusste, dass es Zeit wurde, den Kleinen zu seiner Mutter zu bringen.

Als sie das Manuskript zur Seite legte, schaute der Kleine sie enttäuscht an. Aber als sie ihm versprach, dass er wiederkommen dürfe und sie ihm dann wieder etwas vorlesen würde, ging er artig mit rüber zu seinem Elternhaus.

In Gedanken versunken ging Natascha zurück in ihr Haus. »Was für ein netter Junge«, dachte sie. »Hoffentlich haben Markus und ich auch einmal so nette Kinder. Aber die Kinder sollten schon gesund sein und nicht wie der arme kleine Kerl von nebenan ohne Sprache zur Welt kommen.« Und sie freute sich schon auf seinen nächsten Besuch.

Markus kam an diesem Tag besonders spät nach Hause. Und er sah müde und erschöpft aus.

An manchen Tagen war sogar mit zwei Ärzten die Arbeit kaum zu bewältigen. Es hatte sich unter den Patienten herumgesprochen, dass sie zwei ausgezeichnete Ärzte waren und die Patienten, ob alt oder jung, immer optimal behandelten.

Natascha wollte für ihn das Essen aus der Küche holen, aber er lehnte ab.

Er verspürte nur Durst und stöhnte, dass ihm die Arbeit an manchen Tagen einfach zu viel werde. Er wolle seine Patienten nach gutem Gewissen behandeln, aber manchmal könnte er alles hinschmeißen.

Er mixte sich einen Gin Tonic. Selbstverständlich mit der Droge.

Natascha sah, dass er eine weiße Tablette in sein Glas warf, und fragte ihn: »Markus, was hast du soeben in dein Glas getan?«

Er setzte sich in seinen Sessel und lächelte entspannt. »Liebling, mach dir darüber bitte keine Gedanken, ich weiß schon, was ich tue. Es ist nur ein kleines Stärkungsmittel. Ab und zu brauche ich ein wenig davon.«

Trotzdem war Natascha besorgt. Tabletten und Alkohol – ob das gut ging?

Nach dem zweiten Glas hatte Markus Appetit bekommen. Er aß ein wenig. Kurz darauf fühlte er sich wieder besser und Natascha beruhigte sich.

Zwei Tage später stand der kleine Lockenkopf wieder vor der Haustür. Er sah Natascha so erwartungsvoll an, dass sie ihn am liebsten sogleich in ihre Arme geschlossen hätte.

Jetzt lagen auch ein paar Süßigkeiten für ihn bereit. Sie hatte sich mit Frau Krämer über den kleinen Nachbarjungen unterhalten und sie gebeten, bei ihrem nächsten Einkauf, für den Kleinen, ein paar Süßigkeiten einzukaufen.

Frau Krämer hatte ihr ganz erstaunt zugehört. Den kleinen Jungen von nebenan kannte sie auch nicht.

Sie sagte: »Die Nachbarn lebten sehr zurückgezogen. Es wäre auch möglich, dass der Kleine bisher nur im Garten gespielt hat. Und die dichte Hecke verhindert jeden Blick auf das Grundstück.«

Als Natascha am nächsten Tag die Bonbontüte hervorholte, leuchteten die Augen des kleinen Jungen noch mehr. Sie fragte ihn ob er Gummibärchen essen möge.

Der Kleine nickte, setzte sich auf seinen Platz, und während sie ihm die Geschichte vom Entchen Patschi vorlas, ließ er sich die Gummibärchen schmecken.

Nach der Lesestunde begleitete Natascha ihn noch bis zur Straße und blieb so lange stehen, bis er das Tor zu seinem elterlichen Garten hinter sich geschlossen hatte.

Als sie am Abend mit Markus gemütlich am Kamin saß, erzählte sie ihm von ihrer Freundschaft mit dem kleinen Nachbarjungen.

Auch Markus kannte den Kleinen nicht, und er war genauso erstaunt wie Frau Krämer am Tag vorher. Er hatte sich auch noch keine Gedanken wegen der Nachbarn gemacht. Sie wohnten erst kurze Zeit im Haus nebenan und hatten sich auch bisher bei ihren Nachbarn noch nicht vorgestellt. Außerdem beanspruchte ihn seine Arbeit viel zu sehr und er hatte andere Interessen.

Als Natascha ihm erzählte, dass sie die Nachbarn kennenlernen wolle, meinte er: »Geh doch einfach in den nächsten Tagen mit einem Blumenstrauß zu ihnen, stell dich ihnen vor und lade sie zum Abendessen zu uns ein.«

Aber dann kam der Kleine ein paar Tage nicht. Natascha machte sich Gedanken darüber und fuhr kurz entschlossen zu einem Blumengeschäft. Sie kaufte einen schönen Blumenstrauß und ging damit zu ihrer Nachbarin. Sie drückte auf den Klingelknopf, aber es tat sich nichts. Es herrschte absolute Stille im Haus.

Sie drückte noch einmal auf die Klingel. Und als sie gerade wieder gehen wollte, wurde die Haustür geöffnet und der kleine Lockenkopf stand vor ihr.

Im gleichen Augenblick, als sie den Kleinen fragen wollte: »Ist deine Mama nicht da?«, kam die Nachbarin zur Tür. Zuerst schimpfte sie mit dem Kleinen. »Maik, wie oft habe ich dir schon gesagt, dass du an der Tür nichts zu suchen hast.« Sie erblickte Natascha, schimpfte aber trotzdem weiter. »Schließlich weiß man nicht, wer plötzlich ins Haus kommt, wenn der Bengel die Tür öffnet.«

Der Kleine zog sich schuldbewusst zurück.

»Übrigens, was wollen Sie von uns?«

Fordernd sah die Nachbarin Natascha an. Die stellte sich noch einmal vor und erkundigte sich nach dem kleinen Sohn. Oben im Haus schrie ein Baby, woraufhin die Nachbarin rief: »Was ist denn nun schon wieder los? Ich komme gleich!«

Dann erinnerte Natascha die Nachbarin noch an den Zwischenfall mit dem Fahrrad.

»Ach, richtig, jetzt erinnere ich mich wieder an Sie.«

»Ich bin Ihre Nachbarin«, erklärte Natascha, »und ich freue mich immer, wenn Ihr Sohn mich besucht. Er freut sich sehr, wenn ich ihm aus meinen Manuskripten vorlese.«

»So, so«, sagte die Nachbarin. Dann wollte sie wissen: »Ist Ihr Mann auch ein Russe?«

Natascha war schockiert. Sie fand keine Worte und schüttelte nur stumm den Kopf. Dann plapperte die Nachbarin nervös weiter: »Ach so, dann ist der Doktor von nebenan Ihr Mann?«

Natascha nickte zustimmend und blickte die Nachbarin verstört an.

»Ja, dann darf unser Maik Sie natürlich wieder besuchen.«

Natascha wusste noch immer nicht, was sie der Frau antworten sollte. Aber dann fragte sie die Nachbarin doch noch, ob sie und ihr Mann einmal zum Abendessen zu ihnen kommen würden. Aber die Nachbarin wich aus. Ihr Mann sei meistens unterwegs, und da wäre auch noch das Baby. Sie müsse zuerst ihren Mann fragen, und weil sie so viel Arbeit mit den Kindern habe, könne sie noch nichts versprechen.

Beinahe erleichtert über die Absage, ging Natascha, nachdem sie der Nachbarin noch den Blumenstrauß in die Hand gedrückt hatte, zurück in ihr Haus. Was dachte diese Frau sich eigentlich? Wäre Markus ebenfalls russischer Herkunft, hätte sie ihrem Sohn weitere Besuche bei ihnen untersagt.

Und sie dachte: Wäre der Kleine nicht so ein nettes Kerlchen, würde sie ihn nicht mehr empfangen. Aber der kleine Maik, jetzt kannte sie auch seinen Namen, war immer so glücklich, wenn sie ihm etwas vorlas.

Als sie am Abend Markus von ihrem Besuch bei der Nachbarin berichtete, schüttelte er den Kopf. »Und sie hat dich nicht einmal in ihr Haus gebeten?«, fragte er.

»Nein, sie hatte keine Zeit. Da ist noch ein kleines Kind, und ich glaube, dass die Frau mit den Kindern total überfordert ist.«

»Und warum hast du ihr dann die Blumen überreicht?«

»Ach, weißt du, Markus, ich mag den kleinen Jungen so sehr. Denk dir nur, er kann nicht sprechen. Und er hört doch so gern zu, wenn ich ihm meine Geschichten vorlese.«

»Liebling, aber ich möchte dich trotzdem bitten, dass du dich in Zukunft von den Nachbarn distanzierst«, befahl er. Auch Natascha verspürte kein Verlangen, der Nachbarin noch einmal gegenüberzutreten.

Schon am nächsten Tag stand der kleine Maik wieder vor ihrer

Tür. Und sie las ihm den Rest der Geschichte vom kleinen Entchen Patschi vor.

Als sie danach das Manuskript zur Seite legte, kam ein enttäuschter, unverständlicher Laut aus seinem Mund. Natascha konnte nicht glauben, was sie soeben gehört hatte. Sie fragte ihn: »Maik, was hast du soeben gesagt?« Aber der Kleine senkte daraufhin nur verschämt seinen Kopf.

Noch einmal verlangte sie von dem Kleinen: »Maik, sprich doch bitte mit mir. Soll ich dir noch eine Geschichte vorlesen?«

Aber der kleine Maik nickte wieder nur stumm und schaute sie erwartungsvoll an. Sie suchte das Manuskript von der himmelblauen und der rosaroten Maus hervor und las ihm daraus etwas vor.

»Also, Maik, hör zu, ich habe eine neue Geschichte geschrieben und die lautet wie folgt: »Die Geschichte von der himmelblauen und der rosaroten Maus. Es war an einem wunderschönen Tag im Frühling …«, usw.

Natascha las, bis es allmählich dunkel wurde. Nun wurde es wieder Zeit, die Lesestunde zu beenden. Jeden Augenblick konnte ihr Mann nach Hause kommen.

Sie brachte den kleinen Maik hinaus. Und wieder blieb sie noch so lange stehen, bis der Junge ins Haus gegangen war.

Die Tage vergingen und der kleine Maik kam regelmäßig zu Natascha. Und immer öfter kamen seltsame Laute aus seinem Mund. Natascha erkannte, dass der kleine Maik versuchte, Worte zu wiederholen, und eines Tages hörte sie ganz deutlich, wie er das Wort »Maus« aussprach. Nun gab sie keine Ruhe mehr. Sie sprach behutsam die Worte vor und Maik musste sie wiederholen.

Es war unglaublich. Der Kleine würde sprechen. Er hatte es nur nicht gelernt.

Selbst Markus fand keine Worte dafür, als sie ihm das erzählt hatte. Er war der Meinung, dass man solchen Eltern die Kinder wegnehmen sollte. Natascha überlegte, ob sie noch einmal zu der

Nachbarin gehen und mit ihr darüber sprechen sollte. Gleichzeitig kamen ihr jedoch Bedenken, dass die Eltern Maik weitere Besuche bei ihr verbieten könnten. Dann würde der Kleine wahrscheinlich niemals sprechen lernen. Also beschloss sie, vorerst nichts zu unternehmen.

Der kleine Maik kam nun beinahe an jedem Tag zu Natascha und sie brachte ihm nicht nur das Sprechen, sondern auch ganz behutsam das Abc bei. Und sie fragte sich; »Ob der Junge jetzt auch in seinem Elternhaus spricht? Die Eltern müssten doch bemerkt haben, dass ihr Junge nicht stumm ist.«

Es kam keine Reaktion von den Eltern. Doch plötzlich kam der kleine Maik nicht mehr herüber. Natascha machte sich Gedanken über sein Fernbleiben. Was war mit ihm geschehen? Ob er eventuell krank war?

Natascha zermarterte sich den Kopf. Dann hielt sie es nicht mehr aus. Sie ging zum Haus der Nachbarn und betätigte energisch die Türglocke.

Es dauerte wieder eine Weile, ehe die Nachbarin endlich die Tür öffnete. Als Natascha sich nach ihrem Sohn erkundigte, erklärte die Nachbarin, dass Maik jetzt eine Sonderschule besuche und keine Zeit mehr für Besuche habe.

Natascha zog es beinahe den Boden unter den Füßen weg. Sie wurde blass und wütend. Sie schrie die Frau an: »Was machen Sie mit ihrem Kind? Der Maik ist doch nicht behindert! Er ist ein ganz normaler Junge. Haben Sie denn immer noch nicht begriffen, dass Ihr Sohn nicht stumm ist? Er kann sprechen, verstehen Sie? Ihr Sohn ist nicht stumm und schon gar nicht behindert!«

Die Nachbarin sah sie ungläubig an und zog gleichzeitig ein kleines, süßes Mädel vom Fußboden hoch. »Sie ist genauso hübsch wie ihr Bruder«, dachte Natascha.

Dann protestierte die Nachbarin: »Was reden Sie da für einen Unsinn – mein Sohn kann nicht sprechen.«

Natascha war wütend und ging einfach an der Nachbarin vorbei ins Haus. »So, und jetzt rufen Sie bitte sofort ihren Sohn«, verlangte sie. Die Nachbarin schaute Natascha verblüfft an. So viel Durchsetzungsvermögen hatte sie ihr wohl nicht zugetraut. Beinahe unterwürfig rief sie nach ihrem Sohn.

Der kleine Maik kam die Treppe herunter und als er Natascha erblickte, lächelte er. Er ging zu ihr hin und umarmte sie.

Natascha strich ihm über seinen blonden Lockenkopf und sagte: »Guten Tag, Maik, warum kommst du nicht mehr zu mir? Ich bin sehr traurig darüber.«

Der Kleine schaute sie an und antwortete: »Ich muss doch jetzt jeden Tag zur Schule gehen.«

Die Mutter ließ erschreckt ihre kleine Tochter Marina los. Das kleine Mädchen fiel auf den Fußboden und weinte. Dann packte sie ihren Sohn, schüttelte ihn und schrie: »Du kannst sprechen, du unmöglicher Junge! Warum sprichst du nur mit der fremden Frau und nicht mit uns, deinen Eltern?«

Der Kleine riss sich los und lief davon. Er lief aus dem Haus und versteckte sich im Garten.

Natascha erkannte, dass die Frau mit den Kindern, völlig überfordert war. Sie empfand Mitleid mit der Nachbarin und sagte: »Nun beruhigen Sie sich erst einmal. Freuen Sie sich doch, dass Sie ein gesundes Kind haben. Wenn Sie Hilfe benötigen, stehe ich Ihnen gern zur Verfügung. Sehen Sie, Sie haben so wunderschöne Kinder. Die können Sie zu jeder Zeit zu mir bringen. Ich habe noch kein eigenes Kind und somit viel Zeit, und ich liebe Kinder sehr.«

Sie hob die Kleine vom Boden hoch, setzte sich auf einen Stuhl und nahm die Kleine auf ihren Schoß. Die Nachbarin stand wie eine Statue vor ihr und wusste nicht, was sie darauf antworten sollte.

Nun forderte Natascha sie auf: »Kochen Sie uns doch bitte zuerst mal einen Kaffee. Dabei können wir uns unterhalten und alles zum Wohl Ihrer Kinder besprechen.«

Die Nachbarin kochte Kaffee und setzte sich zu Natascha an den Küchentisch. Nach einer Weile schüttete sie ihr Herz aus. Und sie berichtete ausführlich über ihre Probleme.

Auch der kleine Maik war inzwischen wieder in die Küche gekommen. Er hatte sein Lesebuch in der Hand und zeigte Natascha, was er schon alles gelernt hatte.

Die Mutter saß fassungslos dabei und sah zu. Plötzlich brach sie in Tränen aus. Sie schluchzte und wischte sich zwischendurch die Tränen ab. Dann erklärte sie, dass sie mit den Kindern immer allein sei.

Ihr Mann arbeite im Ausland und komme nur selten nach Hause. Es sei so schrecklich, immer allein zu sein. Sie habe keinen Menschen, der sie mal unterstützen würde. Auch wenn sie einkaufen müsse, sei alles so umständlich. Ihr stehe kein Wagen zur Verfügung, und das wäre doch, da sie so weit außerhalb wohnten, dringend erforderlich.

Natascha wartete, bis die Frau sich beruhigt hatte. Dann sprach sie ihr zuerst einmal Mut zu. Ab sofort würde sie ihr mit Rat und Tat zur Seite stehen. Außerdem versprach sie der Nachbarin, gemeinsam mit ihr einkaufen zu fahren. Aber die Nachbarin musste ihr versprechen, den Maik sofort in einer Grundschule anzumelden. Und auch dabei wollte sie ihr behilflich sein.

Gleich am nächsten Tag in der Frühe fuhr Natascha zu einem Baumarkt und kaufte zwei Kindersitze für ihren Wagen. Dann holte sie die Nachbarin und die kleine Tochter ab.

Die kleine Marina saß verwundert hinter ihnen und ließ ihr kleines Köpfchen kreisen. Es war wohl das erste Mal, dass sie in einem Auto saß. Als das Auto dann fuhr, jauchzte die Kleine vor Vergnügen.

Zuerst fuhren sie zu der Sonderschule. Nachdem Natascha der Rektorin die Sachlage erklärt hatte, schaute diese die Frauen skeptisch an und sagte: »Was Sie mir da erklärt haben, ist ja alles gut und schön, aber was soll ich dazu sagen – Sie wissen wohl auch nicht, was Sie wollen. Zuerst melden Sie den Jungen als behindert hier an und plötzlich soll er völlig normal sein. Also, so einfach, wie Sie sich das vorstellen, geht das nicht. Zuerst werde ich mit der Lehrerin Ihres Sohnes sprechen. Aber wir müssen warten, bis der Unterricht zu Ende ist.«

Damit musste Natascha sich wohl oder übel zufriedengeben. Aber gleichzeitig wollte sie die Zeit nutzen und mit dem Rektor einer Grundschule sprechen.

Aber auch der Schuldirektor weigerte sich entschieden, einen neuen Schüler zu übernehmen. Er wollte Maik nicht aufnehmen. Das Schuljahr habe bereits begonnen und die Eltern hätten den Jungen bis zu dem fälligen Termin anmelden müssen.

Aber Natascha ließ sich nicht abweisen. Sie wies den Rektor darauf hin, dass der Junge bereits eine Schule besuche. Es sollte lediglich ein Schulwechsel stattfinden. Als er aber hörte, dass der Junge von einer Sonderschule zur Grundschule wechseln solle, blockte er endgültig ab.

Natascha wurde wütend über so viel Stumpfsinn und bestand weiterhin darauf, dass der Junge umgehend die Schule wechseln müsse. Sie sagte zu dem Rektor: »Mein Mann, Dr. Rolfes, hält den Jungen absolut für intelligent genug und rät ebenfalls dringend dazu, den Jungen sofort in einer Grundschule anzumelden.«

Der Rektor schaute Natascha erstaunt an. »Was sagen Sie? Herr Dr. Rolfes ist Ihr Ehemann?« Natascha nickte abwartend und sah ihn erwartungsvoll an. »Ja, also, wenn das so ist, kann ich eventuell, nach Rücksprache mit der jetzigen Lehrerin, die Angelegenheit noch einmal überdenken. Allerdings muss ich darauf bestehen, dass der Junge vor der Aufnahme in unsere Schule eine Prüfung ablegt.«

Natascha atmete erleichtert aus. Das wäre geschafft. Sie hätte nicht gedacht, dass der Titel ihres Ehemannes einmal so eine große Rolle spielen würde. Der Titel entschied somit über das zukünftige Leben des kleinen Maik. Nun lag es allein an dem Jungen.

Natascha sprach noch einmal eindringlich mit ihm. Er müsse aufmerksam und gehorsam sein und auf jede Frage antworten.

Die Nachbarin stand abwartend und sichtlich erstaunt dabei. Sie besaß weder den Mut noch die Kraft, für ihren Sohn so zu kämpfen, wie es Natascha soeben getan hatte. Und zum ersten Mal empfand sie Bewunderung und tiefe Dankbarkeit für sie. Sie hatte sie aus ihrem Trauma herausgeholt. Ab sofort wollte sie sich mehr um ihre Kinder kümmern.

Als sie später im Auto neben Natascha saß, bedankte sie sich bei ihr. Aber Natascha winkte nur kurz ab und sagte: »Ich habe Ihnen doch versprochen, dass ich Ihnen helfe. Und Ihnen jederzeit mit Rat und Tat zur Seite stehen werde.«

Gerade noch zur rechten Zeit erreichten sie die Schule und die Lehrerin. Die war gar nicht erstaunt darüber, dass Maik die Schule wechseln sollte. Sie wollte den Junge schon persönlich in eine Grundschule schicken, weil sie an ihm keinerlei Behinderungen feststellen konnte und der Junge im Unterricht ausgezeichnet mitarbeitete.

Natascha fiel ein Stein vom Herzen. Und die Lehrerin versprach, Maik ein gutes Zeugnis auszustellen.

Nachdem Natascha dem kleinen Maik noch eindringlich erklärt hatte, wie wichtig die Prüfung für ihn sei und er auf alle Fragen antworten müsse, bestand Maik die Prüfung und konnte sofort die Schule wechseln.

Als sie am Abend mit ihrem Mann im Kaminzimmer saß und ihm über die Vorkommnisse der letzten Tage berichtete, war er sehr stolz auf sie. Er nahm sie in seine Arme, und nach ein paar Gläsern Gin Tonic wurde es wieder einmal eine wunderschöne Nacht. Und er sagte: »Liebling ich kann mir ein Leben ohne dich nicht mehr vorstellen. Du bist die wunderbarste Frau der Welt.« Auch Natascha war sehr glücklich und liebte ihren Mann von ganzem Herzen.

Am nächsten Tag las sie dem kleinen Maik »Die Geschichte vom kleinen Monsterchen« vor: »Es war eine ruhige Nacht. Leise bewegte der Wind die Blätter in den Bäumen und niemand ahnte, dass es eine ganz besondere Nacht war ...«, usw.

Die Geschichte gefiel Maik so gut, dass er nicht so lange warten wollte, bis sie wieder Zeit hatte weiter vorzulesen. Er bettelte und wollte selber weiterlesen. Aber als Natascha ihm das Manuskript vorlegte erkannte er, dass er mit dem Lesen noch etwas warten musste. Natascha versprach ihm jedoch, ihm schon am nächsten Tag die Geschichte weiter vorzulesen.

Maik ging zuversichtlich nach Hause und kam schon am nächsten Tag wieder herüber und Natascha las ihm wie versprochen den Rest der Geschichte vor.

Maik fragte sofort: »Tante Natascha, hast du noch eine Geschichte für mich?«

Aber bevor sie ihm wieder eine Geschichte vorlesen würde, musste er zuerst seine Schulaufgaben erledigen. Und Natascha erkannte, wie fleißig und ordentlich der Kleine seine Aufgaben machte, und war sehr zufrieden mit ihm. Hin und wieder, wenn die Nachbarin mit Frau Krämer zum Einkaufen fuhr, brachte sie auch die kleine Marina herüber.

Die Kleine streckte ihr jedes Mal freudig ihre kleinen Ärmchen entgegen und schmuste mit ihr. Natascha war glücklich mit den Kindern und vergaß die Zeit und ihren Wunsch auf eigene Kinder.

Und als Markus eines Abends nach Hause kam, sagte er: »Natascha, Liebling, was meinst du, sollen wir, bevor der Winter kommt, noch ein paar Tage in den Süden fliegen?«

Die Überraschung war ihm gelungen. An einen Urlaub hatte sie zurzeit überhaupt nicht gedacht.

Er schlug vor: »Wäre dir ein Urlaub auf der Insel Rhodos recht? Ich war noch nicht auf Rhodos. Es soll dort einiges zu sehen geben.« Auch Natascha kannte Rhodos noch nicht. Und dann ging alles sehr schnell. Bereits am folgenden Tag buchte er die Reise. Ein Viersternehotel mit Halbpension am Strand von Rhodos Stadt.

Sie flogen mit der LTU und waren nach zweieinhalb Stunden Flugzeit in der Sonne. Der Urlaub auf Rhodos war sehr schön. Die Sonne gab ihr Bestes. Sie erkundeten die Insel und Natascha kaufte neben den üblichen Geschenken sechs schöne bunte Regenschirme.

Und nach 14 Tagen flogen sie gut erholt zurück nach Berlin.

Die Kinder der Nachbarin

Zu Hause wurde Natascha von den Kindern schon wieder sehnsüchtig erwartet. Selbstverständlich hatte sie für die Kleinen ein paar Kleinigkeiten von Rhodos mitgebracht, und als sie Frau Krämer den schönen bunten Regenschirm überreichte, sagte diese sichtlich erstaunt: »Aber Kindchen, warum haben Sie denn all diese Schirme gekauft? Ich dachte, auf Rhodos scheint immer die Sonne. Oder hat es geregnet?«

Natascha lachte: »Nein, nein, Frau Krämer, wir hatten sehr schönes Wetter. Aber weil mir die Schirme so gut gefielen, habe ich sie einfach so gekauft.«

Der kleine Maik stand vor den Frauen und wartete schon ungeduldig auf die nächste Geschichte von Natascha.

Eines Tages erschien plötzlich und völlig unerwartet der Vater der Kinder. Und er wollte die Frau kennenlernen, die aus seinem Sohn einen Wunderknaben gemacht hatte.

Ohne sich anzumelden stand er plötzlich vor der Tür. Natascha war überrascht und fragte: »Guten Tag, wer sind Sie denn? Und was wünschen Sie?«

Daraufhin stellte der Nachbar sich vor. Natascha bat ihn ins Haus und fragte ihn, was sie ihm anbieten dürfe. Der Mann erwiderte großspurig: »Ein Whisky wäre jetzt genau das Richtige.«

Natascha verstand nicht, dass er schon am Vormittag einen Whisky trinken wollte. Die Unterhaltung verlief für sie unangenehm. Der Mann war ihr unsympathisch. Seine Augen waren kalt, und er machte einen arroganten Eindruck auf sie. Nachdem er sie kurz gelobt hatte, weil sie seine Familie so gut betreut hatte, ging er wieder, ohne sich noch einmal umzusehen oder sich für das Getränk zu bedanken.

Natascha fror innerlich und sie dachte: »Die arme Angelika.« Sie könnte mit so einem Mann nicht zusammenleben.

So plötzlich, wie er gekommen war, verschwand der Nachbar auch wieder. Die Nachbarin verlor kein Wort über ihren Mann. Sie tat so, als wäre er überhaupt nicht da gewesen. Auch die Kinder schienen ihren Vater nicht zu vermissen. Und der kleine Maik bettelte Natascha förmlich um die nächste Geschichte an.

Dann kündigte der Winter sich so allmählich an. Der Wind fegte die letzten bunten Blätter von den Bäumen und der kleine Park sah richtig trostlos aus. Dann regnete es auch noch mehrere Tage hintereinander.

Aber auch vom Regen ließ sich der Kleine nicht abhalten. Er kam auch bei dem Wetter herüber zu Natascha und schüttelte im Korridor die Regentropfen von seiner Jacke.

Die Gummibärchen lagen schon auf dem Tisch und der kleine Maik setzte sich sofort erwartungsvoll auf seinen Platz. Natascha war in Gedanken bei ihrem kleinen Helden, dem Peter. Sie schrieb gerade noch an der Geschichte.

Das Rascheln der Bonbontüte holte sie in die Wirklichkeit zurück. Sie schaute sich um und lächelte dem Kleinen zu. Dann setzte sie sich zu ihm und erklärte: »Also, Maik, hör mir zu. Heute lese ich dir die Geschichte vom »Coolen Peter« vor. Sie ist etwas anders als die vorherigen Geschichten und sie beginnt folgendermaßen: »Peter war der Coolste. ‚Hallo, Leute, ich bin Peter. Was sagt ihr, das interessiert euch nicht? Aber glaubt mir, das kann sich ganz schnell ändern, wenn ich über meine Abenteuer berichte‘ …«, usw.

Natascha las weiter und Maik hörte ihr mit leuchtenden Augen zu. Sie vergaßen die Zeit, und erst als Markus plötzlich wieder im Zimmer stand, erkannten sie, wie spät es bereits war. Sofort brachte sie den Jungen zu seiner Mutter. Als sie zurückkam, war sie völlig durchnässt. Sie zog sich schnell um und bediente ihren Mann mit Essen und Getränken.

Als Markus sein Glas entgegennahm sagte er: »Liebling, hol mir bitte etwas von meinem Stärkungsmittel, die Arbeit hat mich heute wieder einmal total geschafft. Die Praxis war voll mit kranken, hilfebedürftigen Menschen. Es ist nicht immer leicht, die Leiden der Menschen mit anzusehen. Aber wenn schon junge Menschen krank sind und man ihnen nicht richtig helfen kann, frage ich mich manchmal, warum Gott die armen Menschen so straft.«

Natascha teilte seine Gefühle und brachte ihm die Tabletten. Sie verstand seinen Gemütszustand. Nach dem ersten Glas sah Markus sichtlich entspannter aus. Nach dem zweiten Glas wirkte er, als könnte er die ganze Welt umarmen. Er umarmte seine Frau und wirbelte sie im Kreis herum. Dann küsste er sie und zog sie ins Schlafzimmer.

Als Natascha am nächsten Morgen erwachte, war er bereits wieder in der Praxis. Natascha war glücklich, sie besaß so einen wunderbaren Ehemann. Wenn sie dagegen an die arme Angelika, ihre Nachbarin, dachte, verstand sie deren Gemütsverfassung.

Sie dachte: »Für Angelika wäre es besser, wenn sie sich von dem Mann trennen würde. Aber wo sollte sie mit ihren zwei kleinen Kindern hingehen?« Natascha dachte, dass in ihrem Haus auch für die drei noch genügend Platz vorhanden sei. Aber sie durfte sich nicht in eine fremde Ehe einmischen.

Wie recht sie damit hatte, erfuhr sie ein paar Wochen später.

Die Nachbarin erwartete ihr drittes Kindchen und sie war noch hilfebedürftiger als bisher. Sie war so verzweifelt und erklärte Natascha eines Tages, dass sie am liebsten sterben würde.

Natascha und auch Frau Krämer konnten die Nachbarin, Angelika, nur mit Mühe und gutem Zureden davon abhalten, sich das Leben zu nehmen. Vom Ehemann konnten sie keine Hilfe erwarten. Er hatte seiner Frau nicht einmal eine Telefonnummer hinterlassen. Sie wusste nicht, wo er sich zurzeit aufhielt. Er kam und ging ohne jeglichen Kommentar. Sie hatte auch keinen Mut mehr, ihn zu fragen, wo er sich zur Zeit aufhalte.

Als sie ihn einmal gefragt hatte, wo er gerade arbeite und wann er wieder zurückkäme, war er wütend geworden. Er hatte ihr erklärt: »Merke dir ein für alle Mal: Ich komme und gehe, wann ich will und wohin ich will. Du bekommst dein Geld, hast das Haus und die Kinder, und das sollte dir genügen.«

Die Kinder waren oft bei Natascha, und auch Frau Krämer war der kleinen Marina bald total verfallen. Auch Angelika hatte sich bald wieder gefangen. Mit Nataschas und Frau Krämers Hilfe würde sie auch noch ihr drittes Kind großziehen.

Dann war der Winter plötzlich da. Eines Morgens lag der Park unter einer weißen Schneedecke. Das war das richtige Wetter für die Kinder. Natascha tollte mit ihnen im Park umher und ihre Mutter Angelika und Frau Krämer standen am Küchenfenster und freuten sich über die kleine lustige Gesellschaft.

Erst als die kleine Marina kalte Füßchen hatte, gingen sie schleunigst ins Haus zurück.

Maik wurde schon wieder ungeduldig. Er war so gespannt, wie die Geschichte vom »Coolen Peter« weiterging. Sogar die kleine Marina saß still dabei und lauschte gebannt Nataschas Worten.

Während Natascha den Kindern die Geschichten vorlas, verbrachte ihre Mutter die Zeit bei Frau Krämer in der Küche. Dort verwöhnte Frau Krämer die junge Nachbarin immer mit kleinen Köstlichkeiten. Angelika bedankte sich dafür mit Blumen oder Pralinen bei Natascha und Frau Krämer. Sie wollte ihnen nichts schuldig bleiben und überraschte sie oft mit einer netten Kleinigkeit. Und weil Frau Krämer und Natascha sich um die Kinder kümmerten, hatte sie wieder Zeit, sich ihrem Hobby, dem Malen, zu widmen. Sie malte wunderschöne Blumenbilder.

Ein Bild mit roten Mohnblumen gefiel Natascha besonders. Daraufhin schenkte Angelika ihr das Bild. Natascha war so erstaunt, dass sie das Bild zuerst gar nicht annehmen wollte. Aber Angelika blieb dabei, sie musste das Bild annehmen.

Schon am nächsten Tag fuhr sie mit dem Bild zu einem Dekorationsgeschäft. Es sollte einen würdigen Rahmen erhalten. Den passenden Platz für das Gemälde hatte sie auch schon gefunden.

Als Markus ein paar Tage später das Esszimmer betrat, blieb er spontan stehen. Dann ging er näher zu dem Bild hin und betrachtete es. Natascha stand wartend hinter ihrem Ehemann und fragte: »Markus, was sagst du zu dem Bild?«

»Wo hast du das Bild gekauft?«

»Ich habe das Bild nicht gekauft, sondern von unserer Nachbarin Angelika geschenkt bekommen. Sie malt, und wie du siehst, nicht schlecht. Oder?«

»Absolut, das Bild ist sehr schön. Es ist sogar ausgezeichnet. Schon von der Farbe her. Kauf ihr noch ein paar Bilder ab.«

Natascha war glücklich über seine Äußerung. Sie hatte nicht nur sich und ihrem Mann eine Freude bereitet. Auch Angelika würde, wenn sie ihr sagte, dass auch Markus das Bild sehr schön finde, ihr Selbstbewusstsein steigern. Und vielleicht könnte sie die Malerei später einmal zu ihrem Beruf machen.

Die Zeit verging wie im Flug und die Adventszeit stand vor der Tür. Natascha hatte für alle Geschenke eingekauft. Zuerst Nikolausstiefel für die Kinder. Die hatte sie mit Süßigkeiten und kleinen Spielsachen gefüllt, und als die Kleinen später die Stiefel auf der Fensterbank entdeckten, war die Freude groß und Maik hätte beinahe die Lesestunde vergessen. Aber dann wollte er doch noch hören, wie die Geschichte vom »Coolen Peter« zu Ende ging.

Natascha hatte einen schönen Adventskranz gekauft. Die Kinder durften an den folgenden Sonntagen immer die nächste Kerze anzünden. Außerdem hingen im Wohnzimmer an der Wand zwei Adventskalender. Und jeden Tag durften die Kinder ein Fensterchen öffnen. Auch die Weihnachtsgeschenke hatte Natascha bereits in Weihnachtspapier gepackt.

Am Heiligen Abend erschien der Nachbar und verlangte, dass seine Familie während der Feiertage das Haus nicht verließ.

Die Malerei seiner Frau betitelte er als Schmiererei. Dass Angelika wieder ein Kind erwartete, ärgerte ihn maßlos. Und auch die Kinder interessierten ihn kaum. So war es nicht verwunderlich, dass die Kinder ihren Vater wie einen fremden Mann betrachteten. Erst als er am zweiten Weihnachtstag das Haus wieder verlassen hatte, lebte die Familie wieder auf.

Schon am Parkeingang hörte Natascha die Kinder rufen: »Tante Natascha, wir kommen alle, öffne bitte die Tür.«

Natascha führte die Kinder in die Weihnachtsstube. Die Kinder packten mit Begeisterung ihre Geschenke aus und verbrachten einen schönen Weihnachtstag mit Markus und Natascha. Auch Markus spielte mit den Kindern. Maik hatte eine kleine Eisenbahn und Marina ein kleines Puppenhaus bekommen.

Angelika und Frau Krämer zogen sich später in die Küche zurück. Dort führten sie ein Frauengespräch und plauderten über die bevorstehende Geburt. Frau Krämer versprach der jungen Frau, ihr bei der Versorgung des Babys zur Seite zu stehen.

Kurz nach Weihnachten kam das Baby zur Welt. Natascha hatte die Kinder zu sich genommen und ihnen wieder eine kleine Geschichte vorgelesen. Sie vergaßen wieder einmal die Zeit. Und wieder stand Markus plötzlich im Raum. Natascha erkundigte sich, ob das Baby bereits das Licht der Welt erblickt habe. Frau Krämer bestätigte, das Baby sei da.

Natascha zog den Kindern die Mäntel über und brachte sie zu ihrer Mutter. Das kleine Schwesterchen lag in einer kleinen Wiege neben dem Bett der Mutter.

Natascha war von dem Baby total fasziniert. Das Baby roch wunderbar und die kleinen Fingerchen, zu kleinen Fäusten geballt, fesselten sie total. Sie berührte ganz vorsichtig die kleinen Händchen. Maik schaute sein neues Schwesterchen nur neugierig an. Marina dagegen jauchzte vor Vergnügen.

Sie griff sofort zu. Das Baby erschrak und weinte. Marina versteckte sich daraufhin hinter Natascha. Aber die beruhigte die kleine Marina, nahm das Baby auf den Arm und wiegte es in den Schlaf. Nun war alles wieder gut.

Natascha brachte die Kinder zu Bett und ging zurück in ihr Haus. Dort schwärmte sie Markus von dem Baby vor. Sie fragte ihn wieder, wann sie sich endlich so ein süßes kleines Baby anschaffen würden.

Markus ging zur Bar und füllte zwei Gläser mit dem Üblichen. Natascha merkte, dass er seinem Getränk wieder mehr als üblich beimischte. Dann sah er sie an und sagte: »Liebling, ich habe in der letzten Zeit, seitdem du dich um die Kinder unserer Nachbarin kümmerst, immer weniger von dir. Was wird erst, wenn wir eigene Kinder haben? Hast du dann noch weniger Zeit für mich?«

Natascha umarmte ihn und versprach, dass sie für ihn immer genügend Zeit haben werde.

Der Abend war wie immer für Markus das Schönste und Wertvollste des Tages. Natascha war bei ihm und das war sein größtes Glück. Er wollte sie nie wieder hergeben und seine Sehnsucht verlangte wieder nach ihrer Nähe. Er wollte sie streicheln und ihren Körper spüren. Er zog sie in seine Arme und seine Leidenschaft ließ die Liebenden alles andere vergessen.

Der Winter war lang und kalt, aber die Kinder beschäftigen Natascha ausreichend, und als Markus ihr erklärte, dass sie im Frühjahr auf der Insel Ischia eine Kur machen sollten, machte sie sich Gedanken wegen der Kinder. Wer sollte sich um sie kümmern? Ob Angelika schon in der Lage war, für die Kinder zu sorgen?

Aber Frau Krämer und Angelika beruhigten Natascha und rieten ihr zu, ja nicht auf den Urlaub mit ihrem Mann zu verzichten. Und ehe sie sich versah, war es wieder einmal so weit.

Ein Urlaub auf Ischia

Sie flogen bis Neapel. Von dort aus setzten sie mit der Fähre zur Insel über. Markus winkte ein Taxi herbei und das fuhr sie zu ihrem Hotel. Die Insel war klein, aber sie besaß heiße Radonquellen. Markus hatte diesmal vorsorglich eine Insel ohne Spielcasino ausgesucht. Er wollte sich vom täglichen Stress erholen. Aber in den letzten Urlaubstagen langweilte er sich dann doch. Nur am Strand oder am Pool liegen, das war nichts für ihn, zudem die Temperaturen schon in den frühen Morgenstunden bei 28 Grad im Schatten lagen. Nur unter den wenigen Bäumen am Hotel und mit einem kalten Getränk war ein Aufenthalt im Freien überhaupt zu ertragen. Aber nur am Pool sitzen genügte Markus auch nicht. Er mietete einen Leihwagen und sagte: »Natascha, Liebling, ich werde dir heute eine der schönsten Küsten Italiens zeigen.«

Zuerst mussten sie allerdings wieder mit der Fähre nach Neapel übersetzen. Markus zeigte ihr das Gefängnis, wo eine berühmte italienische Schauspielerin wegen Steuerschulden kurze Zeit einsitzen musste. Aber auf eine Besichtigung von Neapel verzichteten sie.

Die Innenstadt war wegen der hohen Kriminalität für Touristen tabu. Markus steuerte direkt die Amalfi-Küste an.

Das Meer lag unter einer leichten Dunstglocke. Die Luft war sehr mild, und als Natascha Sorrent erblickte, wäre sie gern noch länger dort geblieben. Einen Nachteil hatte die Küste allerdings: Sie fiel von der Straße zum Meer steil ab. Auch auf der anderen Seite der Straße stiegen die Berge steil empor. Spaziergänge an der Küste waren daher nur bedingt möglich. Trotzdem bestätigte Natascha, dass die Amalfi-Küste wirklich wunderschön sei.

Der Tag verging viel zu schnell und sie mussten bald wieder zurückfahren, weil sie die Fähre noch erreichen mussten.

Auch die Fahrt am nächsten Tag nach Pompeji war für Natascha sehr aufregend. Die wunderschönen Wandmalereien in den ausgegrabenen Gebäuden und die ausgegrabenen Menschen und Gegenstände hatten sie sehr nachdenklich gestimmt. Aber noch einmal wollte sie Pompeji nicht besuchen. Denn der Ort war ihr unheimlich. Und sie hatte immer wieder ängstlich zum Vesuv hinübergeschaut.

Ein paar Tage ihres Urlaubs verbrachen sie noch in den herrlichen Poseidon-Gärten. Sie verfügen über mehrere Thermalbäder mit unterschiedlichen Wassertemperaturen. Die Thermalquellen sprudelten auf der Insel an verschiedenen Stellen aus der Erde. An manchen Stellen auch im Meer direkt in Strandnähe. Am Tag schien die Sonne sehr heiß. Darum gingen sie immer erst nach 17 Uhr zum Strand.

Ab und zu besuchten sie abends ein kleines Restaurant. Es lag sehr schön, an einem Hang hoch oben über dem Meer. Und wenn die Sonne im Meer versank, färbte sich der Himmel orangerot. Es war ein unvergesslicher Anblick. Natascha hatte so etwas Schönes noch nicht gesehen.

Der Gastwirt des kleinen Lokals war allerdings ein wenig seltsam. Als Natascha eine Kleinigkeit essen wollte, erklärte er spontan: »Nein, ich habe heute schon genug gearbeitet und meine Frau läuft nur in der Gegend herum.«

Etwas später bemühte er sich dann doch noch und bereitete das gewünschte Essen zu. Auch seine Frau erschien kurz darauf, aber sie war nicht ansprechbar. Sie kassierte lediglich für das Essen und die Getränke. Bestellungen nahm sie nicht entgegen. Darum musste der Kellner sich kümmern. Außerdem musste der Kellner zuerst den Gastraum reinigen, bevor er die Gäste bedienen durfte.

Aber den Blick auf das Meer und den Sonnenuntergang würden sie so schnell nicht wieder vergessen.

Jedoch nicht nur die Thermalquellen hatten Natascha beeindruckt. Hoch oben über dem Meer lag eine uneinnehmbare Festung. Nur über einen schmalen Steg konnte man zur Festung gelangen. Überquerte man diesen Steg und schaute in das Wasser, konnte man, in einer Tiefe von ca. fünf Metern, Ruinen einer versunkenen Stadt erkennen. In die Festung kam man nur mit einem Fahrstuhl, der 100 Meter in die Höhe fuhr. Es hieß, Nonnen hätten dieses uneinnehmbare Bollwerk erschaffen. Die Nonnen müssen merkwürdige Geschöpfe gewesen sein, denn sie führten seltsame Rituale mit ihren verstorbenen Schwestern durch. Sie setzten sie in ein kühles Gewölbe, auf einen steinernen Sitz, der mit einem runden Durchlass ausgestattet war, dann stellten sie einen Behälter zum Auffangen der entweichenden Flüssigkeit darunter und betrachteten täglich ihre verstorbenen Schwestern. So nach und nach sind sie dann vertrocknet und blieben für immer als Mumien in dem Gewölbe sitzen.

Auch eine Ausgrabungsstätte auf der Insel war ausgesprochen sehenswert. Mehrere übereinander erbaute Städte, aus mehreren Jahrhunderten, wurden dort ausgegraben und können, neben alten Tonkrügen und anderen antiken Gegenständen, besichtigt werden. Sie betrachteten die Ausgrabungsstätte mit Ehrfurcht und behielten sie lange Zeit in ihrer Erinnerung.

Einen Tag vor ihrer Abreise besuchten sie noch einmal das kleine Restaurant hoch über dem Meer und schauten sich den wundervollen Sonnenuntergang an.

Die Tage auf der Insel waren wie im Flug vergangen. Sie hatten sich wieder gut erholt und viel von der Insel sowie von der näheren Umgebung, gesehen. Doch dann hieß es wieder Abschied nehmen von der Insel.

Als sie dann mit der Fähre zurück nach Neapel fuhren, schauten sie noch einmal zur Insel hinüber, bis sie immer kleiner wurde und schließlich im Meer versank.

Abends waren sie wieder gut erholt zurück in Berlin.

Die Nachbarin Angelika und Frau Krämer hatten sich liebevoll um die Kinder gekümmert. Trotzdem liefen Maik und Marina Natascha hocherfreut entgegen. Sie wollten sofort wieder Geschichten hören.

Aber Natascha vertröstete die Kinder auf den nächsten Tag. Die

Kleinen waren enttäuscht, aber als Natascha ihnen ein paar Kleinigkeiten aus dem Urlaub überreichte und ihnen versprach, dass sie in den Ferien einen Tag bei ihr schlafen dürften, gingen sie gehorsam zurück zu ihrer Mutter.

Markus war angenehm überrascht, dass seine Frau noch einen Tag mit ihm allein verbringen wollte, und sagte sichtlich erfreut: »Liebling, dann können wir uns heute noch einen schönen Abend machen.«

Auch Natascha war mit einem weiteren Tag, nur mit Markus allein, glücklich. Und es wurde ein schöner Tag und eine sehr schöne Nacht.

Der Frühling ging vorüber und der Sommer begann mit schönem Wetter. Nach der Schule kamen Maik und Marina zu Natascha. Maik entwickelte sich so langsam zu einem Musterschüler.

Auch seine Mutter war stolz auf die guten Noten ihres Sohnes. Sie bedankte sich immer wieder bei Natascha. Ohne sie hätte Maik kaum Chancen für sein späteres Berufsleben gehabt. Aber die wollte nichts davon hören. Sie war der Meinung, dass Maik ganz allein für seine guten Noten verantwortlich sei.

An einem heißen Tag stellte Natascha einen kleinen Swimmingpool hinter ihrem Haus auf. Als die Kinder den Pool erblickten, waren sie begeistert und planschten bis in den späten Nachmittag darin herum. Auch Markus, der an dem Tag, einem Mittwoch, wie immer früher aus der Praxis nach Hause kam, hatte seinen Spaß, als er die Kinder im Pool planschen sah.

Als die Kleinen ihn entdeckt hatten, riefen sie sofort: »Onkel Markus, spielst du mit uns?«

Er antwortete: »Aber selbstverständlich.« Aber zuerst ging er ins Haus und kam mit einem Ball zurück. Er warf den Kindern den Ball zu und rief: »Maik, komm, spiel mit mir!«

Maik gehorchte und Natascha sah den beiden zu. Die Bewegung tat Markus gut. Und Natascha dachte: »Wie liebevoll er mit den Kindern umgeht!« Und schon wieder wurde ihr Kinderwunsch in ihr wach.

Aber sie wollte ihren Mann nicht schon wieder mit der Frage nach einem eigenen Kind belästigen.

Die schönen Sonnentage gingen leider viel zu schnell vorbei, und als Natascha eines Morgens aufstand, regnete es. Enttäuscht über das Wetter, schaute sie gedankenverloren aus dem Fenster. Was sollte sie mit so einem verregneten Tag anfangen? Die Kinder waren auch nicht gekommen.

Kurz entschlossen setzte sie sich an ihren Computer und vervollständigte ihre kleinen Kindergeschichten.

Kurz vor dem Mittagessen holte sie noch schnell die Post rein. Wie immer war der Briefkasten voll mit Reklame.

Sie wollte das Papierbündel gerade in den Müll werfen, da fiel ein Brief heraus. Der Brief war von Kolja.

Hastig riss sie den Umschlag auf und überflog die Zeilen. Kolja schrieb, dass er und Nina am 17. August, zu Koljas Geburtstag, heiraten würden. Natascha freute sich von ganzem Herzen für die zwei.

Was für eine wunderbare Nachricht! Sie konnte es kaum erwarten, Markus die freudige Nachricht mitzuteilen.

Als er am Abend nach Hause kam, empfing sie ihn schon an der Haustür und berichtete ihm von der bevorstehenden Hochzeit. Auch Markus freute sich für das junge Paar. Natascha fragte ihren Mann sogleich: »Markus, fahren wir zur Hochzeit? Begleitest du mich?«

»Selbstverständlich fahre ich mit und kümmere mich auch sofort um die erforderlichen Papiere.« .

Natascha konnte die Zeit kaum erwarten. Sie freute sich so sehr, dass sie Kolja, Nina und ihre Eltern schon so bald wieder in die Arme schließen konnte.

»Markus, was schenken wir dem jungen Paar zur Hochzeit?«

»Liebling, wir geben ihnen Geld, denn nicht nur die Hochzeit, auch die Einrichtung ihrer Wohnung ist teuer.«

Das sah sie ebenso, aber als sie hörte, welch hohe Summe Markus dem jungen Paar schenken wollte, verschlug es ihr die Sprache. Sie fragte nur: »Markus bist du sicher? Willst du dem Brautpaar wirklich so eine hohe Summe schenken?«

Er schaute sie an und lächelte. »Schatz, findest du, dass es zu viel ist?«

Was sollte sie darauf antworten? Aber dann sagte sie doch: »Ja, Markus, es wäre sehr großzügig von dir, den Brautleuten so viel Geld zu schenken.«

»Dann sind wir uns ja einig«, antwortete er. Und damit war für ihn das Thema erledigt.

Koljas Hochzeit

Die Zeit verging und der Tag der Abreise war da. Die weite Reise war wieder sehr anstrengend. Erschöpft aber glücklich stiegen sie aus dem Zug und Natascha umarmte Kolja, als hätten sie sich mehrere Jahre nicht mehr gesehen. Währenddessen kümmerte Markus sich um das Gepäck. Dann nahm auch er Kolja in seine Arme und beglückwünschte ihn zu seiner schönen Nina.

Der Braune stand wie immer geduldig vor dem kleinen Wagen. Natascha streichelte ihm zart über die Nüstern. Dabei dachte sie an ihre schöne Stute Taigablume. Sobald sie wieder in Berlin sind, würde sie Markus wieder einmal zur Trabrennbahn begleiten. Markus war ab und zu zur Bahn gefahren. Und Natascha hatte sich um die Kinder gekümmert und die Rennbahn beinahe vergessen.

Doch jetzt stiegen sie zuerst einmal auf den kleinen Wagen und der Braune trabte gemächlich zurück ins Dorf. Sobald sie den Wagen hörten, kamen Nina und die Eltern aus dem Haus. Die Freude war, wie bei jedem Besuch, groß.

Der Mutter liefen wie üblich die Tränen über ihr liebes Gesicht. Und Natascha war wieder des Vaters Blümchen. Selbstverständlich hatten sie wieder ein paar Geschenke für die ganze Familie mitgebracht. Aber als Markus Kolja das Geld überreichen wollte, war er doch sehr verlegen und weigerte sich zuerst, das Geld anzunehmen. Er sagte: »Markus, du kannst mir doch nicht so viel Geld schenken. Das ist ja ein Vermögen.«

Markus wurde daraufhin sehr ungeduldig und antwortete: »Nun hör schon auf mit dem Theater. Du willst mich doch nicht verärgern, oder? Außerdem, teile es durch zwei, denn es ist für euch beide bestimmt, dann ist es nicht mehr so viel.«

Daraufhin hatte Kolja sich noch ein paar Mal bei Markus und Natascha bedankt. Jetzt konnte er mit dem Geld die Hochzeit finanzieren und auch noch die nötigen Möbel für seine Wohnung kaufen.

Er hatte das Elternhaus ausgebaut und nur noch wenig Geld für die Hochzeit übrig behalten. Das junge Paar war über den Geldsegen überglücklich.

Die Hochzeit war nicht so prächtig wie die von Markus und Natascha. Trotzdem war sie sehr schön. Kolja hatte nur die engsten Freunde und Verwandten eingeladen. Außerdem wollte er verhindern, dass sich seine junge Frau zu sehr anstrengte. Den Grund dafür erfuhr Natascha am nächsten Tag: Nina erwartete ein Baby und die jungen Leute waren sehr glücklich darüber. Nina musste Natascha versprechen, wenn das Baby das Licht der Welt erblickt hatte, ihr sofort zu schreiben.

In Gedanken kaufte Natascha schon die Erstausstattung für das Baby. Auch die Großeltern freuten sich schon sehr auf ihr erstes Enkelkind. Auch als Natascha Nina am Tag der Abreise fragte, ob sie nicht lieber in Berlin leben würde, schüttelte sie den Kopf und sagte: »Das ist vorbei. Ich bin hier mit der Familie sehr glücklich. Und wenn wir einmal Sehnsucht nach Berlin bekommen sollten, besuchen wir euch wieder.«

»Und wir würden uns über euren Besuch sehr freuen!«, antwortete Natascha.

Der Tag der Abreise war wie immer für die ganze Familie schwer. Markus hatte seine Schwiegereltern eingeladen, sie in Berlin zu besuchen. Aber die Eltern fürchteten sich vor der großen Stadt und der Vater hatte geantwortet: »Mein lieber Junge, für so eine weite, anstrengende Reise sind wir doch schon viel zu alt.«

Natürlich hatte Natascha wieder lange mit Tränen in den Augen am Zugfenster gesessen. Und Markus hatte sie getröstet. Erst während des Abendessens hatte sie den Abschiedsschmerz wieder einigermaßen überwunden.

Als sie in Moskau eintrafen, wurde Natascha doch ein wenig sentimental. Hier hatte sie viele Jahre ihres Lebens verbracht. Die Zeit reichte leider nicht aus, um die früheren Arbeitskollegen zu besuchen oder nach ihrer Wohnung zu schauen. Aber es war schon lange nicht mehr ihre Wohnung.

Sie hatte ihrer Nachmieterin geschrieben, dass sie für immer in Berlin bleibe und sie die Wohnung übernehmen könne.

Aber was sollten die wehmütigen Gedanken. Sie war glücklich, sogar sehr glücklich mit ihrem Markus. Sie warf noch einmal einen kurzen Blick aus dem Flugzeugfenster hinunter auf die Stadt ihrer verlorenen Träume und konzentrierte sich dann auf den Film im Fernseher.

Taigablume

Zurück in Berlin, kümmerten sie sich um ihre Pferde. Am kommenden Sonntag sollte Taigablume ihr erstes Rennen bestreiten. Eine Siegeschance sah ihr Trainer für sie allerdings noch nicht, aber er erwähnte, dass Taigablume ohne Weiteres auf einen der vorderen Plätze laufen könnte.

Vor dem Rennen schauten sie sich noch einmal ihr Pferd an und Natascha bemerkte, dass Taigablume sich sehr unruhig verhielt. Sie sagte: »Markus, sieh dir Taigablume an, ich glaube, irgendetwas beunruhigt sie.«

Markus sprach noch einmal kurz mit dem Trainer und beruhigte seine Frau. Er sagte: »Taigablume spürt, dass etwas von ihr verlangt wird. Darum verhält sie sich so.« Nachdem sie den Stall verlassen hatten, erklärte Markus: Ich habe den Trainer gebeten, Taigablume Scheuklappen aufzusetzen. Das wird sie beruhigen.«

Auf dem Weg zur Tribüne dachte Natascha: »Ich werde trotzdem auf mein Pferd setzen.«

Die Zeit wollte nicht vergehen. Sie wartete voller Ungeduld auf das dritte Rennen und füllte mehrere Wettscheine aus. Sie setzte Taigablume an erster, an zweiter und an dritter Stelle auf ihrem Wettschein. Taigablume war ein junges und unbekanntes Pferd. Deshalb hatten nur wenige Wetter Vertrauen, auf das Pferd zu setzen. Immerhin stand Taigablume mit einer Siegquote über 120 : 10 Euro am Totalisator.

Auch Markus hatte auf Taigablume gesetzt. Das Rennen wurde gestartet und Natascha hielt es auf ihrem Sitzplatz nicht mehr aus. Sie stand auf und drückte beide Daumen so fest zusammen, dass ihre Handknöchel weiß wurden. Der Fahrer fuhr Taigablume immer so an vierter und fünfter Stelle. Im Stallbogen forderte er sie noch einmal. Daraufhin galoppierte sie. Der Fahrer zog die Zügel an und Taigablume trabte wieder sauber. Dann nahm er die Peitsche und forderte das Pferd noch einmal kurz. Taigablume setzte zum Spurt an und im Einlaufbogen war sie bereits Dritte.

Der Fahrer wollte das Pferd nicht gleich überfordern und ließ die Zügel wieder hängen. Taigablume lief auf den zweiten Platz. Natascha wäre vor lauter Aufregung beinahe in Ohnmacht gefallen. Sie musste erst einmal tief durchatmen, bevor sie sich wieder auf ihren Stuhl setzen konnte. Aber sie hatte die Dreierwette richtig vorausgesagt und gutes Geld gewonnen.

Markus hatte Natascha beobachtet und schmunzelte vor sich hin. Er bestellte einen Piccolo, um sie wieder zu beruhigen. Er flüsterte ihr ins Ohr: »Liebling, der Sekt bringt deinen Kreislauf wieder in Ordnung.«

Danach schauten sie sich noch vier weitere Rennen an. Markus wollte noch im siebten Rennen Wetten schreiben. Danach verließen sie die Rennbahn.

Während der Fahrt fragte er plötzlich: »Schatz, was willst du jetzt mit dem gewonnenen Geld machen? Mir hat es die Sprache verschlagen. Du hast heute mehr Geld gewonnen als ich. Ich glaube, ich überlasse das Spielen in Zukunft dir.«

»Um Gottes willen, nein. Du weißt doch genau, dass ich nicht allzu viel vom Spielen halte. Aber wenn du mich schon fragst, will ich dir auch gleich sagen, wie ich das Geld ausgeben werde. Die kleine Evi bekommt ein schönes Kleidchen von mir. Und wie du weißt, bekommen Kolja und Nina bald ihr erstes Baby. Und auch dem Baby möchte ich so einiges zukommen lassen.«

Sie hatten wieder einmal einen schönen Tag auf der Rennbahn verbracht. Und Natascha dachte: »Es ist alles so wunderbar in unserem Leben. Ich hoffe nur, dass es immer so bleibt.«

Der nächste Tag war herbstlich grau. Der Wind fegte durch die Bäume, und die letzten bunten Blätter tanzten in der Luft. Graue Wolken waren aufgezogen und es sah aus, als wolle der Himmel jeden Augenblick seine Schleusen öffnen. Trotzdem stieg Natascha in ihren

Wagen und fuhr in die Stadt, um die Geschenke einzukaufen. So ganz nebenbei fielen ihr die Worte ihres Gatten ein: »Liebling, kaufe dir auch etwas Schönes zum Anziehen.«

Natascha überlegte: Bei dem kalten Wetter könnte sie schon einen schönen warmen Pullover für sich kaufen.

Sie fuhr in die Stadt und kaufte die Erstausstattung für Koljas Baby. Ein schönes Kleid für Evi. Für sich und Markus je einen Pullover und Kleinigkeiten für Frau Krämer und die Kinder.

Natürlich regnete es noch, als sie vor ihrem Haus aus dem Auto stieg. Natascha zog die Kapuze ihrer Jacke über den Kopf und lief so schnell sie konnte mit all ihren Einkaufstüten ins Haus. In der Eingangshalle schüttelte sie sich den Regen aus den Kleidern und ging beladen mit ihrem Einkauf zu Frau Krämer in die Küche.

Dort roch es wie immer köstlich. Frau Krämer wartete schon ungeduldig mit dem Mittagessen auf sie. Als sie Natascha erblickte, schlug sie die Hände über dem Kopf zusammen und rief: »Kindchen, was haben Sie denn wieder alles eingekauft! Haben Sie auch noch etwas für die anderen Menschen übrig gelassen?«

Nataschas Gesicht war vom Wind und Regen gerötet, trotzdem strahlte sie, als käme sie gerade von einer Erholungsreise zurück. Sie setzte sich zu Frau Krämer an den Tisch und ließ sich das Mittagessen schmecken.

In den nächsten Tagen schrieb sie weiter ihre kleinen Geschichten: »Angi und das Raumschiff«. Sie kam zügig voran und bald hatte sie bereits 28 Seiten ihres neuen Buches fertig geschrieben. Jetzt kam es auf eine Probe an. Die Kinder würden die Geschichte ehrlich beurteilen.

Sie schaute auf die Uhr, hörte mit dem Schreiben auf und bereitete für ihren Mann schnell noch ein leichtes Abendessen zu. Danach ging sie ins Kaminzimmer und zündete das Feuer im Kamin an. In Gedanken versunken sah sie den Flammen zu. Sie bemerkte auch nicht, dass Markus das Zimmer betrat.

Er blieb stehen und bewunderte seine schöne Frau. Natascha hatte ihren neuen Pullover angezogen und trug ihr langes Haar offen über ihren Schultern. Es reichte ihr bis zur Hüfte und es glänzte im Schein des Kaminfeuers wie Gold.

Markus näherte sich leise seiner schönen Frau und stellte sich hinter sie. Dann schlang er sacht seine Arme um sie. Er küsste zart ihren schlanken Hals, ihre Stirn und danach ihren roten Mund. Natascha erwiderte seine Küsse und umarmte ihren Mann. Nach der zärtlichen Begrüßung drehte er sie einmal im Kreis herum und bestaunte ihren schönen Pullover.

Nachdem er sie ausreichend bewundert hatte, überreichte Natascha ihrem Mann mit einem hoffnungsvollen Blick seinen neuen Pullover. Sichtlich überrascht, aber auch erfreut bestaunte er das Kleidungsstück. Dann zog er den Pullover sofort an, und weil er ihm so gut gefiel, behielt er ihn auch gleich an.

Natascha war glücklich und liebkoste ihren Ehemann. Später führte er sie in das gemeinsame Schlafzimmer. Er hatte den ganzen Abend nichts getrunken und der Abend wurde zu einer Überraschung für Natascha.

Er half ihr aus ihrer Kleidung und flüsterte ihr ins Ohr: »Bitte, Liebling, zieh nichts an, ich möchte deinen wunderschönen Körper bewundern.«

Er legte sich neben sie und streichelte zärtlich über ihren vollendeten Körper.

Der Herbst zeigte sich in den nächsten Tagen von seiner unangenehmsten Seite. Es regnete, stürmte und danach folgten Nebel und Nieselregen. Die Praxis war angefüllt mit hilfebedürftigen Patienten und Markus und seine Angestellten hatten wie immer alle Hände voll zu tun. Und Markus kam immer sehr spät nach Hause.

Natascha hatte den Kindern die ersten Kapitel ihres Buches »Angi und das Raumschiff« vorgelesen und die Kinder waren total verrückt nach Angi. Sobald sie das Haus betraten, riefen sie schon: »Angi! Angi!«

Bald kam Natascha in Zeitnot. Sie saß bis in den späten Abend und schrieb an der Fortsetzung ihrer Geschichte. Wenn Markus erschöpft aus der Praxis kam, aß er nichts mehr, er hatte nur Durst. Und er benutzte immer öfter das Aufputschmittel, um den Stress zu verarbeiten.

Eines Abends, als er es sich wieder total erschöpft in seinem Lieblingssessel bequem gemacht hatte, sagte er: »So geht das nicht weiter. Wenn ich nicht ein paar Tage ausspanne, mache ich eventuell noch Fehler. Das darf mir nicht passieren. Ich bin es meinen Patienten schuldig, dass ich sie gewissenhaft behandele.«

Er schaute sie an und sie stimmte ihm zu. Er sah erschöpft aus. Jetzt halfen auch keine Aufputschmittel mehr, er brauchte dringend wieder ein paar Urlaubstage.

»Morgen früh rufe ich im Reisebüro an. Natascha, wo möchtest du Urlaub machen?«

Das kam wie immer völlig überraschend für sie. Damit hatte sie im Augenblick nicht gerechnet. Was sie beschäftigte, war ihr »Angi«-Manuskript. Aber weil sie nicht so schnell schreiben konnte, wie sie den Kindern vorlesen musste, kam ihr ein kleiner Urlaub ganz gelegen. Im Urlaub würde sie sicher ein wenig Zeit haben und sich ein paar Gedanken machen können, wie die Geschichte weitergehen sollte.

Während sie nachdachte, wartete er immer noch auf ihre Antwort. Er fragte sie noch einmal: »Natascha, nun sag schon, wohin wir fliegen sollen?«

Nun antwortete sie: »Markus, Liebling, das möchte ich dir überlassen. Wir fliegen dorthin, wo du dich am besten erholst.«

Nach einem weiteren Drink gingen sie schlafen. Und Markus dachte noch eine Weile darüber nach, wohin die Reise gehen sollte. Es müsste dort noch warm sein, sodass sie noch im Meer baden könnten. Und vor allem brauchte er absolute Ruhe.

Auf ein Casino wollte er dieses Mal verzichten. Den Stress wollte er sich in seinem augenblicklichen Zustand nicht auch noch zumuten. Stress hatte er auch so Tag für Tag schon genug.

Schon am nächsten Tag sprach er mit einer Reisebüroangestellten und offenbarte ihr seine Wünsche. Die junge Frau riet ihm zu einer Reise in die Türkei. Da er die Türkei noch nicht kannte, stimmte er zu.

Aber bevor er die Reise buchte, rief er noch seine Frau an und fragte sie: »Liebling, sind dir zwei Wochen Badeurlaub in der Türkei recht?«

Natascha erklärte sich mit der Reise einverstanden. Auch sie kannte die Türkei noch nicht. Dann ging alles sehr schnell. Markus hatte noch eine junge Ärztin als Praktikanten in seine Praxis aufgenommen. So erhielt sein Kollege die nötige Unterstützung, und Markus Rolfes konnte beruhigt seinen Urlaub antreten.

Am darauffolgenden Tag flogen sie in die Türkei.

Und im Reisebüro hatte man Markus nicht zu viel versprochen. Es war warm in der Türkei. Morgens früh um sechs Uhr ging die Sonne auf und schien bis um 17 Uhr.

Das Hotel war einfach, aber ordentlich. Es lag an einem wunderbaren, sehr flach ins Meer verlaufenden Sandstrand. Das Wasser war kristallklar und hatte eine angenehme, warme Badetemperatur. Sie besuchten Side, einen der Haupturlaubsorte der Türkei. Dann sahen sie sich die Ruinen einer alten Stadt, ein altes Amphitheater und einen historischen Tempel an. Auch Pamukkale mit seinen weißen Kalksteinbädern war sehenswert. Selbstverständlich stand auch noch die Stadt Antalya auf dem Programm.

Sie erlebten schöne und lehrreiche Tage in der Türkei. Und Natascha machte sich in den Ruhezeiten am Strand ein paar Notizen für ihr neues Manuskript. Jetzt konnte sie ihr Manuskript fertigstellen. Sie war gespannt, wie die Geschichte den Kindern gefallen würde.

Nach ihrer Rückkehr in Berlin wurde es plötzlich kalt. Es schneite. Natascha schaute aus dem Fenster den Schneeflocken zu und dachte an ihre Familie. Und als ob sie es geahnt hätte, kam der Briefträger durch den Park und brachte die Post. Das konnte nur ein Brief von Kolja sein.

Und sie behielt recht. Nina hatte einen kleinen Sohn zur Welt gebracht. Und Kolja war sehr stolz auf seinen kleinen Sohn. Er schrieb, dass auch die Großmutter stundenlang am Bett des kleinen Enkelkindes zubringe. Weiterhin schrieb Kolja, dass die Taufe erst stattfinde, wenn Markus und Natascha kommen könnten. Das junge Paar wünsche sich Markus als Taufpaten.

Als Natascha ihrem Ehemann Koljas Wünsche darlegte, freute er sich und erklärte sich einverstanden. Schon ein paar Tage später schrieb Natascha ihrem Bruder, dass Markus als Pate für seinen kleinen Sohn zur Verfügung stehe. Und wieder wurde Natascha traurig. Warum hatten sie noch kein eigenes Kind?

Sie unterdrückte ihren Kummer, indem sie in die Stadt fuhr und Weihnachtsgeschenke einkaufte.

Am Abend berichtete sie Markus, dass sie Weihnachtsgeschenke gekauft habe. Dabei schaute sie ihn traurig und ein wenig vorwurfsvoll an. Er verstand sofort, dass das Thema Kind sie wieder einmal beschäftigte.

Um sie auf andere Gedanken zu bringen, sagte er: »Liebling, hör zu, du musst den Kindern die Geschenke vor unserem Urlaub bringen. Wir verbringen Weihnachten auf Lanzarote.«

Das brachte sie wirklich auf andere Gedanken. »Aber wir waren doch erst in der Türkei«, erwiderte sie erstaunt.

Er nahm sie in die Arme, schaute sie an und fragte: »Weißt du nicht, dass dein Mann viel arbeiten muss und daher auch viel Urlaub nötig hat?«

Das sah sie ein, und schließlich kannte sie Lanzarote auch noch nicht. Also freuten sie sich an diesem Abend gemeinsam auf den bevorstehenden Urlaub.

Der Urlaub auf Lanzarote war sehr schön. Die Strandpromenade und die vielen einzelnen Badebuchten gefielen ihnen sehr. Auch das Casino war wegen des sehr freundlichen Personals sehr angenehm. Darum verbrachten sie die Abende oft dort. Auch das Essen im Hotel war überraschend gut. Und sie waren sich einig, dass es nicht ihr letzter Urlaub auf Lanzarote war.

Bei ihrer Ankunft in Berlin wurden sie wie immer schon sehnsüchtig erwartet. Frau Krämer war froh, dass Natascha sie wieder entlasten würde, und sie informierte Natascha ausführlich, über alles, was sich in der Zeit ihrer Abwesenheit so alles ereignet hatte.

Der Nachbar war einen Tag vor Weihnachten erschienen und hatte seiner Frau Angelika wegen der kleinen Evi heftige Vorwürfe gemacht. Die Kinder hatten daraufhin fluchtartig das Haus verlassen und waren weinend zu Frau Krämer gelaufen. Die hatte ihren ganzen Mut zusammengenommen und war zu dem Nachbarn gegangen. Da sie einen Schlüssel für das Haus besaß, stand sie plötzlich vor dem schimpfenden Ehemann.

Angelika stand wie ein Häufchen Elend vor ihm. Die kleine Evi hielt sie krampfhaft in ihren Armen. Sie hatte sie schützend an ihre Brust gedrückt. Trotzdem hatte die Kleine geschrien und gezittert aus Angst vor ihrem schreienden Vater.

Das hatte Frau Krämer nicht länger mit ansehen können. Sie hatte den Mann noch lauter angeschrien, als er es mit seiner Frau getan hatte.

»Das ist ja wohl die Höhe! Schämen Sie sich gar nicht, Ihre Frau und Ihre Kinder so zu behandeln? Schließlich sind Sie derjenige, der das Kind gezeugt hat. Wenn Sie sich nicht in der Gewalt haben, so machen Sie nicht Ihre Frau für ein weiteres Kind verantwortlich. Andere Männer beten zu Gott, dass ihnen ihre Frau ein Kind schenken möge. Und Sie haben drei so wunderschöne Kinder gar nicht verdient. Ihre Frau sollte sich von Ihnen trennen, das wäre das Beste für sie. Sie undankbarer Kerl, Sie haben so eine Frau wie Angelika gar nicht verdient. So, das musste einmal gesagt werden.« Dann hatte sie Angelika aufgefordert: »Komm, Angelika, du gehst jetzt mit zu uns.«

Stocksteif, ohne sich zu rechtfertigen, hatte der Mann dagestanden. Dann hatte er gefragt: »Wer sind Sie überhaupt? Und wie kommen Sie in mein Haus?«

»Das erkläre ich Ihnen gern. Ich bin Frau Krämer, die Hausange-stellte von Dr. Rolfes. Im Gegensatz zu Ihnen kümmern Frau Rolfes und ich uns um Ihre Familie. Wozu Sie ja offensichtlich nicht in der Lage sind. Haben Sie schon einmal das Wort Liebe gehört? Genau das fehlt Ihrer Frau und Ihren Kindern. Ihre Kinder sehen Dr. Rolfes eher als ihren Vater an als Sie. Übrigens wäre es besser, wenn Sie die drei Tage, an denen Sie hier erscheinen, auch noch wegbleiben würden.«

Dann hatte Frau Krämer Angelika einfach aus dem Haus gezogen.

Gegen Abend war er dann vor der Tür erschienen und hatte seine Frau aufgefordert, zu ihm zurückzukommen. Frau Krämer hatte An-gelika erst gehen lassen, als er sich entschuldigt und versprochen hatte, seine Frau und die Kinder nicht mehr zu beschimpfen. Trotzdem hatten die Kleinen sich geweigert, nach Hause zu gehen. Daraufhin hatte der Vater den Kindern erlaubt, bei Frau Krämer zu übernachten. Gegen Abend hatte er sogar noch die Schlafanzüge für seine Kinder herübergebracht.

Als Angelika ihrem Mann vorschlug, die Ehe aufzulösen, wurde er sehr nachdenklich und bat sie, ihm noch eine Chance zu geben. Und er versprach ihr, sich zu ändern. Frau Krämer glühte vor Aufregung, und Natascha hatte interessiert und beinahe fassungslos zugehört.

»So«, sagte Frau Krämer, »und jetzt brauche ich erst ein paar Tage Urlaub. Ich möchte meine Schwester besuchen. Sie feiert in drei Tagen ihren 55. Geburtstag. Ich muss noch ein Geschenk für sie einkaufen und ich brauche für die Reise auch noch etwas Ordentliches zum Anziehen.«

Natascha wusste gar nicht, dass Frau Krämer noch eine Schwester hatte, und sie sagte erstaunt: »Sie haben eine Schwester? Das ist ja großartig, das freut mich außerordentlich für Sie. Selbstverständlich bekommen Sie Ihren Urlaub.«

Dann überreichte sie Frau Krämer noch eine Kleinigkeit von Lanza-rote. Frau Krämer bedankte sich und freute sich, dass Natascha wie-der an sie gedacht hatte. Auch Markus zeigte sich wieder von seiner großzügigen Seite. Er überreichte Frau Krämer einen geschlossenen Umschlag mit reichlich Urlaubsgeld darin.

Frau Krämer wollte sich vielmals für das Geld bedanken, aber Markus winkte ab und sagte: »Frau Krämer, nicht Sie haben zu danken, sondern wir. So eine Perle wie Sie gibt es doch nur einmal. Und wir sind so froh und dankbar, dass wir Sie in unserem Haus haben dürfen. So, und jetzt kaufen Sie sich etwas Schönes zum Anziehen, damit Sie auf der Geburtstagsfeier gut aussehen. Und außerdem wünschen wir Ihnen noch viel Spaß, und kommen Sie ja gesund und munter wieder zurück zu uns.«

Dann sah er Natascha an und fragte sie: »Was meinst du, wäre es möglich, dass du morgen mit Frau Krämer nach Berlin fährst und ihr beratend zur Seite stehst?«

Aber das hätte er gar nicht erst zu erwähnen brauchen. Für Natascha war es selbstverständlich, Frau Krämer beim Kauf ihrer Kleidung zu helfen. Schon am nächsten Morgen fuhren sie gemeinsam nach Berlin.

Als Natascha Frau Krämer in ein teures Modegeschäft führen wollte, sträubte sie sich. Aber Natascha bestand darauf, in dem Geschäft einzukaufen, und fragte: »Frau Krämer, wie viel möchten Sie denn für Ihre Kleidung ausgeben?«

»Also, ich dachte, so 200 Euro.«

»Gut, und den Rest gebe ich noch dazu. Und jetzt dulde ich keinen Widerspruch mehr.«

Frau Krämer gab notgedrungen nach und folgte Natascha in das teure Modegeschäft. Die Auswahl war groß, aber die Kleidung auch dementsprechend teuer. Trotzdem suchte Natascha ein schönes Kostüm und die passende Bluse dazu aus.

Frau Krämer war überglücklich und sagte immer wieder: »Aber das kann ich doch gar nicht annehmen. Wo der Herr Doktor mir doch schon so viel Urlaubsgeld gegeben hat.«

Aber Natascha wollte nichts hören. Auch für Frau Krämers Schwester kaufte sie im gleichen Geschäft einen schönen Pullover. Denn der Pullover hatte Frau Krämer so gut gefallen.

Frau Krämer war glücklich. Sie hatte sich schon längere Zeit nichts mehr gekauft, und nun bekam sie diese wunderschönen Kleidungsstücke.

Als sie aus der Stadt zurückkamen und auf das Haus zu fuhren, kamen ihnen die Kinder entgegengelaufen. Sie konnten wieder einmal nicht abwarten, bis Natascha ihnen endlich wieder eine neue Geschichte von »Angi« vorlas.

Die Kinder setzten sich auf ihre Plätze. Selbstverständlich lagen auch schon die Gummibärchen bereit, und Natascha las ihnen die neue Geschichte von Angi vor. Dann kam Markus ins Zimmer und setzte sich zu der kleinen Gesellschaft und die Kinder waren glücklich, dass Tante Natascha weiterlesen konnte.

Gegen Abend brachte Natascha die Kleinen wieder nach Hause. Als sie zurückkam, erklärte Markus ihr: »Liebling, zieh dich bitte hübsch an, ich möchte heute Abend mit dir essen gehen. Wir machen uns einen schönen Abend. Ich möchte dich wieder einmal verwöhnen.«

Und er hatte nicht zu viel versprochen, denn es wurde ein sehr schöner Abend. Auch mit dem Essen waren sie sehr zufrieden.

Später, zu Hause, füllte er noch zwei Gläser mit seinem Lieblingsgetränk, Gin Tonic, und reichte ihr eines davon. Natascha war schon ein wenig angeheitert und bemerkte nicht, was Markus ihren Getränken hinzufügte. Auch wenn sie es gewusst hätte, hätte sie nicht protestiert.

Sie vertraute seinen ärztlichen Kenntnissen. Leicht angetrunken und von der Droge berauscht, wurde es wieder eine Nacht, wie Markus sie sich wünschte. Ihre Liebe war wundervoll.

Er streichelte sie immer wieder und flüsterte ihr zu: »Liebling, ich brauche dich, deine Nähe und deinen wunderschönen Körper, du bereitest mir den Himmel auf Erden.«

Und auch sie war unsagbar glücklich mit ihrem Ehemann.

Ein neues Pferd

Am darauffolgenden Abend sprach Markus mit ihr über ihre Pferde. Der vierjährige Hengst, Blizzard, war jetzt so weit vorbereitet, dass er eingesetzt werden konnte. Der Trainer hatte ihn die ganze Woche über trainiert. Und am Sonntag sollte Blizzard an den Start gehen. Außerdem hätte er eine gute Chance, auf einen der vorderen Plätze zu laufen.

Am Samstag kam Frau Krämer aus ihrem Urlaub zurück und würde sich wieder um die Kinder kümmern. Sie konnten also ohne Bedenken zur Rennbahn fahren.

Vor den Rennen besuchten sie noch die Ställe. Taigablume begrüßte Natascha mit einem lauten Wiehern. Wie immer bekam das Pferd einen Apfel. Das Pferd wusste genau, wenn sie kam, erhielt es einen Apfel oder eine Karotte. Währenddessen sprach Markus noch einmal mit dem Trainer, und der bestätigte noch einmal die gute Form von Blizzard. Er erwähnte allerdings, dass Blizzard noch keine Chance auf einen Sieg hätte. Es laufe ein sehr gutes Pferd in dem Rennen, das voraussichtlich unschlagbar sei.

Unterwegs zur Tribüne klärte Markus seine Frau über die Chancen ihres Pferdes auf. Das erste Rennen lief bereits, aber da es sich um ein Amateurrennen handelte, war es für Markus uninteressant. Auch im zweiten und dritten Rennen schlossen sie keine Wetten ab.

Natascha schaute sich die Besucher an und Markus sprach hin und wieder mit Bekannten.

Markus interessierte sich nicht für die Besucher. Er beobachtete die Pferde und konzentrierte sich auf seine Wetten. Natascha schaute sich schon hin und wieder gern die Menschen an. Aber dann stand das erwartete Rennen an. Blizzard wurde zum Start gefahren.

Nun war selbst Natascha wieder einmal nervös. Sie hatte Blizzard auf ihrem Wettschein an zweiter Stelle eingetragen. Er musste Zweiter werden, sonst würde sie ihren Einsatz verlieren.

Als die Pferde die Tribüne passierten, trabte Blizzard außen in der zweiten Reihe in dritter Position.

An erster Stelle lief, wie vorausgesagt, Gouverneur, der Favorit. Blizzard kämpfte sich langsam vor, und als die Pferde die Ziellinie passierten, lief er unangefochten auf den zweiten Platz.

Markus war zufrieden. Er hatte schon gezweifelt, ob er sich eventuell an dem Pferd verkauft hatte. Aber so wie Blizzard sich jetzt gezeigt hatte, würde er wohl noch öfter ins Geld laufen.

Natascha lächelte zufrieden und gab ihm ihren Wettschein. Markus schaute auf den Schein und schmunzelte. Dann flüsterte er ihr ins Ohr: »Liebling, du bist fantastisch, wir haben beide gewonnen.«

Sie blieben noch zwei Rennen auf der Bahn und sahen sich die nächsten Rennen an, erst dann holte Markus ihren Gewinn vom Schalter ab.

Es sollte nicht heißen, dass sie Wetten manipulierten. Aber sie hatten das gleiche Recht zu wetten wie alle anderen auch.

Wenn er Geld vom Schalter abholte, wurde geflüstert, hatte er verloren, waren die Zuschauer zufrieden.

Auf der Heimfahrt sagte er plötzlich: »Natascha, wir haben bereits Frühling. Was hältst du davon, wenn wir wieder einmal ein paar Tage verreisen?«

Sie schaute ihn an und fragte: »Markus, willst du schon wieder verreisen? Wir waren doch erst auf Lanzarote.«

»Natascha, ich bitte dich, das ist doch schon ein paar Monate her. Wir haben jetzt Ende Mai, da ist die Natur voll erblüht. Es ist die schönste Zeit für eine kleine Reise durch meine Heimat. Du kennst noch viel zu wenig von Deutschland. Übrigens wird es Zeit, dass ich dir meinen Bruder vorstelle.«

Das verschlug ihr die Sprache. Sie stotterte vor sich hin: »Sag das bitte noch einmal: Du hast einen Bruder? Und warum erzählst du mir das erst jetzt?«

»Weil du mich nie danach gefragt hast.«

»Aber Markus, einen Bruder, wie konntest du mir den nur so lange verschweigen?«

»Das habe ich mit Absicht getan«, antwortete er und lächelte verschmitzt. »Vielleicht hättest du dich in ihn verliebt, und was wäre dann aus mir geworden?«

»Sieht er denn genauso gut aus wie du?«

»Das kann ich nicht beurteilen. Denn ihr Frauen habt da so einen ganz besonderen Geschmack. Es könnte doch passieren, dass er dir besser gefällt.«

»Rede keinen Unsinn, Markus, ich könnte niemals einen anderen Mann so lieben, wie ich dich liebe.«

»Also, mein Bruder wohnt in Blankenburg im Harz. Er ist dort glücklich verheiratet und wir telefonieren ab und zu miteinander. Aber du weißt doch, wie das so ist. Mal sieht man sich oft und dann wieder seltener. Und jetzt wird es wieder einmal Zeit, dass wir uns sehen. Darum fahren wir am Freitag in der Frühe in den Harz. Natürlich nur, wenn es dir recht ist.«

»Aber Markus, wie kannst du nur fragen? Ich freue mich sehr, deinen Bruder kennenzulernen. Und wenn er wirklich so nett ist, wie du behauptest, tausche ich dich gegen ihn aus.«

»Stopp, die Reise ist gestrichen!« Dabei schaute er sie an und lächelte.

Eine Reise in den Harz

Am Freitag schien die Sonne und das Wetter war wunderschön. Die Fahrt von Berlin nach Blankenburg war trotzdem anstrengend. Die Autobahn war sehr voll, und als Markus endlich nach vorn zeigte und erklärte: »Dort kannst du schon die ersten Ausläufer vom Harz erkennen«, war Natascha sichtlich erleichtert. Und als er sagte: »Es dauert noch etwas weniger als eine Stunde, dann sind wir in Blankenburg«, war sie froh.

Selbst Markus war ein wenig erschöpft, als sie das Haus seines Bruders erreichten. Natascha musste an der Haustür schellen, und Markus fuhr den Wagen hinter die Garage seines Bruders. Die Tür wurde geöffnet und ihr Gegenüber sagte: »Wir kaufen nichts.«

Natascha war sprachlos. Dann erschien eine Frau, schob ihren Mann zur Seite und sagte: »Peter, lass den Unsinn. Bitte, kommen Sie doch herein, herzlich willkommen in unserer Familie. Sie sind doch gewiss Natascha, die Frau von Markus.«

Peter rückte einen Stuhl zurecht, grinste über das ganze Gesicht und bat Natascha, sich zu setzen. Dann ging er hinaus in den Garten, um für Markus das Gartentor zu öffnen.

Die Schwägerin stellte sich erst einmal vor: »Also, ich bin die Erika und mein Mann ist der Peter. Sie dürfen ihm den Empfang nicht übel nehmen. Er kann es einfach nicht lassen. Ohne Späße kann er nicht leben.«

Noch immer vor sich hin schmunzelnd kam Peter gemeinsam mit Markus zurück ins Haus. Die Männer brachten das Gepäck herein und trugen es sofort hinauf in das Gästezimmer. Kurz darauf betraten sie wieder das kleine Esszimmer und setzten sich zu ihren Frauen.

Die Schwägerin Erika hatte Natascha bereits mit einem Getränk versorgt und fragte nun auch Markus, was er trinken wolle.

Nach der herzlichen Begrüßung und einer kurzen Verschnaufpause servierten Erika und Peter ein gutes, schmackhaftes Dreigängemenü. Natascha war von der Herzlichkeit ihrer neuen Verwandten sichtlich berührt. Später schimpfte sie mit Markus, dass er ihr so liebe Verwandte so lange vorenthalten hatte. Und sie erlebten drei sehr schöne Tage mit ihren Verwandten.

Sie waren zu viert durch den Harz gefahren. Hatten sich in Thale das wunderschöne Bodetal angeschaut und in Blankenburg die Burg Regenstein besucht. Auch das Blankenburger Schloss wurde von ihnen begutachtet. Während des Besuchs hatte Markus seiner Frau erklärt, dass das Schloss dem Herzog von Braunschweig gehöre. Auch das Schloss in Wernigerode hatten sie sich gründlich angeschaut.

Am Tag darauf fuhren sie noch mit der kleinen Harzbahn auf den Brocken. Oben auf dem Brocken war es ungemütlich kalt. Der Wind blies mit voller Kraft über den Berg und sie waren froh, als die kleine Brockenbahn sie wieder hinunter nach Wernigerode gefahren hatte.

Unten in Wernigerode war es warm. Sie hatten drei wunderschöne Tage erlebt.

Am nächsten Tag, verschwieg Markus vorerst, wie die Reise weiterginge. Und Natascha wollte sich überraschen lassen. Um Abschied zu nehmen, fuhren sie noch einmal durch den schönen Harz. Über den Staudamm der Bodentalsperre und durch Tanne in Richtung Braunlage. Und Markus versprach Natascha, dass sie bald wieder in den Harz fahren würden. Die Landschaft war von rauer Schönheit und Markus wollte ihr seine Heimat noch ausführlicher zeigen. Nachdem sie durch Braunlage gefahren waren, hatte es noch eine knappe Stunde bis zur Autobahn gedauert.

Dann war Natascha doch neugierig geworden und fragte ihren Mann: »Markus, wohin fahren wir jetzt?«

»Nach Dortmund. Dort gibt es ein interessantes Casino, das habe ich schon lange nicht mehr besucht. Außerdem kann man dort interessante Leute spielen sehen.«

Und dann erzählte er ihr von der Begegnung mit einem Engländer, der an fünf Tagen eineinhalb Millionen DM gewonnen hatte. Markus hatte ihm an einem Abend eine halbe Stunde beim Spielen zugesehen. »Der Mann hat in jedem Spiel 18.000 DM gesetzt. Aber ich habe auch den Spieler gesehen, der die Bundesversicherungsanstalt um viel Geld erleichtert hat. Er spielte immer mit 500er-Jetons. Das ging so lange gut, bis er eines Tages dann doch auffiel. Wo er anschließend hingehen musste, kannst du dir sicher denken. Genauso erging es einem Bauunternehmer. Ich war damals zufällig in Bentheim im Casino. Der Mann fiel mir ebenfalls auf. Sie waren zu dritt und verspielten zuerst 100.000 DM. Aber noch am gleichen Abend gewann er die Summe zurück. Ich fragte mich damals ebenfalls, woher der Mann so viel Geld nahm. Meine Frage wurde dann später beantwortet. Es kam in allen Nachrichten, und die Zeitungen standen voll damit. Es war ein Bauunternehmer, der viele Subunternehmen um große Summen geprellt hatte. Auch er ging anschließend dahin, wo der vorher Genannte bereits war. Außerdem darfst du niemandem zeigen, wenn du im Casino gewonnen hast. Einmal wurde in Dortmund auf dem Parkplatz ein Spieler vor seinem Wagen erschlagen und seines Gewinnes beraubt. Es gab auch schon ganz verwegene Typen. Schon ein paar Mal haben besonders geldgierige Männer versucht, ein Casino zu überfallen.«

Trotz der interessanten Unterhaltung dauerte die Fahrt wieder sehr lange. Es war bereits Nachmittag, als sie die Hohensyburg erreicht hatten.

Das Hotel lag sehr romantisch, direkt am Waldrand. Und die frische Luft erweckte ihre Lebensgeister neu. Nachdem sie das Gepäck in ihr Hotelzimmer getragen und ein gutes Abendessen zu sich genommen hatten, gab Markus keine Ruhe. Es zog ihn mit Macht ins Casino.

Eigentlich war Natascha von der langen Autofahrt erschöpft, aber Markus bedrängte sie, ihn doch zu begleiten. »Schatz, du weißt doch, ohne dich habe ich kein Glück.«

Schließlich gab sie nach. Sie zog sich an und ging mit ihm ins Casino. Auf dem Weg ins Casino fiel Natascha eine Burgruine auf. Die wollte sie auf jeden Fall zuerst anschauen. Und Markus musste sich notgedrungen noch eine kleine Weile gedulden.

Natascha war fasziniert von dem alten Gemäuer, und sie hätte gern gewusst, wie die Menschen früher so in den Burgen gelebt haben.

Das Casino war gut besucht. Die Tische wurden immer wieder mit Jetons voll belegt und Markus suchte krampfhaft einen freien Platz an einem Tisch. Natascha ging an die Bar und trank ein Glas Champagner.

Weil die Casinoleitung Gäste anlocken wollte, starteten sie gerade eine Aktion: Jede Dame erhielt kostenlos ein Glas Champagner. Natascha zeigte sich freudig überrascht. Sie trank ihren Champagner und suchte kurz darauf ihren Ehemann. Endlich fand sie ihn. Natascha stellte sich hinter ihn und sah ihm eine Weile beim Spielen zu.

Markus hatte kein Glück, er verlor. Als er wieder Geld gegen Jetons eintauschen wollte, bat Natascha ihn, sein Spiel für den Tag zu beenden. Aber Markus meinte, wenn sie an seiner Seite stehe, würde er gewinnen. Und er behielt recht. Plötzlich traf er nacheinander ein paar Zahlen.

Zufrieden brach er sein Spiel ab und sie verließen das Casino.

Später, als sie sich bereits wieder im Hotel aufhielten, wollte Markus wissen, ob ihr das Casino gefallen habe. Natascha fand das Casino nicht schlecht, nur die riesige Metallspirale in der Mitte des Casinos fand sie abscheulich.

Am nächsten Tag fuhren sie weiter.

»Und wohin fahren wir heute?«, wollte Natascha wissen.

»Liebling es wird sicher wieder ein wenig anstrengend für dich werden. Aber mein Ziel ist heute Bad Homburg. Ich möchte mir das Casino in Bad Homburg ansehen.«

In Bad Homburg hatten sie Glück. Sie gewannen insgesamt 500 Euro.

Markus hatte Natascha lächelnd angeschaut und gefragt: »Na, mein Schatz, hat es dir heute im Casino gefallen?«

Und Natascha musste klein beigeben. Denn es war schon sehr schön und aufregend zugleich, im Casino zu gewinnen.

Am nächsten Tag fuhren sie weiter in Richtung Süden. Und nach 5,5 Stunden hatten sie den Bodensee erreicht. Die Straße führte direkt am Seeufer entlang. Das Casino in Konstanz ließ Markus aus. Er wollte Natascha die Insel Mainau zeigen.

Ihren Wagen stellten sie auf den Parkplatz, und nach einem kurzen Fußmarsch standen sie vor den gut gepflegten Gartenanlagen.

Natascha war von der Blumenpracht auf der Insel begeistert und sie bedankte sich bei ihrem Ehemann, weil er ihr auch einmal etwas anderes gezeigt hatte. Die letzte Nacht verbrachten sie in einem Hotel in der Nähe des Bodensee.

Und den letzten Tag wollte Markus in Ruhe entspannen. Sie gingen lange am Ufer des Bodensees spazieren. Natascha war begeistert, als sie fünf kleine Entchen auf dem See erblickte, die gemeinsam mit ihrer Mutter munter auf dem See hin und her schwammen. Die Luft war sehr angenehm und auf dem See herrschte reger Betrieb.

Ihn interessierten die Boote und er fragte sie, ob sie noch eine kleine Bootsfahrt machen sollten. Aber Natascha lehnte ab: »Markus, das machen wir, wenn wir wieder einmal hier sind.«

Sie wollte lieber noch eine Weile am Ufer auf der Bank sitzen, die Aussicht genießen und die gute Luft einatmen. Als es jedoch zu dämmern begann, wurde es Zeit, sich von dem schönen Ort zu verabschieden.

Sie fuhren zurück nach Berlin.

Das Wetter war gut und Natascha wollte gerade in den Park gehen, als der Postbote wieder einen Brief von Kolja brachte. Kolja fragte in seinem Brief, wann sie Zeit hätten. Er wollte den kleinen Peter taufen lassen. Markus hatte versprochen, Taufpate zu werden. Also sprach sie ihren Mann am Abend darauf an.

Markus hatte im Augenblick, so kurz nach ihrem Urlaub, wenig Zeit, aber er wollte sein Wort halten. Leider dauerte eine Reise nach

Taigastadt immer mehrere Tage. Aber die Taufe musste, noch bevor der Winter kam, stattfinden. Ein paar Tage später nannte Markus den Zeitpunkt, wann er sich ein paar Tage aus der Praxis lösen konnte.

Natascha teilte ihrem Bruder den Termin mit und Kolja war über die Zusage hocherfreut.

Da Markus von seinen Patienten sehr in Anspruch genommen wurde, kümmerte Natascha sich um die Reisepapiere und die Flugtickets. Trotz der kurzen Zeit klappte alles reibungslos und schon bald traten sie die Reise an.

Als sie ihr Reiseziel erreicht hatten, waren Nataschas Eltern, wie bei jedem Besuch ihrer Tochter, überglücklich. Und Markus war wie immer sehr großzügig, auch seinem Patenkind gegenüber.

Er hatte Kolja einen größeren Geldbetrag für den kleinen Peter übergeben. Natascha war hin- und hergerissen, als sie den Kleinen erblickte, und wieder überfiel sie große Sehnsucht nach einem eigenen Kind.

Als sie wieder zu Hause in Berlin waren, vergaß sie ihren Kummer bald wieder. Die Kinder nahmen ihre ganze Zeit in Anspruch und sie hatte keine Zeit zum Nachdenken.

Eines Tages fragte Frau Krämer; was Anja noch so mache. Natascha bekam sofort ein schlechtes Gewissen, sie hatte Anja schon lange nicht mehr angerufen. Aber auch Anja hatte sich noch nicht wieder gemeldet. Sie nahm sich vor, noch am gleichen Tag mit ihrer Freundin zu telefonieren.

Gerade als Natascha zum Hörer greifen wollte, kamen die Kinder herein. Um die Kinder zu unterhalten, legte sie Maik das fertig geschriebene Manuskript von »Angi und das Raumschiff« auf den Tisch. Er sollte, solange sie mit der Freundin telefonierte, Marina ein paar Zeilen aus dem Buch vorlesen.

Anja meldete sich mit mürrischer Stimme: »Ach, du bist es. Was ist los, was willst du von mir?«

Natascha war enttäuscht über Anjas schroffe Art. Trotzdem sagte sie: »Anja, ich würde mich sehr freuen, wenn du uns wieder einmal besuchen würdest.«

Anja schwieg einen kurzen Augenblick, dann erklärte sie: »Ich weiß nicht, ich habe eigentlich wenig Zeit. Du weißt doch, dass ich in der Nacht arbeite, und am Tag brauche ich meinen Schönheitsschlaf. Wie es dir geht, brauche ich wohl nicht zu fragen. Mir geht es, wie immer, bescheiden.«

Natascha verspürte Mitleid mit der Freundin und fragte: »Anja, kann ich dir irgendwie helfen?«

»Niemand kann mir helfen. Auch du nicht.«

»Soll ich einmal zu dir kommen?«

»Wenn es sich nicht vermeiden lässt«, antwortete Anja.

»Anja, was ist los mit dir? Ich bin deine Freundin, hast du das vergessen? Oder willst du mich nicht mehr sehen?«

»Also, so war das nun auch wieder nicht gemeint. Ich bin nur sehr müde und abgespannt. Komm, wann du willst. Du weißt ja, wann ich zu Hause bin. Mach's gut, ich möchte jetzt weiterschlafen.« Und dann legte sie den Hörer einfach auf.

Sichtlich enttäuscht setzte sich Natascha zu den Kindern und hörte Maik beim Vorlesen zu. Er war so vertieft in das Manuskript, dass es eine Zeit dauerte, ehe er sie wahrnahm. Nun musste sie weiter vorlesen.

Kurz vor Weihnachten erhielt die Nachbarin Angelika einen Brief von ihrem Ehemann. Er teilte ihr mit, dass er Weihnachten nach Hause kommen und dieses Mal etwas länger bei ihr und den Kindern bleiben würde.

Angelika war so erstaunt über die Nachricht, dass sie sofort zu Frau Krämer lief und ihr den Brief zeigte. Es war der erste Brief in all den Jahren ihrer Ehe.

Auch Natascha musste den Brief lesen.

Als Natascha ihrem Gatten am Abend von dem Brief berichtete, meinte er: »Das trifft sich ja gut. Dann kann er sich auch gleich um seine Kinder kümmern.«

Natascha sah ihren Mann erstaunt an. »Warum?«

»Weil wir Weihnachten auf der Insel verbringen werden.«

Sie stellte ihr Glas auf den Tisch und fragte: »Geht das denn überhaupt? Kannst du dich aus der Praxis lösen? Und können wir uns das überhaupt leisten? Wir haben weder auf der Rennbahn noch im Casino eine größere Summe gewonnen.«

Er erwiderte kurz: »Wir können, mein Schatz.«

Nach dem Gespräch wechselte er das Thema. »Ach, übrigens, mein Schatz, am Sonntag läuft der zur Zeit beste Hengst Deutschlands, ein prachtvolles Pferd. Wir werden am Sonntag die Rennbahn besuchen und du kannst auf das Pferd setzen. Das Pferd ist unschlagbar. Und wenn du richtig wettest, kannst du dort dein Urlaubsgeld gewinnen. Übrigens brauchst du dir keine Sorgen zu machen. Ich bin vermögend. Im Gegensatz zu vielen anderen habe ich mit Aktien viel Geld verdient. Ich habe mit Microsoft-, Abbott-Labor- und Exxon-Aktien ein kleines Vermögen gemacht. Ich habe damals früh Aktien gekauft und sie rechtzeitig wieder verkauft. Also, Liebling, du hast keinen armen Mann geheiratet.«

Aber wieder fragte sie: »Warum Fuerteventura und nicht Teneriffa?«

»Ich zeige dir noch ein paar Inseln, und dann darfst du immer entscheiden, wohin wir fliegen.«

Am Sonntagmorgen fuhren sie wie verabredet zur Trabrennbahn. Als sie dort eintrafen, herrschte bereits reger Betrieb auf der Rennbahn. Die ersten Rennen waren nicht so interessant für Markus, daher bestellten sie sich zuerst ein ordentliches Mittagessen. Danach fieberte Markus dem sechsten Rennen entgegen. Das Pferd war ein außergewöhnliches Pferd und eine Augenweide für jeden Pferdeliebhaber. Die Siegquote am Totalisator stand immer noch bei 16 : 10. Und Markus erklärte; dass es sich noch lohnte, eine Summe auf Sieg zu setzen. Also setzte er dann auch einen größeren Betrag auf Sieg. Dann spielte er noch die Zweier- und Dreierwette. Das Pferd lief ohne Probleme mit sechs Pferdelängen vor den anderen Pferden ins Ziel. Markus hatte 800 Euro gewonnen. Natascha hatte die Zweierwette und die Dreierwette getroffen. Sie hatte 460 Euro gewonnen.

»Siehst du, mein Schatz, jetzt haben wir wieder Urlaubsgeld.«

Selbstverständlich verteilte Natascha vor der Reise, erst noch die Weihnachtsgeschenke.

Einen Tag vor der Abreise verabschiedete Natascha sich von den Kindern und am Nachmittag packte sie ihre Koffer für ihren Urlaub. Auch Frau Krämer wünschte ihnen noch einen schönen Urlaub.

Am nächsten Morgen in der Frühe fuhren sie mit einem Taxi zum Flughafen.

Der Urlaub auf der Insel war erholsam. Die Insel verfügte über ausgedehnte Lavafelder und eine karge Vegetation. Ihre Hotelanlage lag an einem langen Sandstrand, aber Natascha vermisste sofort die grüne Vegetation des Orotava-Tals von Teneriffa. Aber jetzt waren sie auf Fuerteventura.

Aber auch hier standen Palmen, Agaven, Kakteen und verschiedene Blumen ringsum in den Anlagen verstreut.

Markus schaute seine Frau an und fragte sie: »Schatz, was meinst du, können wir uns hier erholen?«

»Aber selbstverständlich«, antwortete sie.

Ein Casino gab es auf der Insel nicht, darum besuchten sie abends die kleine Hotelbar. Sie lernten zwei Ehepaare kennen und amüsierten sich köstlich. Sie wollten sich später alle einmal treffen, aber Markus war dagegen. Er akzeptierte nur seinen Freund, Dr. Matthias Weber. Leider war es schon lange nicht mehr zu einem Treffen zwischen den Freunden gekommen, was Markus sehr bedauerte.

Natascha legte auch keinen großen Wert auf Freundschaften. Sie hatte Frau Krämer, Angelika und die Kinder, und sie gab ihrem Mann recht.

Sie hatten sich wieder gut erholt, aber ihre Lieblingsinsel würde Fuerteventura nicht werden. Ihre Lieblingsinsel war und blieb Teneriffa. Aber jetzt waren sie wieder in Berlin.

Das Wetter war im Augenblick auch scheußlich, und Natascha wäre gern den ganzen Tag im Bett geblieben. Aber sie konnte die Kinder nicht enttäuschen. Und wieder überkam sie große Sehnsucht nach einem eigenen Kind. Ob sie Markus noch einmal fragen sollte?

Doch am Abend erwähnte er zufällig, dass er ein sehr krankes, von Geburt an schwer geschädigtes Kind behandelt hatte und dass dieses Kind für immer ein Pflegefall bleiben würde. »Und wenn ich daran denke, so ein Schicksal zu erleiden, wird mir angst und bange. Aber nun lass uns über etwas Erfreulicheres reden. Wie war dein Tag heute?«

Natascha war noch ein wenig verstört über seine Äußerungen. Aber hatte er nicht recht? Was würde passieren, wenn sie ein krankes Kind zur Welt bringen würde? Würde er ihr dann Vorwürfe machen? Er hatte gesagt: »So ein Schicksal könnte jeden treffen.«

Aber nun beantwortete sie seine Frage: »Ach, Markus, weißt du, es ging mir heute Vormittag gar nicht so gut.«

Er schaute sie besorgt an und nahm sie spontan in die Arme. »Fehlt dir etwas? Bist du krank? Mach mir ja keinen Kummer. Was kann ich für dich tun, damit es dir wieder besser wieder geht?«

Sie beruhigte ihn sofort wieder. »Eigentlich fehlt mir gar nichts. Ich bin auch nicht krank. Es war nur so eine leichte Depression.«

»Sag das doch gleich. Da gibt es nichts Besseres als einen guten Drink. Komm, Liebling, wir setzen uns an den Kamin und trinken etwas.«

Heute war ihr alles recht. Sie gingen gemeinsam in ihr Kaminzimmer und tranken ihr Lieblingsgetränk, Gin Tonic. Und Markus behielt recht – anschließend ging es ihr wieder gut. Ihre Stimmung hellte sich auf und die Nacht wurde wieder einmal sehr schön.

Auch am nächsten Tag war Natascha noch in guter Stimmung. Sie setzte sich an ihren Computer und schrieb ein Lied für die Kinder:

Alle Kinder dieser Erde brauchen Liebe und Sonnenschein.
Alle Kinder dieser Erde brauchen Frieden zum Glücklichsein.
Es gibt weiße Kinder, es gibt schwarze Kinder.
Es gibt rote Kinder und es gibt gelbe Kinder,
aber:
Alle Kinder dieser Erde brauchen Liebe und Sonnenschein.
Alle Kinder dieser Erde brauchen Frieden zum Glücklichsein.

Es gibt große Kinder, es gibt kleine Kinder.
Es gibt reiche Kinder und es gibt arme Kinder,
aber:
Alle Kinder dieser Erde …
Alle Kinder dieser Erde …

Es gibt dicke Kinder, es gibt dünne Kinder.
Es gibt gute Kinder und es gibt böse Kinder,
aber:
Alle Kinder dieser Erde …
Alle Kinder dieser Erde brauchen Frieden zum Glücklichsein.

Und die Kinder waren begeistert und lernten mit Freude ihr Lied.
So verging auch der Winter wie im Flug und die ersten Frühlingsblumen blühten bereits im Park vor ihrem Haus. An einem schönen Frühlingstag brachte Natascha die Kleinen allerdings etwas früher zu ihrer Mutter. Es war Mittwoch und Markus kam, wie üblich, am Nachmittag nach Hause. An diesem Tag brachte er ihr wieder einmal einen großen Strauß rote Rosen mit. Natascha schaute ihn zuerst erstaunt an, aber dann wusste sie, warum sie die Rosen bekam: Es war der Tag ihrer ersten Begegnung.

Und Markus fragte: »Hast du etwa den Tag vergessen, an dem wir uns zum ersten Mal begegnet sind? Liebling, wir kennen uns heute genau drei Jahre. Oder hast du unseren Tag vergessen und liebst mich nicht mehr?«

»Aber Markus, wie kannst du nur so etwas fragen? Du weißt doch genau, du bist meine große Liebe. Jetzt und bis in alle Ewigkeit. Und daran wird sich nie etwas ändern. Also, wie könnte ich je unseren Tag vergessen?«

»Egal was kommt?«, fragte Markus.

»Egal was kommt«, antwortete Natascha.

Und wieder neigte sich ein Jahr dem Ende zu und Markus plante bereits den nächsten Urlaub. Und wieder kam kein Wort über ein eigenes Kind über seine Lippen. Sie schaute ihn enttäuscht an, sagte aber nichts.

Er bemerkte ihre Trauer und tröstete sie: »Natascha, liegt dir wirklich so viel an einem Kind? Schau, wir sind ungebunden, können reisen und zu den Pferden fahren. Mit einem kleinen Kind geht das alles nicht. Außerdem hast du dann noch weniger Zeit für mich. Aber wenn du durchaus ein Kind haben möchtest, erfülle ich dir deinen Wunsch. Aber du weißt sicher, was es bedeutet, ein Kind großzuziehen. Und was es für dich bedeutet. Du wirst eventuell dick werden. Willst du das wirklich alles auf dich nehmen?«

»Nur wenn du mich auch dann noch liebst.«

»Ich schicke dich anschließend zum Schönheitschirurgen«, sagte er und lächelte ihr zu. »Selbstverständlich liebe ich dich noch, auch wenn du zwei Zentner wiegst. Und du hast ja recht, denn schließlich brauchen wir einen Stammhalter.«

Natascha war überglücklich, und als sie zu Bett gingen, liebte sie ihren Markus von ganzem Herzen und mit aller Leidenschaft.

Am nächsten Tag fragte sie ihn noch einmal: »Also, Markus, bist du wirklich einverstanden, dass wir ab heute nicht mehr verhüten?«

Er überlegte kurz und meinte dann: »Vielleicht sollten wir zuerst noch unseren nächsten Urlaub ungestört genießen. Stell dir vor, wenn du schwanger bist, eventuell ist dir übel oder du hast andere Beschwerden. Wir hätten keinen unbeschwerten Urlaub.«

Natascha war enttäuscht, aber sie dachte: »Eigentlich hat er recht.« Sie hatte so lange gewartet, da kam es auf ein paar Wochen auch nicht mehr an.

Und wieder kam der Briefträger zu Natascha und überreichte ihr einen Brief von ihrem Bruder. Über jeden Brief von Kolja freute sie sich sehr. Er schrieb ihr, wie es der Familie ging und wie schnell sein Söhnchen wuchs.

Der Mama und Väterchen ginge es gut, aber sie hätten schon wieder Sehnsucht nach ihrer Tochter. Und sie freuten sich immer, wenn der Postbote ihnen eine Urlaubskarte von ihrem Blümchen bringe, und dass ihr Töchterchen so viel von der Welt sehe. Sie ließen auch ihren Schwiegersohn von ganzen Herzen grüßen und er möge ihr Töchterchen gut beschützen.

Markus freute sich ebenfalls, wenn ihm Grüße übermittelt wurden, und er sagte: »Liebling, du kannst stolz auf deine Familie sein. Ich wünschte, mein Bruder und ich hätten auch so eine Familie.«

Jetzt wollte Natascha endlich wissen, wo seine Eltern seien. Sein Lächeln verschwand und dann erzählte er ihr von dem tragischen Unfall seiner Eltern. Er war gerade acht Jahre alt, als es passierte. Es war ein tragischer Autounfall, bei dem sie ihre Eltern verloren hatten. Mehr sagte Markus nicht, aber Natascha sah, dass es ihn noch immer sehr berührte.

Dann stand er auf und mixte ihnen ihr übliches Getränk. Später dann, als sie schlafen gingen, nahm er sie in seine Arme und drückte sie fest an sich. Und sie spürte, dass er Liebe und Geborgenheit bei ihr suchte. Wahrscheinlich fehlten ihm seine Eltern noch immer. Und um den Schmerz über den Verlust seiner Eltern zu verdrängen, suchte Markus Ablenkung, indem er viel auf Reisen ging.

Und bald sprach er sie erneut auf einen Urlaub an: »Liebling, wo fliegen wir über Weihnachten hin?« Und wieder kam kein Wort von einem Baby, über seine Lippen. »Hallo, Liebling, ich habe dich gefragt, wo wir unseren nächsten Urlaub verbringen möchten?«

Natascha sah ihn tieftraurig an und sagte: »Sollen wir nicht wieder einmal das Weihnachtsfest hier in unserem Haus verbringen?«

»Was sagst du da? Wir sollen hier, in unserem Haus, Weihnachten verbringen? Wir sind das ganze Jahr über hier. Ich dachte, wir fliegen jetzt einmal in die Karibik. Vielleicht möchtest du einmal Hawaii sehen? Eigentlich hasse ich so weite Flüge, aber wenn du es wünschst, fliegen wir um die halbe Erde. Aber wir machen nur dort Urlaub, wo wir keine Prophylaxe benötigen. Also, Afrika oder den Indischen Ozean sollten wir ausklammern. Du könntest dir eine Infektion zuziehen. Aber Hawaii wäre doch vielleicht sehr interessant.«

»Halt, halt, Markus, du steigerst dich da in etwas hinein. Ich habe gesagt, wir sollten wieder einmal Weihnachten hier in unserem Haus verbringen.«

»Weihnachten zu Hause. Ein langweiliges, ödes, trauriges Weihnachten, das können wir doch noch machen, wenn wir alt sind. Jetzt müssen wir reisen und uns die Welt anschauen. Und Menschen kennenlernen.«

»Markus, du hast jeden Tag so viele Menschen um dich, du brauchst Ruhe und Erholung.«

»Ja, da muss ich dir recht geben. Also, was machen wir? Aber wenn du uns schon dazu verurteilst, das Weihnachtsfest zu Hause zu verbringen, stelle ich eine Bedingung. Dann fahren wir jetzt noch irgendwo hin.«

»Markus wir fahren doch regelmäßig zur Rennbahn, genügt dir das denn nicht?«

»Wie gesagt, entweder oder.«

»Also gut, ich würde mir gern einmal die Berge ansehen.«

Er schaute sie verblüfft an. »Du möchtest in die Berge fahren?«

»Ja, dort waren wir noch nicht. Wir fliegen zwar immer darüber hinweg, aber ich würde sie mir gern einmal aus der Nähe ansehen.«

»Okay, wenn dir so viel daran liegt, fahren wir in die Berge.«

»Markus, wir könnten uns ja während der Fahrt am Steuer abwechseln.«

»Ach, Schatz, bin ich schon so alt, dass ich mich von dir chauffieren lassen muss? Also, fahren wir zuerst ins Kleine Walsertal. Das kenne ich bereits. Dort ist es wirklich sehr schön. Wir müssen aber früh am Morgen losfahren, denn von Berlin bis ins Kleine Walsertal sind es schon ein paar Kilometer. Aber wir haben ja noch etwas Zeit bis dahin. Ich werde mir die Orte ansehen und dich dann informieren, ob du einverstanden bist.«

»Markus, warum so umständlich? Wenn du die Karte zur Hand nimmst, können wir doch sofort gemeinsam die Orte aussuchen.«

»Aber selbstverständlich, du hast vollkommen recht, genauso machen wir es.«

In der letzten Woche hatte Natascha Anja mit einem Besuch überrascht, aber das war schiefgegangen. Anja hatte sie an der Tür abgefertigt. Sie hatte gerade einen Besucher bei sich und keine Zeit.

Als sie Markus abends darüber berichtete und ihm erklärte, dass Anja jetzt wohl auch endlich einen Mann gefunden habe, lächelte er vor sich hin. Sie schaute ihren Mann verwundert an und fragte neugierig: »Markus, warum schmunzelst du? Freust du dich auch für Anja?«

»Natascha, Liebling, bist du so gutgläubig, merkst du nichts?«

»Markus, was meinst du mit gutgläubig? Und was soll ich bemerken?«

»Kindchen, deine Freundin Anja hat nicht einen Freund, sie verfügt über wechselnde Freunde.«

»Markus, was redest du da?«

»Liebling, deine Anja ist unter Männern bekannt. Sie verkauft sich für Geld.«

Natascha musste erst einmal schlucken. Dann sagte sie fassungslos: »Markus, das glaube ich nicht. Sag, dass das nicht wahr ist.« Aber als er zustimmend nickte und nichts weiter erwiderte, wusste sie, dass er die Wahrheit gesagt hatte.

Natascha war tief erschüttert. Das erklärte auch, warum Anja sich immer geweigert hatte, mit ihnen auszugehen. Anja wollte wahrscheinlich keinem von ihren Freiern begegnen.

Oder sie hatte sich aus Rücksichtnahme auf ihre Freundin von ihnen ferngehalten. Sie wollte ihnen den Umgang mit ihr ersparen. Aber wie war es möglich, dass Anja so tief gesunken war?

Im ersten Augenblick dachte sie daran, Anja wieder auf den rechten Weg zurückzuführen. Aber Anja hatte sich von ihr zurückgezogen und immer wieder ein Treffen mit ihr abgelehnt. Es stünde ihr wohl auch nicht zu, sich in Anjas Leben einzumischen.

Auch Markus war der gleichen Meinung: »Es ist Anjas eigener Wille, so ein Leben zu führen. Und daran kannst auch du nichts mehr ändern. Du musst es ja nicht deinem Bruder schreiben. Es wäre traurig, wenn Anjas Eltern erfahren würden, wie ihre Tochter hier in Deutschland ihr Geld verdient.«

So traurig es auch war, Natascha wollte darüber mit keinem Menschen reden.

Am Sonntag waren sie wieder auf der Rennbahn. Und der Tag war sehr unterhaltsam verlaufen. An ihrem Tisch hatte ein nettes junges Paar Platz genommen. Die Frauen fanden sich auf Anhieb sympathisch und hatten sich nett unterhalten. Als Blizzard an den Start gefahren wurde, hatte Natascha der jungen Frau den Tipp gegeben, eine geringe Summe auf ihn zu setzen.

Schon während des Rennens war die junge Frau von ihrem Stuhl aufgesprungen und hatte gerufen: »Lauf, Blizzard, lauf, Blizzard, lauf!« Als Blizzard in die Wette einlief, hatte sich die junge Frau bei Natascha für den guten Tipp vielmals bedankt. Erst später verriet sie der jungen Frau, dass Blizzard ihrem Mann gehörte.

Die jungen Leute bedankten sich noch einmal bei ihr. Für sie war es eine große Freude, dass sie die Wette getroffen hatten. Sie waren frisch verheiratet und konnten das Geld gut gebrauchen. Auch an den folgenden Renntagen kam das junge Paar immer wieder an ihren Tisch. Natascha hatte nette Unterhaltung, und der junge Mann ging hin und wieder mit Markus hinunter zu den Ställen. So entwickelte sich eine lockere Freundschaft zwischen ihnen. Aber es blieb bei den Treffen auf der Rennbahn.

Dann verabschiedeten Markus und Natascha sich für zwei Sonntage von ihnen und Markus sagte: »Während unserer Abwesenheit dürfen Sie sich selbstverständlich auf unsere Plätze setzen.«

Das junge Paar bedankte sich, denn nun brauchten sie keine Platzkarten zu kaufen.

Natascha hatte der jungen Frau erzählt, dass sie zwei Wochen in die Berge fahren würden. Das junge Paar kannte ebenfalls das Kleine Walsertal. Sie hatten ihre Hochzeitsreise dorthin gemacht und bestätigten, dass es dort sehr schön sei.

Markus hatte zwar seinen Plan, zuerst das Kleine Walsertal anzusteuern, geändert und den Chiemsee als ihr erstes Etappenziel vorgemerkt. »Aber zum Kleinen Walsertal fahren wir auch noch«, bestätigte er.

Eine Reise in die Berge

Und am 26. September, an Nataschas Geburtstag, fuhren sie um sechs Uhr in der Frühe von Berlin ab.

Markus zeigte ihr den Chiemsee, den Königssee, Seefeld-Mittenwald, das Kleine Walsertal und den Tegernsee.

Und Natascha war überwältigt von der wunderschönen Berglandschaft. Aber auch der Urlaub ging viel zu schnell vorbei.

Einen Tag brauchte Markus noch, um sich von der Fahrt zu erholen. Aber dann musste er wieder seinen Verpflichtungen als Arzt nachkommen. Auch Natascha wurde schon wieder sehnsüchtig von allen erwartet.

Am Vormittag saß sie vor ihren Computer und schrieb an ihrer kleinen Geschichte »Angis Rückkehr zu den Sternen«. Und am Nachmittag standen die Kinder vor der Tür. Zuerst zeigte Marina stolz ihre ersten Lernergebnisse. Sie war total begeistert von der Schule. Anscheinend hatte sie eine nette Lehrerin. Maik hatte sehr gute Zensuren, nahm es aber als selbstverständlich hin.

Kolja hatte auch wieder geschrieben. Irgendwann, wenn das Söhnchen größer wäre, wollten sie auch einmal mit Markus und Natascha in den Urlaub fahren. Aber zuerst wollten sie im Frühjahr nach Berlin kommen und ihr Söhnchen vorstellen. Darauf freute Natascha sich schon sehr. Und auch Markus war gespannt, wie groß sein Patenkind bis dahin sein würde.

Am Sonntag stand wie üblich Trabrennen auf ihrem Programm. Markus beobachtete sehr genau das Trainieren seiner Pferde. Er wollte wieder einmal einen Sieg einfahren. Aber im Augenblick riet der Trainer nicht zu einem Start. Blizzard war erkältet und Marlok hatte einen geschwollenen Knöchel.

Auf der Rennbahn tummelten sich immer wieder interessante Personen: Boxer, Sportler, Fußballspieler, Unternehmer und so weiter, und Natascha lernte viele prominente Menschen kennen.

Kurz vor Weihnachten fragte Markus noch einmal: »Liebling, sieh dir das Wetter an, es ist kalt und nass draußen. Sollen wir nicht doch nach Teneriffa fliegen?«

Aber Natascha hatte bereits Geschenke eingekauft und sie freute sich schon auf ein gemütliches Weihnachtsfest in ihrem Haus. Sichtlich enttäuscht fügte Markus sich.

Am folgenden Abend kam er erschöpft von der Arbeit nach Hause. Er wollte nur wenig essen. Er hatte wieder einmal nur Durst. Er füllte für sie beide die Gläser und berichtete über den vergangenen Tag. Und noch einmal füllte er beide Gläser.

Natascha hatte nach dem zweiten Getränk keinen Durst mehr, aber Markus schenkte sich noch einen Gin Tonic ein. Selbstverständlich mit dem Aufputschmittel. Er sehnte sich wieder nach ihrer Nähe.

Darum bat er sie auch kurz darauf ins gemeinsame Schlafgemach. Er überschüttete sie mit all seiner Leidenschaft, dass es ihr beinahe schon zu viel wurde. Aber sie liebte ihn und war darauf bedacht, ihn glücklich zu machen.

Die Arbeit und der Stress forderten seine ganze Kraft. Und Natascha dachte: »Ich hätte ihm doch seinen Wunsch, nach Teneriffa zu fliegen, erfüllen sollen. Hier im Haus wird er keine Ruhe finden.«

Aber dann kam er an einem Abend etwas früher aus der Praxis und sagte zu ihr: »Liebling, fährst du gleich mit mir zur Bahn? Ich möchte mir Marlok noch einmal genauer ansehen. Wenn er fit ist, möchte ich ihn im kommenden Rennen persönlich fahren. Am ersten Weihnachtstag laufen gute Pferde, und die Siegprämien sind auch ganz ordentlich.«

Aber es war kalt und regnerisch und Natascha blieb lieber im Haus.

In der folgenden Zeit fuhr Markus allein zur Rennbahn und trainierte abends sein Pferd Marlok. Er hatte ihn für ein Rennen am ersten Weihnachtstag angemeldet. Natascha bemerkte mit Sorge, dass er sich zu viel zumutete. Bei Wind und Wetter war er auf der Bahn und hatte sich bereits eine Erkältung zugezogen. Sogar am Wochenende trainierte er das Pferd.

Eines Abends sagte sie zu ihm: »Markus, was du machst, gefällt mir gar nicht. Du überanstrengst dich. Deine Arbeit und anschließend das Trainieren von Marlok ist einfach zu viel für dich. Sieh dich doch einmal im Spiegel an. Du siehst abgespannt aus. Dazu kommt noch deine Erkältung. Du solltest zu Hause bleiben und alles Weitere deinem Trainer und Fahrer überlassen.«

Aber davon wollte Markus nichts wissen. Er meinte: »Marlok hat sich bereits an meine Fahrweise gewöhnt und ich möchte das Rennen gewinnen.«

Das Wetter war wie gemacht für Weihnachten. Ein paar Tage vor Weihnachten schneite es. Da es schon ein paar Tage gefroren hatte, blieb der Schnee auch liegen. Die Kleinen liefen vor dem Haus im Park im Schnee umher und riefen: »Tante Natascha, komm raus, wir möchten einen Schneemann bauen.«

Es blieb ihr nichts anderes übrig, sie zog sich warm an und half den Kleinen, einen Schneemann zu bauen. Es wurde ein prächtiger Schneemann. Aber als sie noch so vor dem Schneemann standen und ihn bestaunten, weinte zuerst Marina und dann auch Maik. Sie hatten kalte Füße bekommen.

Sie gingen ins Haus zurück und Natascha stellte die Füße der Kinder in eine Schüssel mit warmem Wasser. Während die Kleinen ihre Füßchen wärmten, kochte Natascha Tee für sie. Sie gab in jede Tasse reichlich Honig, und als die Tassen leer getrunken waren, verlangten die Kinder noch einmal Tee.

Bald darauf waren die Kinder wieder warm und zufrieden. Wie selbstverständlich setzten sie sich auf ihre Plätze und warteten auf eine weitere Geschichte von »Angi und Heiner«.

Als Markus aus der Praxis kam, blieb er zu Hause. An diesem Abend war er zu müde, um noch zur Bahn zu fahren. Er wollte erst wieder am ersten Weihnachtstag in der Frühe eine kleine Runde mit Marlok trainieren.

Frau Krämer ging am Heiligen Abend um 13 Uhr in ihre kleine Wohnung. Eine Cousine war zu Besuch gekommen. Die Cousine wollte über Weihnachten bis nach Silvester bei Frau Krämer bleiben. Natascha hatte mit Frau Krämer vereinbart, dass sie nur das Nötigste machen solle, damit sie Zeit für ihre Verwandte hätte. Bevor Frau Krämer sich verabschiedete, überreichte Natascha der guten Frau noch ihr Weihnachtsgeld und ein schönes Geschenk. Wie üblich zierte sich die liebe Frau. Denn Nataschas Geschenke fielen immer sehr großzügig aus.

Markus hatte eine schöne Tanne aufgestellt und Natascha schmückte sie festlich. Er saß in seinem Lieblingssessel und sah ihr beim Schmücken des Baumes zu. Als sie mit dem Schmücken fertig war, sah sie ihn an.

»Na, Markus, was sagst du zu unserem Baum?«

»Liebling, das ist der schönste Baum, den ich bisher gesehen habe.«

Zufrieden und glücklich über sein Urteil setzte sie sich neben ihn und überprüfte noch einmal ihr Werk.

Er wollte ihr ein Glas Wein einschenken, aber sie winkte ab und erklärte: »Liebling, heute am Heiligen Abend habe ich für uns eine Feuerzangenbowle vorbereitet.«

Markus mochte keine süßen Getränke, aber er wollte ihr den Abend auch nicht verderben und wartete gespannt darauf, was seine Frau zubereitete. Natascha holte alles Notwendige für die Bowle aus der Küche und stellte alles auf den kleinen Tisch. Markus sah ihr zu und amüsierte sich über das Ereignis.

Als sie den Zuckerkegel mit Kognak übergoss und anzündete, sagte er lächelnd: »Schatz, zünde bitte unser Haus nicht an. Ich möchte hier noch viele Jahre wohnen und glücklich mit dir sein.«

Aber Natascha ließ sich nicht beirren. Sie füllte die Gläser und überreichte ihm seine Bowle. Zuerst probierte er nur ein wenig, aber dann schmeckte ihm die Bowle doch und er verlangte bald darauf noch ein zweites Glas. Die Bowle schmeckte gut, sie wärmte und erheiterte sie außerdem noch. Später holte Natascha noch das vorbereitete Abendessen aus der Küche.

Frau Krämer hatte auf Nataschas Wunsch ein Tablett mit Kanapees vorbereitet und Markus sagte: »Liebling, das ist genau das Richtige für heute Abend. Leicht und schmackhaft. Und die Auswahl trifft genau meinen Geschmack.« Nach dem Essen legte er eine Weihnachts-DVD in den Recorder und Natascha dachte: »Wären jetzt meine Eltern und Kolja mit seiner Familie hier, wäre das Weihnachtsfest vollkommen.« Aber Markus war bei ihr und sie war sehr glücklich mit ihm.

Am ersten Weihnachtstag fuhr Markus noch einmal kurz zur Trabrennbahn. Später wollte er Natascha nachholen. Währenddessen hatte sie ein Essen vorbereitet. Sie wollte ihn zu Weihnachten wieder einmal verwöhnen. Und er freute sich sehr über das Essen. Aber dann wurde es Zeit, zur Bahn zu fahren.

Während der Fahrt bat sie ihn noch einmal: »Ach, Markus, kann nicht dein Fahrer Marlok fahren? Du weißt doch, dass ich es nicht gern sehe, wenn du Rennen fährst. Ich habe immer schreckliche Angst, dass dir etwas passiert.«

»Aber Liebling, ich fahre doch ganz vorsichtig. Glaubst du, ich will dich allein lassen?«

Das Rennen

Aber die Zeit drängte. Sie ging zur Tribüne und er musste schnell zu den Ställen fahren. Marlok war bereits ein paar Runden gelaufen, und als Markus am Stall eintraf, wurde es Zeit sich für das Rennen umzuziehen. Die Tribüne war voll besetzt, und als Natascha zu ihren Plätzen kam, musste sie ihre Plätze erst einmal vom Ordner räumen lassen.

Es kam immer wieder vor, dass sich Besucher ihrer Plätze bemächtigten und nicht aufstehen wollten. Angeblich hatten sie die Platzkarten gerade gekauft. Hin und wieder passierte es auch, dass die Karten wirklich doppelt verkauft wurden.

So verursachte eine kleine Unachtsamkeit häufig ernsthafte Komplikationen unter den Besuchern. Ausgerechnet an diesem Tag war Markus nicht an ihrer Seite. Aber die Leute waren einsichtig, und Natascha konnte sich auf ihren Platz setzen.

Sie bestellte ein Getränk und versuchte sich zu beruhigen. Das war aber gar nicht so leicht. Schon während der Hinfahrt war sie, wie immer, wenn Markus Rennen fuhr, sehr unruhig gewesen.

Es wurden noch vier Rennen gestartet und dann war Markus mit Marlok am Start.

Bisher hatte sie keine Wetten geschrieben. Der Ärger am Tisch und Markus auf dem Sulky, das war zu viel für sie. Aber für dieses Rennen musste sie für Markus Wetten schreiben. Sie brachte die ausgefüllten Scheine zum Schalter und wurde selbstverständlich wieder einmal von einem Wetter angesprochen: »Na, Frau Rolfes, was macht Ihr Pferd heute? Gewinnt Ihr Mann das Rennen?«

Was sollte sie darauf antworten? Aber dann erwiderte sie: »Ich weiß es leider auch nicht. Aber warten Sie das Rennen ab, am Ende wissen Sie genau, wer gewonnen hat.«

Dem Aufdringlichen verschlug es die Sprache. Sie ließ ihn mit offenem Mund stehen und ging zurück zu ihrem Tribünenplatz. Sie kam gerade noch rechtzeitig. Soeben war der Start erfolgt und die Pferde liefen an der Tribüne vorbei. Markus lag mit Marlok mitten im Pulk der Pferde.

Das sah nicht gut für ihn aus. Er war eingekreist. Aber auf der gegenüberliegen Seite, im Stallbogen, lichtete sich das Feld so allmählich. Sechs Pferde führten schließlich das Feld an, und als sie wieder die Tribüne passierten, fuhr Markus bereits in zweiter Position, und das sah schon besser für ihn aus.

Wieder passierten die Pferde die gegenüberliegende Bahn. Dann liefen die Pferde in den Einlaufbogen ein.

Das erste Pferd war eine halbe Länge vor Markus. Kurz vor dem Ziel forderte Markus Marlok noch einmal kurz. Der reagierte sofort und wollte an dem führenden Pferd vorbeitraben, da passierte es. Das führende Pferd galoppierte und brach nach links aus. Die Sulkys beider Pferde fuhren ineinander. Das Rad von Markus' Sulky zerbrach und er stürzte kopfüber aus dem Sulky.

Die nachfolgenden Pferde konnten nicht mehr ausweichen und fuhren über den reglos am Boden liegenden Mann hinweg.

Das Rennen wurde sofort abgeläutet. Aber zu spät für Markus. Einige Fahrer liefen zu ihrem gestürzten Kollegen und verlangten aufgeregt mit beiden Armen winkend nach einem Arzt. Andere wieder beugten sich über Markus. Marlok war ein paar Meter weiter stehen geblieben und wurde nun von einem Stallburschen in den Stall gebracht. Natascha stand starr vor Entsetzen. In den ersten Minuten war sie nicht fähig, sich überhaupt zu bewegen. Sie glaubte sich in einen bösen Traum versetzt.

Erst als ihre Bekannte sie ansprach: »Kommen Sie, Frau Rolfes, ich begleite Sie zu ihrem Mann«, wurde ihr klar, was soeben dort unten auf der Bahn passiert war. Sie war völlig durcheinander und wollte ohne Mantel und Tasche die Tribüne verlassen. Aber das junge Ehepaar kümmerte sich um sie. Sie legten ihr ihren Mantel um und führten sie hinunter zum Unfallort.

Als sie unten ankamen, wurde Markus bereits von Sanitätern zu einem Krankenwagen getragen. Plötzlich lief Natascha zu ihrem Ehemann und schrie. Nur mit Mühe konnten die Sanitäter sie zurückhalten.

»Junge Frau, gehen Sie bitte zurück, wir müssen uns um den Verunglückten kümmern«, sagte ein Sanitäter. Sie wollte, als der Krankenwagen abfuhr, hinterherlaufen. Aber ihre Bekannten führten sie zu ihrem Wagen und folgten dem Krankenwagen.

Im Krankenhaus wurde Markus sofort in den Untersuchungsraum gebracht und Natascha musste warten, bis ein Arzt zu ihr kam.

Als er sah, in welcher Verfassung sie sich befand, bekam sie sofort ein Beruhigungsmittel. Der Arzt erklärte ihr, dass er über den Zustand des Patienten noch nichts sagen könne, er müsse erst untersucht werden. Sie müsse sich noch eine Weile gedulden.

Die Stunden vergingen. Die junge Bekannte saß neben Natascha und kümmerte sich fürsorglich um sie. Sie holte Kaffee und forderte Natascha trotz ihrer Weigerung auf: »Frau Rolfes, Sie müssen etwas trinken, sonst schlafen Sie ein.«

Das wollte sie nicht, darum trank sie den Kaffee.

Der Morgen graute, die Lichter wurden gelöscht und die beiden Frauen saßen noch immer wartend vor der verschlossenen Tür. Endlich kamen drei Ärzte zu Natascha. Aber ihre Gesichter verhießen nichts Gutes.

Wie durch einen Nebelschleier hörte sie den Ärzten zu. »Frau Rolfes, es steht leider nicht gut um Ihren Mann. Ihr Mann hat schwerste Verletzungen erlitten. Wir können Ihnen nichts versprechen. Es ist ungewiss, ob Ihr Mann die Operation überlebt. Beten Sie zu Gott. Mehr können wir im Augenblick für Ihren Mann nicht tun.«

Das war zu viel für Natascha, sie brach zusammen und verlor das Bewusstsein.

Ende Teil I

Bereits erschienene Bücher

Angi, der Sohn der Sternenwächter 1. Buch

Kinder-Jugendbuch

Angi und das Raumschiff 2. Buch

Kinder-Jugendbuch